김민수 밀리터리 장편소설
MILITARY NOVEL

매직 호크

MAGIC
HAWK

1

dream
Novel
드림노블

매직 호크 1 380특수임무부대

초판 1쇄 인쇄 / 2015년 1월 30일
초판 1쇄 발행 / 2015년 2월 6일

지은이 / 김민수

발행인 / 오영배
책임편집 / 이대용
펴낸 곳 / (주)삼양출판사 · 드림노블

주소 / 서울시 강북구 도봉로 173, 캠프 6층
대표 전화 / 02-980-2112 팩스 / 02-983-0660
편집부 전화 / 02-980-2116 팩스 / 02-983-8201
블로그 / blog.naver.com/dreambookss

등록번호 / 제9-00046호
등록일자 / 1999년 3월 11일

ⓒ 김민수, 2015

값 10,000원

ISBN 979-11-313-0243-9 (04810) / 979-11-313-0242-2 (세트)

* 지은이와 협의하에 인지는 생략합니다.
* 잘못된 책은 구입한 곳에서 바꾸어 드립니다.

이 도서의 국립중앙도서관 출판시도서목록(CIP)은 서지정보유통지원시스템홈페이지
(http://seoji.nl.go.kr)와 국가자료공동목록시스템(http://www.nl.go.kr/kolisnet)에서 이용하실 수
있습니다. (CIP제어번호: 2015002541)

김민수 밀리터리 장편소설
MILITARY NOVEL

매직 호크
MAGIC HAWK

380특수임무부대 · 1

dream
Novel
드림노블

이 작품을 제 인생 최고의 영웅이신
김건 선생님께 바칩니다.

매직 호크
MAGIC HAWK

1 · 380특수임무부대

차 례

　이번 작품 '매직 호크'는 단순한 첩보, 밀리터리 활극이 아닌 냉전 당시 첨예하게 대립했던 강대국들 틈새에서 우리나라가 어떻게 살아남았는가를 보여 주는 설화(說話)이기도 합니다.

　위정자들이 밀실에서 거래한 뒤 그에 따른 음모들을 설계했고, 그 음모들을 통해 자신들만을 위한 이익을 도모하고자 많은 군인, 공작원을 희생시켜 온 것은 비단 과거에만 국한되지 않고 오늘날에도 여전히 진행 중일지도 모릅니다.

　'매직 호크'에 등장하는 인물들은 적과 아군을 떠나서 모두 이들, 군인과 공작원을 대표하고 있습니다. 그들은 비록 논픽션과 픽션의 중간 지점이지만, 극단적인 상황 속에서 자신들의 희생과 헌신의 정도를 최대한 현실적으로 보여 주고자 애쓸 것입니다.

　그리고 이 작품은 작품의 소재가 된, 실제 사건과 그에 관련된 사실들을 외교적, 정치적인 스펙트럼을 통해서라기보다는 오직 생존을 위해 분투하는 '인간들'의 관점을 통해서 보여 드릴 것입니다.

　많은 독자 분들께서는 이념과 가치의 아노미 속에서 고단해진 머리와 가슴을 이 작품을 통해서 추스르고 강해지시기 바랍니다. 극 중 주인공 김영천 그리고 많은 그의 적과 동지들이 그러한 기회를 드리고자 최선을 다해 싸울 겁니다.

이번 작품 '매직 호크'는 이희진 님, 김은수 님, 정일영 님, 김만욱 님, 김태원 님, 강진우 님, 박상현 님, 김병진 님, 김동호 님, 오주신 님, 곽재욱 님과 제 작가 카페의 많은 회원님들 그리고 대한민국 공군 예비역 대위 강재규 님의 많은 조언과 도움으로 완성되었습니다.

Special Thanks To

Frank Berg, Captain(Ret), Royal Canadian Air Force.

William G. Osborne, Master Sergeant(Ret), U.S. Army

Bill, I'd like to let you know that I truly hold in esteem those who have been out there. And I'm much obliged, sarge!

2015년 1월

김 민 수

1장

RT 시카고(Recon Team Chicago)

1971년 1월 21일 02시 21분 남베트남 / 라오스의 국경 지대 상공

헬기 아래로 보이는 정글과 산 능선은 김영천이 이제껏 봐 온 곳들과 너무 달랐다. 그가 넋을 놓고 내려다보는 곳은 흡사 외계 행성의 깊은 협곡들처럼 보였다.

깎아지른 듯 솟아오른 절벽들과 끝없이 이어져 있는 산 능선들은 가끔씩 논과 마을이 보이던 남쪽의 정글 지대와는 완전히 달랐다.

이 어마어마한 규모의 협곡과 협곡 사이를 UH-1 헬기 4대가 2대씩 짝지어 비행 중이었다.

400여 미터 이상의 거리를 유지하며 앞서가는 선두 2대는 기체 양옆에 2.75인치 로켓탄 발사기와 12.7밀리 기관총, 7.62밀리 미니건(미니 발칸포)을 장착한 건쉽(Gun ship: 공격 헬기)이었고 이들을 뒤따르는 2대는 '슬릭(Slick)'이라 불리는 병력 수송용 헬기들이었다.

이 2대의 슬릭에는 MACV-SOG(주월 미군 사령부 예하 미군 특수전 그룹) 직속의 그린베레(Green Beret: 미 육군 특수부대) 10명과 이들의 특별한 손님 2명이 탑승하고 있었다. 이 2명의 손님들의 정체는 주월사령부 한국군 공수지구대(특전사)에서 파견된 특수전 요원들이었다.

그린베레와 LRRP(Long Range Reconnaissance Patrol: 미 육군 장거리 정찰대)에 극비리에 파견되어 활동 중인, 극소수 한국군 특수부대 병력의 일원인 김영천 중사와 그의 직속상관 오세웅 대위는 오늘 새벽 미군 특수정찰팀과 북한군 군사고문단을 찾아, 생포 혹은 사살 임무를 수행할 계획이었다.

두 사람은 십수 개월 전, 현지 베트콩들이 미군 전쟁 포로들을 이곳 남베트남의 북쪽 호치민 루트를 통해 북베트남으로 호송한다는 첩보 속에서 북한군 군사고문단의 존재를 우연히 접했다.

이들이 각종 정보 채널을 통해 파악한 바로는 북한군 군사고문단은 얼마 전 청와대 근처까지 진출하여 남한을 뒤집어 놓았던 북괴군 124군 부대 혹은 특수8군단급의 특수전 요원들과 다수의 심리전부대원들로 구성되어 있었다.

하지만 호치민 루트 지역 내 북한군들은 직접적인 전투보다는 한국군 전쟁 포로의 심문과 이들의 북베트남, 북한으로의 송환 임무에 주력했다.

이들에 관련하여 김영천과 오세웅의 구체적인 임무는 1차로 북한군이 남베트남에서 군사작전을 수행하고 있다는 증거를 수집하고 2차로는 그들 중 일부를 생포하여 한국군 방첩대(보안부대)에 넘기는 것이었다.

김영천 중사가 시선을 헬기 안으로 옮기자 지도를 살피고 있는 RT 시카고(Recon Team Chicago: 콜사인 '시카고' 정찰팀)의 그린베레 대원들의 모습이 보였다.

이들은 2번기에 탑승하고 있는 RT 아리조나(Recon Team Arizona: 콜사인 '아리조나' 정찰팀)와 함께 호치민 루트 일대에서 활동하는 극비의 정찰팀들 중 하나였는데 SOG그룹 내에서는 최고의 정찰팀들 중 하나로 알려져 있었다.

헬기 안을 살피던 김영천의 시선이 그의 맞은편에 앉아 있는 RT 시카고의 팀장 오스본(William G. Osborne) 쪽에서 멈췄다.

특수부대원들 사이에서는 '원 제로(1-0)'라고도 불리는 그린베레 특수정찰팀의 팀장은 베트남전에 투입된 미군 특수전부대 장교들 중에서도 매우 뛰어난 능력을 가진 인물로 알려져 있었다.

오스본과 같은 원 제로들은 기본적인 미육군 특수전 능력뿐만 아니라 베트남 현지에서 이어지는 추가적이고 섬세한 특수정찰

훈련 과정을 우수한 성적으로 통과한 지휘자들이었다.

김영천은 지난 반년 동안의 작전들을 통해 그러한 사실을 직접 확인했다. 사실 그는 오스본의 RT 시카고와 합동 정찰 활동을 하기 전에 이미 오스본 대위를 알고 있었다.

오스본은 김영천이 베트남 파병 전 일본의 오키나와에서 미육군 제1특수전 그룹의 특수전 프로그램에 참여했을 때 그리고 파병 후 베트남 현지에서 운영되던 특수정찰 활동 프로그램 '리콘도 스쿨(Recondo School)'에서 그를 훈련시켜 줬던 인물이었다.

따라서 김영천으로 하여금 1년이 넘어 가는 파병 활동, 특히 위험천만한 적후방 작전들에서 살아남도록 해 준 기술들은 모두 오스본이 전수해 준 것이나 마찬가지였다.

때문에 오스본과 같은 미군들을 단순히 한미 군사동맹 협력 관계로 여기는 오세웅 대위와 달리 김영천은 그를 전우처럼 신뢰했고 오스본 또한 그를 똑같이 대해 왔다.

"원 미닛(One minute)! 원~ 미닛!"

오스본 대위가 모두가 볼 수 있도록 한 손가락을 쳐들고 소리쳤다. 그런 뒤 착용하고 있던 기내 교신용 헤드셋을 벗었다.

그의 공지와 거의 동시에 팀원들은 일사불란하게 XM177E2 소총과 M16 카빈의 장전 손잡이를 잡아당겼다. 몇몇 팀원들은 몸통에 가로질러 메고 있는 M72A1 로켓발사기를 점검했다. 곧 이루어질 비정상적인 착륙의 충격으로 로켓발사기의 앞쪽이나 뒤쪽이 찌그러져 무용지물이 되는 것을 방지하는 행동이었다.

좌석 벨트를 착용한 일부 팀원들과 달리 좌측 출입문 쪽의 김영천과 오스본 대위는 개방되어 있는 출입문이나 도어건(헬기 좌우 출입 문가에 장착된 M60 기관총)의 장착대를 붙잡았다.

김영천은 기내로 쏟아져 들어오는 바람 때문에 실눈을 뜬 채 지상 쪽을 주시했다. 아예 인적이 없었던 산악 지대가 끝나고 종종 연한 회색으로 보이는, 평탄한 지대가 뒤섞여 있는 지대가 그의 눈에 들어왔다.

수목들이 울창한 지대는 까맣게 보였기에 그는 한눈에 작전이 이루어질 지점을 짐작했다.

정찰팀원들의 휴이 헬기들은 현재 속도 80노트, 420미터의 고도에서 이들의 착륙 지점을 12시 방향의 먼 아래쪽에 두고 있었다.

김영천과 오스본은 기체 바깥으로 고개를 내밀고 그들의 목표 지점을 최종 확인했다. 김영천이 왼손을 쳐들어 목표 지점을 가리키자 오스본이 고개를 끄덕였다.

그때쯤 헬기의 조종사가 큰 목소리로 소리치고 그 공지 내용이 팀원들 모두의 의해 복창되었다.

"킬링 엔진(Killing engine)! 킬링 엔진!"

김영천은 M60 기관총의 장착대를 꽉 움켜잡으면서 숨을 참았다. 그리고 곧 거대한 UH-1 헬리콥터의 엔진이 꺼졌다.

1400마력의 강력한 출력을 발휘하던 엔진이 꺼지자, 요란한 헬기 소리가 반으로 줄어들었다. 단발 엔진 소리는 사라지고 거대한 메인 로터의 회전음만이 남은 것이었다.

16명의 정찰팀원들이 탑승한 2대의 휴이 헬기들은 현재 400여 미터 상공에서 엔진을 끄고, 기체가 가지고 있던 양력만으로 지상을 향해 활공하고 있는 상태였다.

김영천이 청력을 극대화시키고자 잠시 참았던 숨을 풀어 주자 그의 가슴이 터질 듯이 뛰기 시작했다.

메인 로터가 허공을 가르는 소리와 함께 휴이 헬기는 45도 각도로 전진하며 고도를 잃어 갔다.

김영천과 RT 시카고, RT 아리조나는 이 기상천외한 방법으로 소리 없이 수백 미터 아래에 있는 베트콩 마을을 향해 접근하고 있었다.

이러한 기습 전술은 현재의 비행 방법이 전부가 아니었다. 이들은 자신들의 비행 소음을 상쇄시키고자 먼저 UH-1 건쉽 2대를 보내, 작전 지점 근처를 선회하게 했는데 이러한 조치는 이미 며칠 전부터 동일한 헬기들로 하여금 이 일대 상공을 통과하도록 한 것과 연장선상에 있는 것이었다.

이 모든 조치들은 베트콩들을 기만하고자 의도한 것이었으며 이제 그러한 기만전술이 효과가 있었는지 직접 확인할 차례였다.

"고도 200미터!"

조종사의 공지가 들려오자 김영천은 시선을 안쪽으로 거둬들였다. 오스본과 7명의 그린베레 대원들이 숨죽인 채 기체 밖을 응시하고 있는 게 보였다.

"160미터!"

다시 그의 시선이 기체 밖으로 향하자 주변 상공이 점차로 어두워져 가는 게 감지됐다.

김영천이 RT 시카고 그리고 오세웅 대위가 RT 아리조나와 탑승한 UH-1 헬기들이 400미터가 조금 넘는 고도에서 지상의 기습 지점까지 활공해 내려가는 시간은 2분이 조금 넘을 예정이었다.

지난 이틀 동안의 12번의 실제 예행연습에서 조종사들은 성공적으로 이러한 활공 비행, 즉 '오토로테이션(Auto rotation)'을 실행했었지만 김영천과 다른 모든 정찰팀원들은 목숨을 담보로 한 이 침투 비행이 결코 마음에 들지 않았다.

헬기는 1분당 150미터씩 고도를 잃어 갔으며 고도가 낮아질수록 더욱더 그의 시야는 어두워졌다. 김영천은 멀리 흐릿하게 보이는 산 능선을 참고하여 낮아져 가는 고도를 가늠했다.

그의 계산이 정확했다는 것을 입증하듯이 휴이 헬기의 기체 앞부분이 위쪽으로 급격히 솟구쳤고 대원들의 몸이 기체 뒤쪽으로 일제히 쏠렸다.

40미터의 고도에서 지상 착륙 지점까지 오토로테이션을 실행한 기체가 기수를 쳐들어 추락 속도를 급격히 감소시키는 '플레어(Flare)' 자세를 취한 것이었다.

김영천 중사는 도어건 장착대를 두 손으로 꽉 잡고 상체를 최대한 낮췄다.

"쿵~!"

착륙과 동시에, 기체가 크게 들썩이는 충격이 탑승자들에게 전달됐다. 김영천은 기다렸다는 듯이 기체 밖으로 몸을 날렸고 오스본 대위와 또 다른 팀원들이 뒤따랐다.

김영천 중사는 허공에 떠 있는 그 짧은 순간에 옆구리 쪽에 끼고 있었던 M16 소총을 어깨에 견착, 두 발이 논바닥에 닿자마자 사격 자세를 취했다.

"고우(Go)! 고우! 고우! 고우~!"

RT 시카고의 고참 부사관 댄 콜먼(Dan Colman) 중사의 목소리가 훨씬 작아진 메인 로터 회전음 속에서 울려 퍼졌다.

김영천이 숨을 들이쉴 때마다 축축한 습기가 그의 가슴 속을 가득 채웠다. 그는 두 발이 푹푹 빠지는 논바닥을 저주하면서 헬기의 전방 쪽과 시야 우측을 경계하며 전진했다.

"갓 댐 라이스 패디!"

오스본이 투덜거리는 소리가 김영천의 등 뒤에서 들려왔고 그는 이 다급한 상황에도 불구하고 잠깐 웃고 말았다.

"레츠 고우! 레츠 고우!"

누군가의 재촉에 김영천의 동작이 더욱 다급해졌다. 30% 미만의 달빛 덕분에 그는 전방, 좌우를 비교적 정확하게 파악할 수 있었다.

이들이 탑승했던 콜사인 바이퍼 원(Viper one) 헬기를 기준으로 전방 120~130미터에 10여 가구 규모의 작은 마을이 있었고 양편의 사이에는 논이 있었다.

　이들이 이번 작전 계획을 급조해 세웠을 때, 가장 위험한 순간이 이 100여 미터가 조금 넘는 논을 통과할 때였다. 만약 베트콩들이 조명 지뢰나 조명탄을 사용하여 김영천 일행을 발견한다면 단 한 정의 기관총만으로 이들이 모두 벌집이 될 수 있기 때문이었다.

　김영천과 오스본을 선두로 이들의 오른편에는 RT 시카고 대원들이 그리고 그들의 우측 10여 미터 후방에는 오세웅 대위가 포함된 RT 아리조나 대원들이 질주하고 있던 중이었다.

　"후~! 후~!"

　김영천은 거친 숨을 내쉬면서 M16 사격 자세로 질주해 나갔다.

　이들의 후방에 착륙해 있는 헬기들의 로터 회전음이 더욱 작아진 상태이었기 때문에 이곳에서 1킬로미터 이상 떨어진 곳에서 선회하는 2대의 건쉽 헬기들의 소리가 일대에 울려 퍼지고 있었다.

　곧 마을의 경계 울타리가 이들의 전방에 나타났고 그 즈음 이들이 우려하는 상황이 일어났다.

　"탕! 탕!"

　몇 발의 구식 소총 총성이 어둠 속에서 울려 퍼졌다.

　앞서 나가던 오스본이 황급히 양팔을 펼친 뒤 산개 신호를 해 보였다. 김영천 중사는 그의 왼편으로 방향을 살짝 틀었고 나머지 팀원들 또한 그의 좌우로 일정간격을 두고 산개했다.

"탕! 탕!"

다시 총성이 울리자 김영천은 두 눈을 최대한 크게 뜨고 전방에서 총구 섬광을 찾으려 했다. 그러나 약한 달빛에 겨우 보이는 농가들과 울타리 따위밖에 보이지 않았다.

곧 월남어 몇 마디가 들려오자 김영천은 사격을 가하는 쪽이 훈련받은 월맹 정규군이 아니라 이 마을의 농부라고 확신했다. 그리고 아직은 이들의 기습 전술이 그 효과를 보고 있다고 짐작했다.

하지만 이들이 논둑을 넘어 평탄한 지대에 진입할 때쯤 상황은 더 심각해졌다.

"탕! 탕! 타타탕! 타탕!"

그때부터 몇 번의 단발 총성이 아닌 AK 소총의 총성들이 뒤섞여 들리기 시작했다.

이들의 30여 미터 전방에는 마을을 관통하는 길을 가운데에 두고 모두 4채의 농가가 있었다. 현재 AK 소총 총구 섬광이 보이는 곳은 길 오른편에 있는 농가의 축사와 대나무 울타리 쪽이었다. 총성은 순식간에 격렬해졌고 곧 김영천 일행이 이동을 중단한 채 풀 바닥에 납작 엎드려야만 했다.

"스킵! 뭐하고 있어? 저쪽 제압해!"

오스본이 버럭 소리치자 대열 맨 뒤쪽에 있는 우즈(Skip

Woods) 하사가 그의 M79 유탄발사기를 쳐들었다.

"퍽—!"

"콰앙!"

문제의 농가 안에서 그가 날린 유탄이 번쩍하고 폭발하자 돼지 몇 마리가 흙먼지와 연기 속에서 뛰쳐나왔다.

"한 발 더!"

오스본의 지시에 이번에는 40밀리 유탄발사기가 장착된 XM177E2를 휴대한 콜먼 중사가 몸을 일으켰다.

"퍽—!"

"쾅!"

두 번째 유탄이 역시 길 우측의 농가에서 폭발하자 오스본이 벌떡 일어서며 소리쳤다.

"고우! 고우!"

그를 따라 일어났던 김영천은 순간 그의 시야 좌측, 잡풀 줄기들 속에서 무언가 꼼지락거리는 것을 발견했다.

소총 방아쇠에 걸쳐진 그의 검지 손가락에 힘이 들어가면서 김영천의 온몸의 신경세포에 강력한 전기가 퍼졌다.

사람의 움직임이라 생각되는 것은 그의 위치에서 불과 5~6미터 거리였기에 급작스럽게 경고를 할 틈도 없었다.

김영천 중사는 눈 한 번 깜박이는 것보다도 빨리 방아쇠를 당길 것인지에 대해 판단해야 했다. 그리고 그 순간 그는 자신의 총기 조정간이 단발 모드로 해 뒀는지 아니면 연발 모드에 맞춰 낳는지 고민했다.

그렇지만 모든 것은 그의 이성이 아닌 본능에 의해서 이루어졌다.

"타타타탕! 타타타탕!"

그가 방아쇠를 몇 번 끊어 당긴 새 이미 십수 발의 총탄이 시커먼 그림자 쪽으로 쏟아져 나갔다.

동강이 난 잡풀 줄기들이 어지럽게 날리면서 수발의 5.56밀리 탄을 뒤집어 쓴 그림자가 휘청하는 모습이 그의 눈에 포착됐다.

"타타타타—!"

"탕—! 탕! 타탕!"

김영천의 최초 사격에 이어, 오스본과 콜먼 중사가 거의 동시에 그의 표적 쪽으로 집중 사격을 가했다.

오스본 대위는 사격 즉시, 몸을 일으켜서 그쪽을 살폈다. 확실히 적군이 제압되었다 판단한 그는 황급히 전방 상황을 주시했다. 그리고는 한 팔을 쳐들고 소리쳤다.

"가! 빨리 가! 시간 없다!"

그의 재촉에 콜먼과 스킵 우즈 하사가 거의 동시에 달려 나갔다. 그 뒤를 오스본 대위와 김영천 중사가 뒤따랐으며 헬기 착륙 지점 일대를 경계할 2명을 제외한 모든 팀원들이 차례로 질주를 재개했다.

"타타타탕!"

"타타타타탕!"

선두에 선 두 명의 그린베레 대원들이 마을에 들어서자마자 길 양쪽에 서서, 40밀리 유탄이 폭발했던 각각의 적 지점들을 향해 다시 한 번 소총을 난사했다. 그들이 확인 사살을 하는 사이에 오스본과 김영천이 다시 선두에 서서 비포장길을 달리기 시작했다.

마을 안에 들어오자마자 가축 축사에서 나는 냄새와 베트남 마을에서만 맡을 수 있는 누크맘(Nuoc Mam: 베트남인들이 대부분의 음식에 넣어 먹는, 생선 기름을 발효시켜 만든 양념)기름 냄새가 김영천의 콧속을 찔렀다.

그는 이 냄새가 강하게 나는 경우, 마을 전체에 베트남 민간인들이 다수 거주하고 있음을 거의 확신할 수 있다고 교육받았다.

그렇지만 이곳은 남베트남 지역의 민간인 거주 지역이 아닌 북베트남의 전략 요충지 내의 마을이었기 때문에 그 점에 대해 크게 고민할 필요가 없다고 생각했다.

김영천은 길을 따라 다닥다닥 붙어 있는 판잣집들을 8채 정도 통과할 때, 이제 직전방 10여 미터 안에 월맹군과 북한군이 머무르고 있을 단층집이 있다고 계산했다.

이들이 확보했던 정찰 사진상에서 수많은 예행연습을 한 덕분에 이번 작전에 참여한 모든 대원들은 22가구가 모여 있는 이곳 마을 전체 지리에 훤했다.

월맹 정규군과 북한군 군사고문이 머물고 있는 장소는 바로 마을의 북서쪽 끝에 위치해 있었고 그곳은 이제 이들의 코앞이었다.

"유어 텐 어 클락! 텐 어 클락!(10시 방향! 10시 방향!)"

대략 2미터 정도 앞서 달리던 오스본이 소리치자 김영천은 몸을 낮추며 M16 총구를 그곳으로 향했다.

하지만 사격이 이어지지는 않았다. 베트콩 협력자들인지 확인되지 않은, 현지의 부녀자와 아이 2명이 판자로 짜 맞춰 지은 집으로 후다닥 들어가 버린 게 상황의 전부였다.

그러나 김영천의 시선이 다시 전방으로 향할 때, 오스본은 그의 전방에 격렬한 사격을 가했다.

"타타탕! 타타타탕!"

김영천은 폭이 3미터가 조금 못 되는 길의 좌측으로 몸을 날렸다. 오스본은 길 한가운데에 자리를 잡고, 그의 1시 방향에 집중사격을 가하던 중이었다.

"타타타탕! 타타타탕!"

"파파파팡~!"

오스본의 쏟아부은 총탄들을 뒤집어쓴 2명의 월맹군들 중 12.7 밀리급 중기관총을 잡고 있던 자가 쓰러지면서 땅바닥을 향해 총탄을 발사했다.

그 바람에 기관총 진지 앞쪽과 오스본 대위의 위치 근처 흙바닥에서 수많은 먼지 기둥들이 솟구쳤고 오스본이 김영천의 맞은

편 수풀 속으로 몸을 날렸다.

김영천은 노리쇠가 후퇴 고정된 그의 소총에 새 탄창을 삽입하고 노리쇠 멈치를 눌렀다. 진한 화약 냄새가 그의 콧속으로 들어오자 그는 이 냄새 또한 누크맘 냄새만큼 비리다고 생각했다.

월맹군의 중기관총이 잠잠해지자 김영천은 길을 건너 오스본의 위치로 합류했다. 그때 마침 RT 시카고와 RT 아리조나의 팀원들 또한 소리 없이 이들의 위치로 합류해 왔다.

RT 시카고의 부팀장 캐플린(Nick Caplin) 상사는 이들 대원들로 하여금 목표 가옥을 에워싸도록 수신호로 산개시켰다.

곧 김영천 중사 쪽으로 RT 아리조나의 원 제로 핸슨(Gail Hanson) 대위와 오세웅 대위가 합류했다.

기습부대원들은 목표 가옥을 에워싸는 단계부터는 별도의 전술 토의나 대화 같은 게 필요하지 않았다. 수신호 하나면 모든 전술 행동에 대한 결정을 공유할 수 있었다.

오스본이 총기에 새 탄창을 결합하며 모든 팀원들이 목표 건물 근처에 자리를 잡았는지 확인했다. 그리고 그때 김영천과 오세웅의 귀에 한국말이 들려오기 시작했다. 두 사람은 다급하게 들려오는 말투를 확인하며 회심의 미소를 지었고 곧 오세웅 대위가 오스본을 향해 엄지를 들어 보였다.

바로 이어서 오스본의 지시가 수신호로 전파됐다.

'진입 개시! 진입 개시!'

캐플린 상사가 대나무 줄기들이 촘촘하게 묶여 있는 출입문을 힘껏 걷어차자, 칼구스타프 기관단총을 가진 워터스(Sam Waters) 중사가 출입문을 밀어 젖히며 뛰어 들어갔다. 그리고 김영천 중사와 오스본이 뒤따라 실내로 진입했다.

"타타탕! 타타타탕!"

워터스 중사는 출입문 왼편에서 그를 향해 AK 소총을 쳐들던 자를 사살했고 김영천은 그쪽을 무시하고 직전방과 출입문 우측을 경계하며 나아갔다. 하지만 워터스 중사가 쓰러뜨린 월맹군의 소총에서 뒤늦게 소총탄들이 쏟아져 나와 출입문을 관통했고 그 바람에 작은 나무 조각들과 AK 총탄들이 막 출입구를 통과한 김영천 주변에 흩날렸다.

그로 인해 전방 상황에 집중되어야 할 김영천의 주의력과 신경이 송두리째 흔들렸고 설상가상으로 천장에 매달려 있는 노란 백열등 불빛이 어지럽게 흔들렸다.

김영천은 M16 총구를 앞쪽으로 향한 채 걸음을 이어 갔지만 그의 11시 방향과 2시 방향에서 꿈틀거리는 그림자들을 그저 주시하기만 했다.

그와 같이 숙련된 특수부대원에게는 말도 안 되는 상황이지만 그것은 분명히 일어났고 놀랍게도 김영천 본인 또한 그 점을 인식했다. 그는 평소 때라면 양쪽 표적을 순식간에 명중시킬 수 있지만 지금 당장은 한쪽 밖에 제압할 수 없음을 계산하고 어쩌면 그가 바로 이곳에서 죽을지도 모르겠다고까지 생각했다.

그렇지만 일이 그가 우려한 대로 꼬이지는 않았다.

"탕! 탕! 탕! 탕!"

상황을 파악한 오스본 대위가 번개같이 그의 오른쪽에 붙어서며 2시 방향에 있는 적군에게 사격을 가했다. 동시에 김영천은 11시 방향, 무전기가 올려져 있는 테이블 쪽 적군을 향해 전자동 사격을 가했다.

"타타타탕! 타타타탕!"

오스본이 제압한 적군이 바닥에 쓰러지기도 전에 김영천은 전방으로 나아가 그가 사격을 가했던 곳을 확인했다. 그가 예상한 대로 그의 위협사격은 효과가 있었고 그 짧은 순간 그가 북한군이라 짐작한 적군은 박살이 난 무전기와 테이블 아래쪽에 엎드려 있었다.

김영천은 그의 허리춤에서 권총을 빼앗고 그의 머리채를 휘어잡았다. 즉시 모두에게 그의 공지가 전파됐다.

"사격 중지! 사격 중지! 여기, 한 놈 잡았다!"

김영천은 적군의 착용하고 있는 탄띠와 권총에 새겨져 있는 한글을 확인하고 그가 북한군 군관임을 확신했다.

오세웅 대위가 곧장 김영천 쪽으로 다가와 그와 함께 30대 초반 정도로 보이는 북한군을 일으켜 세웠다. 그는 김영천이 건네준 권총을 쓱 보고는 큰 소리로 말했다.

"오늘 똥 고생한 게 헛수고는 아니겠구만! 잘했어, 영천이."

오세웅이 북한군을 앞세우고 나가자 그들을 엄호하고자 다른 그린베레 대원들이 따라붙었다. 그때 김영천은 테이블 주변에 흩어져 있는 문서들 중 한글이 보이는 것을 닥치는 대로 주워서 전투복 상위 옷깃 속에 쑤셔 넣었다.

오스본과 캐플린 상사, 그리고 몇 명의 그린베레 대원들이 실내를 수색한 후 더 이상의 수집할 것들이 없자 건물 바깥으로 퇴출하기 시작했다.

그 시점에도 김영천은 지도와 북한군의 무선음어집을 살피고 있자 오스본이 그를 향해 소리쳤다.

"킴! 서둘러!"

김영천은 그를 슬쩍 본 후, 지도를 접어서 카고 포켓에 쑤셔 넣고 M16을 쳐들었다. 그때 건물 밖에서 정찰팀원들의 M16 계열의 총성과 AK 총성이 뒤섞여 들리기 시작했다.

"헤이! 컴온! 컴온!"

다른 대원들이 바깥쪽으로 빠져나가고 오스본이 출입구에서 김영천을 재촉했다. 두 사람이 함께 출입구를 통해 나가는 찰나 별안간 폭발음이 두 사람을 삼켰다.

"콰앙~!"

짙은 흙먼지와 열기가 김영천의 얼굴, 몸통을 때렸다. 그는 반사적으로 자세를 낮췄지만 조금 뒤 고막이 송곳 끝에 뚫린 듯한 통증과 충격이 그를 압도했다.

김영천이 머리를 거칠게 흔들어 의식을 회복하려 애썼다. 그런 조치에 시야가 점차로 회복되어 가자 그는 곁에 있던 오스본 대위의 어깨를 채어 잡고 앞장섰다.

"타타타탕! 타타타탕!"

두 사람이 건물에서 벗어나자 주변에서 정찰팀원들의 다급한 총성이 들려왔다. 김영천은 오스본을 부축하여 좁은 길을 건넜고 곧 오세웅이 두 사람을 맞이했다. 그의 경고가 두 사람이 정신을 바짝 들게 했다.

"빨리빨리 움직여, 마을 북쪽에서 NVA(월맹군)들이 몰려들고 있어!"

김영천은 오세웅과 북괴군 포로의 앞뒤에 위치를 잡고 이동을 시작했다. 이들의 앞쪽에는 캐플린 상사와 워터스 중사가 약간 거리를 두고 앞서 있었고 뒤쪽에는 오스본 대위와 2명의 그린베레 대원들이 뒤따라오고 있었다.

김영천과 오세웅은 생포한 북한군을 사이에 두고 전력을 다해 헬리콥터들이 대기하는 논으로 향했다.

이들이 컴컴한 비포장 길을 따라 마을과 논의 경계선 즈음에 도달할 때쯤 이들 후방에서는 RT 아리조나 대원들과 월맹군들의 총성이 격렬하게 들려왔다.

헬기 대기 지점 근처를 미리 확보, 경계 중이던 몇 명의 그린베레 대원들이 김영천 일행이 도착한 것을 확인하자마자 이들의 후방으로 자리를 옮겨 교전에 대비했다.

이어 오스본 대위의 목소리가 김영천의 바로 뒤쪽에서 들려왔다.

"빨리 포로를 헬기에 태워!"

김영천을 고개를 어렵게 돌려서, 자신의 후방에서 있을 오스본을 힐끗 보려다가 그냥 말았다. 그는 발걸음을 재촉하여 논둑이 나타나자마자 북한군을 그 너머로 힘껏 밀어 붙였다.

"에이, 씨!"

몇 걸음 가지 못하고 발이 푹푹 빠지기 시작하자 김영천이 투덜거렸다. 설상가상으로 포로가 논바닥에 넘어지면서 그와 오세웅도 균형을 잃고 함께 넘어졌다.

그러나 오세웅 대위가 북한군의 한쪽 어깨를 잡아 일으켜 세우는 순간 그가 오세웅을 한쪽 어깨로 들이받았다. 그리고 오세웅이 논바닥에 떨어뜨린 M16 소총을 집어 들고자 한 팔을 쭉 뻗었다. 김영천은 어둠 속에서도 단번에 상황을 파악했다. 그는 몸을 완전히 일으키기도 전에 소총 총구로 북한군의 옆구리를 있는 힘껏 찔렀다.

"퍽!"

외마디 비명소리 조차도 없이 북한군이 논바닥으로 나가 떨어졌다. 김영천은 다시 몸을 가누고 그를 향해 총구를 들이댔다.

"아, 이 개놈의 새끼가!"

오세웅이 바닥을 더듬어 자신의 총기를 챙기며 투덜거렸다. 그는 김영천이 엄호해 주고 있음을 확인한 후 북한군의 머리칼과 어깨를 거칠게 채어 잡았다. 그리고는 힘겹게 그를 일으켜 세웠다.

"이 빨갱이 새끼, 또 까불면 그냥 쏴 죽인다! 알았어?"

김영천은 총구를 북한군의 옆구리를 푹 찌르며 소리쳤다. 그때쯤에는 이들로부터 40여 미터 정도 거리에 있던 2대의 휴이 헬기들이 시끄러운 소리를 내면서 이륙 준비를 끝마친 시점이었다.

하지만 헬기를 향해 달려가는 이들 주변으로 작은 초록색 불덩어리들이 날아들었다. 월맹군 쪽에서 날아온 중기관총 예광탄들이었다.

"빨리빨리 움직여! 뭐하고 있어?"

앞서 갔던 캐플린 상사가 휴이 헬기 앞쪽에서 이들을 맞이하며 소리를 쳤다. 그리고 그때 워터스 중사는 칼구스타프 기관단총 대신 M79 유탄발사기를 챙겨 들고 김영천 일행의 후방 쪽으로 달려 나갔다.

강한 로터 바람을 온몸으로 맞아 내며, 두 사람이 포로를 이들이 탑승할 헬기까지 데려왔을 때, 별안간 폭발음이 마을 쪽에서 들려왔다.

김영천은 다급한 마음에 뒤도 돌아보지 않고 M16을 몸통에 엇걸어 멨다. 그리고는 미적거리고 있던 포로를 헬기 안으로 힘껏 밀어 넣었다. 헬기 안에서 45구경 권총을 쳐들고 있던 RT 시카고 대원 한 명이 논바닥의 뻘을 뒤집어 쓴 북한군을 맞이했다.

김영천은 그때가 돼서야 안도의 한숨을 짧게 내쉬고는 전체 상황을 파악하고자 몸을 빙 돌렸다. 적군의 마을 쪽으로 그의 시선이 닿자 그의 입이 살짝 벌어졌다. 마을과 헬기들의 위치로 이어지는 길에서 그가 예상했었던 것보다 훨씬 더 급박한 상황이 벌어지고 있었다.

이제까지 김영천 중사와 오세웅 대위의 포로 후송을 엄호했던 그린베레 대원들 6~7명이 헬기들을 향해 다급히 철수하고 있었고, 그들의 후방에서 엄청나게 많은 총구 섬광이 깜빡이고 있었던 것이다.

그는 그 깜빡이는, 치명적인 섬광들을 보며 그가 어릴 적에 영어를 배웠던 마을 선교원의 크리스마스 장식등을 떠올렸다.

그렇지만 김영천은 자신이 열두 살, 생전 처음 경험했던 평화로운 크리스마스 이브가 아니라 곧 생지옥으로 변한 적진 한복판에 있다는 현실에 숨이 턱 막혔다.

기습 헬기들이 논바닥에 착륙하여 이들이 월맹군들과 교전, 북한군을 생포해 오는 데까지 걸린 시간이 불과 10분도 안 되었지만 그 짧은 시간에 이들의 예상보다도 훨씬 압도적인 수의 적군들이 나타난 상황이었다.

김영천은 몸통에 엇걸어 멘 M16 소총을 벗겨 내 어깨에 견착했다. 그는 대규모 월맹군들이 십중팔구 호치민 루트에서 미군 정찰팀 사냥을 전담하는 특수 병력들이라고 생각했고 자신과 그린베레 정찰팀원들의 생사가 이제 몇 분 안에 결정 날지도 모르겠다 생각했다.

"빨리 타, 뭐해?"

북한군 포로와 함께 1번기에 탑승해 있던 오세웅 대위가 마을 쪽을 향해 서 있던 김영천에게 소리를 질렀다.

휴이 1번기뿐만 아니라 2번기 또한 신속한 이륙을 위해 이미 엔진 RPM을 최고치로 올려놨기 때문에 김영천은 마을 쪽에서 들려오는 총성은 거의 들을 수 없었다.

하지만 끊임없이 깜빡이는 적들의 총구 섬광들을 보며 헬기 쪽으로 전력질주를 해 오는 미군 정찰팀원들의 상황은 파악할 수 있었다.

김영천은 이 상황에서 다른 사람들은 차마 떼지 못할 발걸음을 백인 동료들을 위해서 망설임 없이 뗐다. 그는 가끔씩 후방으로 사격을 가하며 길을 따라 내려오는 그린베레 대원들 쪽으로 달려 나갔다.

그는 헬기에서 20여 미터 이상을 나아가 M79 유탄발사기로 동료들을 엄호하는 워터스 중사 옆에 자리를 잡았다. 그런 뒤 마을 외곽에서 사격 중인 적들을 향해 침착하게 단발 사격을 가하기 시작했다.

"퍽~!"

그가 40밀리 유탄을 발사했고 그 즉시 새 유탄을 장전했다. 김영천 또한 28발이 들어있는 탄창 하나를 비우고 새 탄창을 총기에 삽입할 때, 나머지 RT 시카고 팀원들을 앞세우고 오스본 대위가 달려왔다. 그는 모두가 들을 수 있도록 소리쳤다.

"서둘러! 인원 확인되는 팀이 먼저 떠나!"

오스본은 모두가 들을 수 있도록 소리치고는 콜먼 중사가 휴대하고 있던 M72 로켓발사기를 그의 어깨 쪽에서 벗겨 냈다. 그러고 나서 로켓발사기를 발사 상태로 전개시키며 몸을 빙 돌렸다.

그의 우측에 있던 김영천이 자신의 위치를 지나 헬기 쪽으로 달려가는 정찰팀원들을 살필 때, 오스본이 로켓을 발사했다.

"퍼엉! 쐐애애액~!"

김영천의 시선이 다시 마을 쪽으로 향할 때, 노란 꼬리를 단 66밀리 고폭탄 로켓이 마을 외곽으로 날아가고 있었다.

"콰앙!"

로켓이 착탄한 곳에서 번쩍 하는 순간 김영천은 물론, 오스본과 콜먼, 워터스는 마을 쪽에서 엄청난 수의 월맹군들이 논 쪽으로 진출하고 있음을 확인했다.

김영천은 자신의 두 눈으로 확인한 적군들의 수가 대략 100명 이상은 되겠다고 짐작하던 찰나 그의 10여 미터 전방에서 무언가 눈에 들어왔다. 그는 그것이 로켓탄의 폭발 섬광의 잔상이었나 싶어 멈칫했다. 그러나 잠시 후 그는 번개같이 총구를 쳐들고 방아쇠를 당겼다. 본능이 이성을 압도하는 순간이었다.

"탕! 탕!"

두 번의 사격과 동시에 문제의 지점에서 AK 총성이 폭발하듯 들려왔는데 처음에는 하나였던 섬광이 단번에 5~6개로 늘어났다. 김영천은 다른 팀원들이 상황에 대처하고 있는지 확인할 새도 없이 적들을 향해 정신없이 방아쇠를 당겼다.

"탕! 탕! 타탕! 탕"

"파파팡~! 파파파팡!"

김영천은 감각에 의지한 채 사격을 가하는 내내 자신의 머리통 근처로 총탄들이 스치듯 지나가는 것을 감지했다.

"엎드려! 엎드려!"

콜먼 중사의 고함 소리와 함께 누군가 김영천의 팔을 채어 잡았다. 김영천은 바로 몸을 낮췄고 곧이어 논바닥 일대의 허공을 찢어발기는 폭발음이 울려 퍼졌다.

"쾅! 쾅!"

지근거리의 수류탄 폭발 충격이 김영천의 숨을 틀어막았다. 뻘을 뒤집어쓴 채 몸을 추스르려는 그의 어깨를 다시 누군가 채어 잡았다.

"빨리빨리 움직여! 적들이 코앞까지 다가왔다!"

오스본의 도움으로 김영천은 몸을 일으켜 세운 뒤 헬기 쪽을 향했다. 오스본에 의해 끌려가듯 가다가 그는 이내 수류탄 폭발 충격에서 회복되어 자신의 힘으로 달리기 시작했다.

불과 몇 초 전까지만 해도 퇴출하는 동료들을 엄호하고자 했지만 이제 그의 처지는 그들과 함께 눈썹이 휘날리게 달음질해야 하는 상황이었다.

"서둘러! 서둘러!"

누군가가 그의 한쪽 팔을 거칠게 잡았다가 놓쳤고 그 바람에 김영천은 논바닥으로 넘어질 뻔했다. 그러나 다시 그가 몸의 중심을 잡았을 때 헬기가 바로 코앞에 있었다.

김영천이 헬기 쪽에 도착할 때 헬기 후방 수십 미터 즈음에서 번쩍하는 섬광과 함께 흙먼지 기둥이 솟구쳐 올랐다. 그는 논바닥을 통해 전달되는 진동만으로도 그것이 대구경 박격포탄 임을 확신했다.

"어서 와! 빨리!"

앞서가던 콜먼 중사와 워터스 중사를 탑승시킨 오스본이 이번에는 두 팔을 뻗어 김영천의 어깨와 팔을 잡아 안쪽으로 이끌었다. 김영천이 기내 안으로 몸을 던지자마자 헬기가 기다렸다는 듯이 이륙하기 시작했다.

하지만 헬기가 고도를 확보하기도 전에 다시 한 번 기체 가까이에 박격포탄이 떨어졌다. 거의 같은 순간에 기내 안으로 열기와 독한 화약 냄새가 쏟아져 들어왔고 김영천을 비롯한 기습팀원들의 숨통과 시야가 막혔다.

그럼에도 불구하고 헬기는 비행을 계속했고 곧 기내 안에 가득했던 화연이 빠져나갔다. 대원들의 콜록거리는 소리와 욕설이 들려오면서 김영천도 시야와 청각을 회복했다.

정신을 차린 김영천은 다른 대원들과 마찬가지로 가장 먼저 헬기가 떠 있는지를 확인하고자 애썼다.

그는 다른 대원들처럼 기체 바깥쪽으로 목을 쭉 빼고 상황을 파악했다. 육중한 휴이 헬기의 기체가 허공에 떠 있는 것을 확인한 후에서야 그는 자세를 바로 했다.

그가 헬기 바깥쪽으로 몸을 향하고 사격 자세를 취할 때쯤 이들의 헬기는 더욱 속도를 내고 있었다.

그렇지만 고도를 확보하는 과정이 채 끝나기도 전에 지상의 적들이 반격해 오기 시작했다.

다음 순간 모두가 믿기지 않을 정도로 주변 상공이 환해졌다. 김영천은 아주 잠깐 넋이 빠져 그 광경을 지켜보다가 이내 지상에서 발사된 박격포 조명임을 파악했다. 이어진 상황은 그의 우려대로 진행되어 갔다.

"조심해! 조심해~!"

"8시 방향! 8시 방향이다!"

조종사와 캐플린 상사의 경고가 전파되고 김영천의 시선이 지상 쪽으로 향했다. 조명탄을 통해 기습 헬기들의 위치를 확인한 월맹군들의 한층 정확해진 대공 사격이 뒤따랐다.

마을 쪽에서 여러 개의 작은 불빛들이 간헐적으로 깜박거렸는데 잠시 후 그곳으로부터 초록색 대구경 기관총탄들이 헬기 쪽으로 날아들었다.

"피프티 캘리버(50구경)다! 피프티 캘리버다!"

도어거너 역할을 하던 우즈 하사가 소리치자 기체가 최초 진행 방향에서 우측으로 급격히 기울어지기 시작했다.

김영천은 중심을 잡고자 바닥에 널브러져 있던 좌석 벨트를 잡았고 그때쯤 기체는 더욱 기울어졌다.

"이런, 젠장~!"

누군가가 상황을 저주하는 말을 내뱉을 때, 김영천은 벨트를 두 손으로 잡고 기내 바닥에서 뒹굴지 않고자 애를 쓰고 있었다. 그때 무심코 향한 그의 시선에 신기한 광경이 잡혔다.

김영천은 헬리콥터 바깥의, 먼 상공에 모두 6발의 공중조명탄이 떠 있는 모습을 보고 있었다. 그는 각자 거리를 두고 낙하산에 매달려 있는 박격포 조명탄들이 마치 지상 쪽으로 빛을 쏟아내는 폭포처럼 보인다고 생각했다.

짙은 어둠 속에 빛을 쏟아내는 폭포들 사이를 이들의 헬리콥터가 평화롭게 비행해 가고 있는 듯한 착각마저 들었다.

그러나 곧 넋이 빠져있는 그를 현실 세계로 다시 내동댕이치는 일이 벌어졌다.

"쾅! 콰콰쾅!"

기체 위쪽에서 둔탁한 타격음이 두어 번 들린 뒤 엔진음과 로터 회전음이 평소와 달리 들리기 시작했다.

"아, 제기! 우리 맞았다. 우리 피격됐다!"

조종사가 모두가 들리도록 경고를 전파하자 김영천은 그의 미군 동료들을 차례로 응시했다. 그들은 침착하게 상황을 파악하고 탑승한 자리에서 다음 조치에 대비하는 듯했는데 오세웅 대위와 오스본은 북한군 포로를 가운데 두고 뭐라 소리치고 있었다.

"추락할 것 같다! 추락하고 있다!"

다음 경고가 전파되면서 휴이 헬기의 기체가 반대 방향으로 급격히 기울어졌다. 이번에는 헬기의 기수가 아래쪽으로 향하고 있음은 누구든 확인할 필요도 없었다.

김영천은 포로를 향해 45구경 권총을 겨누고 뭐라 소리치던 오세웅 대위 쪽에서 기체 밖으로 다시 시선을 옮겼다.

불과 몇 초 사이에 기체 바깥에서 보이는 광경은 까만 밤하늘이 아니라 수십 발의 예광탄들이 사방으로 솟구치는 마을 상공으로 바뀌어 있었다.

김영천뿐만 아니라 모두가 중기관총 예광탄들의 비행 궤적만으로도 이들의 헬리콥터가 얼마나 지상에서 가까운지 짐작할 수 있는 상황이었다.

김영천은 터질 듯이 뛰는 심장을 느끼면서 심호흡을 하기 시작했다. 좌석 벨트를 꽉 쥔 채 심호흡을 하는 것이 그가 할 수 있는 전부라는 게 너무도 기가 막혔다.

곧이어 그가 기가 막히다고 생각했던 것보다도 더 기가 막히는 상황이 뒤따랐다.

"아냐, 아냐! 연료 차단해, 지금 당장! 당장 차단하란 말이야!"

조종사의 다급한 경고 직후 김영천과 탑승객들은 바깥을 살피지 않고서도 상황을 파악했다. 낙하산 강하 경험이 있는 모든 기습팀원들은 자신들이 군용수송기에서 허공으로 몸을 날릴 때의 느낌을 갖게 되었다.

통제 불능 상태의 헬기가 추락을 앞두고 엔진으로 공급되는 연료를 차단하자 아예 무거운 돌덩이처럼 지상으로 추락하는 순간이었다.

김영천의 어깨에서 등판, 허리, 엉덩이 쪽으로 전기가 전달되어 내려가고 감고 있는 눈, 그 안의 닫힌 시야에서 무수한 오색의 우주가 소용돌이치기 시작했다.

김영천은 누군가 자신의 목덜미를 한쪽 무릎으로 찍어 누르고 있다고 생각했다. 머리를 움직이고 싶었지만 꼼짝도 못 하고 양손도 움직일 수가 없었다.

설상가상으로 그가 숨을 들이쉴 때마다 무언가가 콧구멍을 틀어막았다. 결국에 숨이 막힌 그가 머리를 거칠게 흔들면서 의식을 회복했다.

"후~!"

긴 한숨을 내쉬면서 김영천은 눈을 두어 번 깜박였다. 그러나 그는 자신의 두 눈이 감겨 있는지 아니면 아무것도 보이지 않는 암흑 속에 있는지 알 수 없었다.

그러던 중 뭔가 환한 불빛을 내는 것이 그의 눈앞을 스쳐 지나갔다. 김영천은 다시 의식적으로 눈을 깜빡여 봤다. 잠시 뒤 밝은 불빛 조각 따위가 다시 그의 눈앞을 스쳐 지나갔다. 그리고 곧 흐릿한 의식 속에서 생존을 위한 그의 본능이 먼저 꿈틀

거리기 시작했다.

　김영천은 초록색 불빛 조각들이 월맹군들이 날려 보는 기관총의 예광탄임을 직감했고 그때부터 그의 온몸에 신경세포들이 반응해 왔다.

　그는 끙 하는 소리를 내며 다시 몸을 일으켜 보려고 애썼다. 그러한 시도로 곧 그는 상체를 겨우 움직일 수 있었다. 김영천은 등과 목에서 엄청난 통증을 느꼈고, 자신을 이제껏 깔아뭉개고 있던 게 누군가 혹은 그 무언가가 아니라 바로 그 통증이었으리라 짐작했다.

　두 무릎을 꿇고 상체를 꼿꼿이 세우고 나자 그의 까만 시야에 회색의 띠들이 어지럽게 돌다가 차츰 시야 한쪽 구석으로 빨려가 버렸다.

　곧 깨끗해진 시야 속에서 김영천은 주변의 사물과 풍경을 알아보기 시작했다.

　그는 헬기 쪽 근처에서 작은 총구 섬광들이 깜빡이는 것을 보며 그쪽으로 적 기관총 예광탄들이 날아드는 것을 확인했다.

　밤하늘에 울려 퍼지는 총성들을 들을 수 있을 만큼, 막혔던 귀가 뚫릴 때쯤 그는 자신이 논바닥에 추락한 UH-1 헬리콥터에서 10여 미터 정도 떨어진 곳까지 튕겨 날아왔음을 알게 됐다.

　김영천은 약한 달빛 덕분에 헬기 기체나 주변의 지형 정도로는 파악할 수 있었지만 언덕 바닥 어딘가에 떨어져 있을 자신의

M16 소총은 찾을 수 없었다.

"핑~! 핑~!"

다시 한 번 총탄이 허공을 가르고 지나가는 소리가 들려오자 김영천은 허리춤의 총집에서 45구경 권총을 뽑아들었다. 그런 다음 후방을 살피면서 헬기 쪽으로 내달리기 시작했다.

그의 온몸에 가득 찼던 아드레날린은 의식을 잃은 사이에 사라졌다. 그리고 그 직후에 찾아오는 모든 느낌은 조바심과 두려움뿐이었다. 현재는 2~3정의 AK 소총의 총성과 기관총 소리가 전부였지만 그는 머지않아 수백 명의 월맹 정규군의 호각 소리와 고함 소리, 그들의 총성에 압도될 것임을 직감했다.

김영천은 질퍽한 논바닥에서 한 걸음씩 내디딜 때마다 두 동강난 기체가 그의 눈에 더 분명하게 보여 왔다.

"아군이다! 아군이다! 사격하지마!"

기체에서 5~6미터 정도 떨어진 논둑 쪽에 3명의 정찰팀원들이 엄폐하여 교전 중이었는데 김영천은 그들을 향해 목청껏 소리쳤다.

"어서 합류해, 킴!"

그의 귀에 낯익은 목소리를 듣자마자 김영천은 재빨리 몸을 일으켜 그들에게 달려갔다. 그를 맞이한 것은 캐플린 상사와 우즈 하사였다.

"휴~!"

두 사람 사이에 자리를 잡자 김영천의 입에서 안도의 한숨이 새어 나왔다. 그는 개인화기가 현 상황에서 도움이 될 것이 없다 생각하고 시선을 뒤쪽으로 돌렸다.

이들의 후방 15~16미터 거리에 추락한 휴이 헬기가 있었다. 거대한 기체는 중간쯤 되는 곳에서 두 동강이 나 있었고 메인 로터도 박살이 나 있었다. 엔진부가 위치한 기체 위쪽에서는 계속해서 연기가 나던 중이었다.

김영천은 엔진 부분을 보고 심상치 않은 느낌에 서둘러 몸을 일으켰다. 그리고 주변의 적들에게 산발적으로 사격을 가하는 두 그린베레 대원들에게 소리쳤다.

"헬기 쪽으로 가 보겠다! 엄호 해 줘!"

김영천은 논바닥 위의 잡풀 줄기들을 헤치고 헬기를 향해 달려갔다. 그가 헬기에 도착하여 내부로 고개를 들이밀자, 그가 생각했던 기체 내부 모습이 온데간데없었다. 1000마력이 넘는 힘을 자랑하는 커다란 엔진이 기내 천장을 뚫고 바닥 근처까지 내려앉아 있었다.

오세웅 대위는 그 엔진을 등진 채 기절해 있었고 콜먼 중사는 그의 시야 왼쪽, 조종석 쪽에서 조종사를 꺼내려고 애쓰고 있었다.

"헤이?"

콜먼이 고개를 돌리지도 않고 소리치자 김영천이 질문으로 대꾸했다.

"콜먼, 팀장은? 샘(워터스 중사)은?"

"샘은 어디 있는지 모르겠고 팀장은 저기 있어! 저기, 엔진 아래!"

김영천은 콜먼 중사가 가리키는, 엔진 아래쪽에 깔려 있는 누군가를 보게 됐다. 그 순간 그의 심장이 긴 바늘에 찔리는 고통이 느껴졌다가 곧바로 사라졌다.

김영천은 오세웅 대위를 먼저 기체 밖으로 끌어냈다. 의식을 찾지 못한 오세웅 대위를 어깨에 둘러메고 김영천은 헬기에서 거리를 두고자 달리기 시작했다. 그는 오세웅을 캐플린 상사 쪽에 떨궈 놨다. 그런 뒤 그는 다시 헬기 쪽으로 달려갔다.

김영천이 헬기 쪽에 거의 도착했을 때, 헬기 위쪽에서 작은 폭발과 함께 불꽃이 튀어 날렸다. 그리고는 서서히 기체 위쪽에서 불길이 번지기 시작했다.

"그냥 둬! 너무 늦었다구!"

조종사를 부축해 나오던 콜먼이 김영천을 지나쳐 가며 만류했다. 그러나 김영천은 터질듯이 뛰고 있는 심장 고동을 무시하고 헬기 안으로 뛰어 들어갔다. 그런 뒤 머리와 한쪽 어깨가 육중한 엔진에 깔려있는 오스본 대위 쪽으로 다가갔다.

김영천은 누군가의 XM177E2 소총을 거꾸로 잡은 뒤 그것을 엔진 아래쪽에 집어넣고 지렛대 삼아 힘껏 눌렀다. 그가 젖 먹던 힘까지 짜 내며 지렛대를 누르고 있는 동안 기내 천장에서 여러 방울의 액체가 그의 머리와 목덜미 쪽으로 떨어지기 시작했다.

잠시 후 그는 자신의 목덜미와 등판이 불에 덴 듯 후끈해지는 것을 느꼈다. 천장에서 흘러내리는 것은 휘발성과 폭발성이 강한 헬기 연료였다.

"팍!"

소총의 개머리판과 총 몸의 연결 부위가 끊어졌다. 화들짝 놀란 김영천은 상황을 저주하는 욕을 한바탕 하고 싶었지만 그럴 겨를이 없음을 잘 알고 있었다. 그리고 아주 짧은 순간 그는 오스본을 구하려는 시도가 무용할지 모르니 자신의 목숨부터 챙겨야 하지 않을까라는 생각을 했지만 그의 몸은 그 생각에 응하지 않았다.

"이아~!"

김영천은 이번에는 총 몸에 체중을 싣고 다시 한 번 모든 기력을 동원했다. 그때가 돼서야 엔진이 위쪽으로 움직였고 그는 미리 봐 뒀던 도어건 M60 기관총의 탄통을 엔진 아래쪽으로 밀어 넣었다.

그러고 나서야 그는 생사를 알 수 없는 오스본을 끌어냈고 곧 그를 어깨에 둘러멜 수 있었다.

그가 오스본을 데리고 헬기 쪽에서 벗어날 즈음 근처 상공에서 UH-1 헬기 소리가 울려 퍼지고 있었다. 오세웅 대위와 캐플린 상사 쪽으로 그가 합류하자 오세웅 대위가 오스본을 부축해 받아 줬다.

캐플린 상사는 무선으로 유도한 2번기를 향해 플래시 라이트를 깜박이고 있었다.

하지만 잠시 후 이들이 굳이 플래시로 자신들의 위치를 표시할 필요가 없게 됐다.

갑작스러운 폭발음과 함께 추락한 헬기가 불길에 휩싸였던 것이다. 그때부터 불타는 헬리콥터가 근처 수풀 지대와 논 지대를 밝혀 줬고 김영천 일행은 더욱 구체적으로 상황을 파악할 수 있었다.

현재 이들의 위치는 낮은 산 능선에 둘러싸인 논 지대였는데 이들이 기습했던 마을은 바로 남쪽 언덕 너머에 있었다. 당연히 마을 근처로 모여들던 일부 월맹군들이 신속하게 추락 현장 근처로 몰려들었고 조만간에는 훨씬 더 많은 병력이 합류할 게 뻔했다.

주변 상황을 살핀 김영천은 살아남은 팀원들을 쭉 둘러봤다. 놀랍게도 오세웅 바로 곁에 북한군 포로가 양손이 뒤쪽으로 포박된 채 엎드려 있었다.

김영천이 오스본 대위 쪽으로 자리를 옮겼다. 그의 머리 전체가 피투성이가 되어 있었고 숨소리도 작았다. 콜먼 중사는 대형 압박대를 꺼내 그의 상처를 덮었다.

"팀장은 어때?"

김영천이 조심스럽게 묻자 그는 대꾸 없이 압박대의 끈을 계속해서 동여맸다. 응급처치를 마치고 나서야 그가 대꾸했다.

"분명히 말할 수 없는 상태야. 팀장도 팀장이지만 이제 우리 걱정을 할 때 아냐?"

처치를 마친 그는 김영천에게 누군가의 XM177E2을 건네주며 말을 이었다. 김영천은 말없이 오스본을 내려다보다가 이내 자신의 현실을 직시하기 시작했다.

기습 병력 중 5명이 살아남았고 그들이 이제 북한군 포로 한 명, 헬기 부조종사와 함께 일대의 모든 월맹군 병력을 맞이하기 직전이었다.

김영천은 수차례 경고 받았던 호치민 루트 지역 내 월맹군의 전술을 떠올렸다. 월맹은 인도차이나 반도에서의 두 번째 승리를 위해서 월맹에서 월남으로 엄청난 전쟁 물자와 병력을 내려보내야 했다.

그러나 그러한 시도와 노력은 전 세계에서 가장 강력한 미국의 공중 폭격 능력에 의해 저지되었고 결국에는 미군의 맹폭을 피해 북쪽에서 남쪽으로 길게 이어진 호치민 루트를 운용했다.

1971년의 시점까지 이제 오른쪽에는 월맹과 월남이, 왼편에는 적어도 공식적으로는 전쟁 당사국이 아닌 라오스와 캄보디아가 있는 이 호치민 루트는 전쟁의 향방을 결정하는 전략 요충지대가 되었다.

미군과 CIA는 SOG라는 특수작전 담당 조직을 구축하여 상당수의 미 육해공군 특수부대 병력을 이곳, 호치민 루트의 감시, 파괴 작전에 집중적으로 투입했으며 월맹군 측 또한 4~5만 명이 넘는 대규모 병력, 1만 정이 넘는 대공화기를 호치민 루트에 배치하여 미군 특수부대의 정찰, 폭격 유도 작전에 맞섰다.

김영천과 RT 시카고, RT 아리조나는 이번 작전 전날에도 미군 정찰팀을 사냥하고자 훈련, 창설된 월맹군 특수부대 병력이 작전 지역 일대에서 활동 중이라는 첩보를 전달 받았었다.

대개의 경우, 이들 정찰팀의 존재가 호치민 루트 지역 내에서 발견되면 수 시간 만에 수백 명의 월맹군들이 수색견을 앞세우고 일대를 에워싸는 것이 최근의 추세였고 이로 인해 정찰팀원들의 임무 완수 여부는커녕 생존 자체가 보장되지 않았다.

김영천은 이미 수차례 위기 상황을 겪고 극복했지만 오늘 새벽만은 전처럼 녹록치 않을 것임을 직감했다.

"저기!"

캐플린 상사의 나지막한 목소리가 들려올 때, 휴이 2번기가 이들의 위치 후방, 산 능선 쪽에서 나타났다. 2번기는 산 능선을 넘자마자 기수를 지상 쪽으로 한 뒤 천천히 산 사면을 타고 미끄러지듯 비행해 왔다.

어차피 폭발한 이들의 헬기 때문에 주변의 조명 상태가 양호했으므로 김영천 일행이 2번기의 착륙을 유도할 필요는 없었다. 다만 헬기의 착륙 시도 전후로 월맹군들의 공격이 더욱 과감해질까가 우려되는 상황이었다.

"모두들 조심해! 사주경계 확실히 해!"

RT 아리조나 병력이 탑승한 헬기가 감속하면서 30~40미터의 고도로 접근하기 시작했다. 김영천은 이들의 위치 전방, 적 마을 쪽을 경계하면서 숨을 참았다. 고개를 돌려 확인하지 않아도 헬리콥터의 소리와 강력한 로터 바람으로 대강의 고도를 짐작할 수 있었다.

김영천 일행이 헬기 소리 속에서 RT 아리조나 대원들이 지상을 향해 쏴 대는 XM177E2, M16, M60 소리를 감지할 때쯤 동시에 정찰팀의 위치 사방에서 월맹군의 총구 섬광들이 나타나기 시작했다.

휴이 헬리콥터가 이들을 구출하고자 착륙을 시도하고 있음을 월맹군 또한 파악하고 이를 절호의 기회로 삼으려는 상황이었다. 당장 김영천 자신이 전방의 개활지대와 좌우의 수풀 지대 내에서 대강 셈할 수 있는 AK 소총의 총구 섬광만도 100여 개는 넘어 보였다.

"퍽~!"

별안간 이들의 후방 상공에서 폭발음이 울려 퍼졌고 김영천의 시선이 그곳으로 향했다. 20미터도 안 되는 고도에 떠 있는 휴이 헬기의 기체 한쪽에 작은 불덩어리가 붙어 있는 게 보였다.

"제기랄!"

누군가의 안타까운 절규에도 불구하고 RPG탄(대전차 로켓탄)에 피격된 헬기는 수평 상태를 유지하며 착륙을 시도했다. 2번기가 김영천 일행의 위치에서 10미터도 되지 않는 지점에 착륙하자 강력한 로터 폭풍이 이들을 삼켰다.

"빨리, 빨리, 킴! 팀장과 헬기 조종사만 태워!"

캐플린 상사가 소리치며 김영천의 어깨를 쳤다. 그가 몸을 일으키자 1번기의 부조종사도 몸을 일으켰다. 그리고 두 사람이 바닥에 누워 있던 오스본 대위를 부축하여 휴이 헬기 쪽으로 내달리기 시작했고 오세웅 대위가 북한군을 앞세우고 뒤따랐다.

이들이 헬기 쪽으로 다가가는 동안 2번기에서 내려온 RT 아리조나 대원들이 적 방향에 사격을 가하면서 이들 쪽으로 다가왔다.

"서둘러! 서둘러!"

RT 아리조나 대원들이 경쟁적으로 소리를 지르며 김영천 일행의 후송 과정을 재촉했다. 그 와중에 훨씬 더 많은 월맹군들의 기관총탄들이 이들을 스치듯 지나쳐 갔다.

김영천은 헬기 쪽에 도착했을 때 머리 위쪽에서 회전하는 거대한 메인 로터 블레이드 쪽에 기관총 예광탄 몇 발이 맞고 튕겨 날아가는 것까지 볼 수 있었다.

"꿍~!"

김영천은 젖 먹던 힘을 다해 논바닥 쪽으로 몸이 가라앉는 오스본을 다시 일으켜 세웠다. 그런 뒤 먼저 기내에 올라가 있는 누군가에게 그의 두 팔을 넘겨주고는 그의 엉덩이와 두 다리를 힘껏 들어 올려 헬기 안에 밀어 넣었다.

헬기 안에는 오스본 대위 외에도 2명의 부상자들이 탑승해 있었고 멀쩡한 인원은 RT 아리조나의 메딕(의무 부사관)과 도어거 너 한 명밖에 없었다.

그가 답답한 상황에 머리를 가로저으며 뒷걸음질 칠 때, 곁에 있던 RT 아리조나의 원 제로 핸슨 대위가 조종석 출입문 쪽을 두어 번 세게 쳤다.

그것을 신호로 헬리콥터는 이륙을 위해 출력을 높이기 시작했고 김영천은 서둘러 헬기와 거리를 두고자 달렸다. 그는 자신과 함께 달리는 RT 아리조나의 대원들을 보면서 앞으로 벌어질 사건 결과와 상관없이 마음 깊은 곳에서 안도감을 느꼈다.

4명의 RT 아리조나 대원들이 만신창이가 되어 있는 RT 시카고의 위치에 합류할 때쯤 2번기는 고도를 겨우 높여 남동쪽 산능선 방향으로 향했다.

그때부터 현장 상황은 더욱 급박하게 진행되어 갔다. 멀리 월맹군 대부대가 접근 중인 논 근처에서 몇 번의 폭발음이 들려왔고 그곳 상공에서 2대의 UH-1 건쉽 헬기들이 하강과 상승을 반복하고 있었기 때문이다.

김영천 중사가 처음 엄폐했던 캐플린 상사 옆자리에 도착할 때쯤에는 200여 미터 정도의 거리인 월맹군 위치 쪽으로 하늘에서 노란 예광탄들이 쏟아져 내렸다.

그곳 상공에서 선회 중인 건쉽이 7.62밀리 미니건(미니 발칸포)으로 사격을 가하는 것이었다.

"저 건쉽들도 곧 탑재한 무장이 바닥날 거야! 어서 여기를 벗어나지 않으면 개미떼 같이 몰려오는 놈들에게 포위당하는 거야."

김영천의 오른편에 엎드려 있는 콜먼 중사가 속삭이듯 말했다. 그러자 2번기에서 내려 합류한 RT 아리조나의 원 제로가 냉소적으로 들리는 말투로 대꾸했다.

"너무 늦었어! 이곳 일대에 이미 NVA(월맹군)들이 에워싸고 있다. 이제는 우리 모두 선택의 여지가 없다구."

그는 캐플린 상사와 김영천 사이로 비집고 들어와 엎드렸다. 그런 뒤 캐플린에게 물었다.

"시카고 대원들 상황은 어때요?"

"상황이라고 할 것도 없이 여기 있는 인원이 전부입니다."

그의 보고에 핸슨 대위는 말없이 모두를 살펴봤다. 그 순간에도 김영천 일행의 위치 200여 미터 전방에서는 2대의 건쉽 헬기들이 이들에게 접근 중인 월맹군 대부대를 향해 2.75인치 로켓탄과 7.62밀리탄을 쏟아붓고 있었다.

캐플린은 김영천의 표정을 살핀 뒤 핸슨 대위에게 말을 더했다.

"동이 틀 때까지 우릴 지켜 줄 게 필요합니다. 지금 불러들여야 하지 않을까요?"

핸슨 대위는 대답 대신 RT 아리조나의 무전병을 손짓으로 불렀다. 그가 무전기 송수화기를 꺼내들었을 때 잠잠했던 월맹군들의 사격이 시작되었다.

모두가 우려했듯이 건쉽들의 탑재 무장이 모두 소모된 것을 월맹군들이 눈치 채고 다시 김영천 일행의 위치를 향해 진군하고 있는 것이었다.

"모두 교전에 대비해! 금방 끝나지 않으니 실탄을 아끼도록!"

김영천은 캐플린 상사의 지시를 들으면서 사격 자세를 잡았다. 그가 보기에도 적어도 200명 이상의 월맹군들이 사방에서 다가오고 있는 게 분명했다.

김영천은 자신이 가지고 있는 XM177E2 소총의 탄창을 꺼내 남아 있는 실탄의 양을 확인했다.

총기에 탄창을 삽입하고 다시 전방을 향해 총구를 겨눌 때, 월맹군 쪽 상공에서 조명탄 몇 발이 터졌다. 대낮같이 환해진 적 방향에서 김영천과 정찰팀원들은 넓은 개활지대 전체에 월맹군들이 깔려 있음을 다시 확인했고 하늘에 떠 있는 건쉽들 조차 저들을 저지할 수 없음을 직감했다.

"젠장할! 이번에는 정말 화끈하겠구만."

곁에 있던 캐플린이 중얼거리며 소총에 묻어 있는 진흙을 털어 냈다. 100여 미터가 조금 넘는 거리까지 접근하면서도 월맹군들은 김영천 일행을 향해 사격을 가하지 않았다.

적들의 총성은 전방보다는 이들의 후방에서 간헐적으로 들려왔고 그때마다 후방을 경계하던 RT 아리조나 대원들이 응사하곤 했다. 그들이 대치하고 있는 월맹군들 또한 200미터 미만의 거리까지 진출 중이었다.

처음에는 300여 미터 이상 떨어져 있던 UH-1 건십 2대는 이제 이들 정찰팀 근처 상공을 선회하고 있었고 그 소리가 모든 주변 소음을 압도했다.

헬기가 가까워졌다는 것은 월맹군들이 이들 근처까지 다가왔다는 것을 의미했고 김영천은 심호흡을 하면서 곧 들이닥칠 폭풍을 기다렸다.

"60여 미터 정도까지 접근했다! 사격 준비!"

핸슨 대위가 소리치자 별안간 그의 경고를 신호라도 삼았듯이 이들의 대치 지점 상공에 조명탄이 터져 지상을 밝혔다. 이들에게 경고하고자 건십에서 투하한 조명탄이 지상을 밝혔고 그 덕에 이들 전방에서 접근 중인 30명 정도의 월맹군들이 정찰팀원들의 눈에 포착됐다.

"조금만 더 기다려!"

캐플린 상사의 목소리가 시끄러운 헬기 소리 속에서 울려 퍼졌고 그린베레 대원들과 김영천은 초조하게 사격 타이밍을 기다렸다.

1차로 돌진해 오는 적군들 뒤로 또 일렬로 무리 지어 돌진 중인 월맹군들 수십 명이 보였다. 그리고 그때 높은 고도에 떠 있는 건십 헬리콥터 한 대가 기수를 지상으로 향한 채 하강하기 시작했다.

갑작스러운 건십의 기동에 돌진 중이던 월맹군들이 허공을 응시했고 건십은 금방이라도 지상을 향해 기관총탄과 로켓탄을 쏟아낼 기세로 날아들었다.

"우우웅~! 타타타타~!"

기체 양 옆에 2.75인치 로켓탄 발사기들과 7.62밀리 미니건들을 장착한 거대한 기체가 논바닥에 추락할 듯 하강해 오자 월맹군들이 사방으로 흩어져 엎드렸다.

건쉽은 김영천 일행의 위치를 지나쳐 가며 고도를 높였고 잠시 동안 혼비백산한 월맹군들은 사격조차 하지 못했다. 잠시 후, 논바닥에 납작 엎드려 있던 월맹군들이 하나둘 일어나기 시작했고 그들은 건쉽이 '드라이 런(Dry Run: 무장헬기가 탑재한 모든 실탄, 로켓탄을 소비한 후에도 지상의 적들을 기만하고자 실행하는 하강 기동)'을 실행했음을 파악했다.

"사격 준비! 사격 준비! 이제 50미터도 안 된다!"

캐플린의 경고에 모두가 적 방향을 향해 사격 자세를 잡았다. 다시 수십 명의 월맹군들이 이들을 향해 달려오기 시작했고 때맞춰 두 번째 건쉽이 월맹군의 먼 후방에서 고도를 낮추기 시작했다.

하지만 이번에는 월맹군들은 고도를 낮춰 접근하는 건쉽 헬기를 신경 쓰지 않았다. 다시 한 번 드라이 런을 통해 자신들에게 겁을 주려는 거라 생각했기 때문이었다.

그리고 그때 무전기로 건쉽과 교신 중이던 핸슨 대위가 모두에게 경고했다.

"모두 엎드려! 이번 거는 진짜야!"

그의 목소리가 울려 퍼지는 것과 동시에 1열 횡대로 몰려오는 월맹군들 후방 상공에서 UH-1 건쉽이 치명적인 화력투사를 개시했다.

"쾅~! 쾅! 콰콰쾅!"

대여섯 발의 로켓탄이 월맹군 위치에 작렬, 폭발했으며 건쉽의 좌우에서 수십 발의 예광탄들이 지상으로 퍼부어졌다.

불과 5~6초 정도의 공격으로 월맹군의 첫 번째 돌격제대의 과반수가 쓰러졌고 휴이 건쉽 헬기는 자신의 위용을 뽐내듯, 요란한 로터 회전음을 김영천 일행에게 쏟아 내며 지나쳐 갔다.

그 광경에 누군가가 환호성을 질렀고 김영천 역시 목덜미가 짜릿한 쾌감을 느꼈다.

건쉽 2번기는 이들의 후방에서 접근 중인 월맹군들에게 7.62 밀리 미니건을 다시 한 번 퍼부은 뒤 고도를 높이기 시작했다. 그러나 그때쯤, 핸슨이 모두를 허탈하게 만드는 메시지를 전파했다.

"건쉽들의 무장은 저게 마지막이다! 다들 준비해!"

캐플린의 절박한 질문이 바로 뒤따랐다.

"팀장님, 스펙터(AC-130A)나 매직드래건(AC-47)은요?"

"제때 맞춰 올지 모르겠답니다."

"제기, 시간에 맞춰 못 오면 우리가 지들이 올 때까지 기다려야 한답니까?"

캐플린의 반응에 핸슨 대위가 다시 고개를 끄덕이더니 무전기 송수화기로 다시 지휘부를 호출했다.

그의 교신 시도에 귀를 기울이며 김영천은 다시 교전 준비를 했다. 김영천은 월맹군들 또한 오랜 전투 경험 덕분에 미군 건쉽 헬기들의 전술을 알고 있을 거라 생각했다.

그들은 로켓탄과 미니건의 7.62밀리탄과 같은 건쉽의 화력탑 재량을 계산하여 더 이상 드라이 런에 기만당하지 않을 것이며 혹시라도 김영천과 미군 특수부대원들의 바람처럼 건쉽이 또다시 드라이 런을 실행, 시간을 벌려고 한다면 RPG7 로켓발사기나 50구경 중기관총으로 반격할 것이 분명했다.

어둠 속에서 병력들을 정리, 정렬시키는 고함과 호각 소리가 들려오기 시작했다. 김영천은 바짝 마른 입 속에서 혀를 굴리면서 전방을 뚫어져라 주시했다. 일체의 조명이 없고 간혹 구름과 구름 사이로 약한 달빛이 떨어질 때만 시야가 확보되는 상황이었다.

그런데 곧 모두의 귀를 번쩍 뜨이게 하는 대화가 캐플린과 핸슨 사이에서 이루어졌다.

"스펙터가 우리 공역에 들어왔답니다!"

"뭘 기다립니까, 팀장님?"

"우리와 적들의 위치가 너무 가까워서 사격지원을 머뭇거리네요. 지금 정도의 조명 상태에서는 우리까지 끝장나는 수가 있으니 조금만 더 상황을 정리해 봅시다."

"빌어먹을, 우리가 지금 그런 고민할 때입니까? 제발 지금 당장 염병할 화력지원을 요청하십시오! 팀장님께서 하지 않으면 제가 하겠습니다."

캐플린 상사가 핸슨 대위가 들고 있는 무전기 송수화기를 향해 손을 뻗으며 소리쳤다. 캐플린이 펄쩍 뛰며 소리치자 핸슨 대위는 마지못해 AC130A기에게 차분하게 말했다.

"바이퍼 세븐(Viper7)! 여기는 알파, 로미오 식스(AR6)다! 대기 요청을 취소하고 지금 당장 화력 지원을 요청한다! 다시 말한다, 대기 요청을 취소하고 지금 당장 화력 지원을 요청한다."

곧이어 상공에 떠 있는 AC130A기에서 응답해 왔고 곧 핸슨 대위가 캐플린 상사의 도움을 받으며 이들의 위치를 전파했다.

조금 뒤, 교신을 마친 핸슨 대위가 모두에게 큰 소리로 경고했다.

"스펙터가 이곳 일대를 쓸어버릴 거다! 완전히 엄폐하고 아군의 유탄에 맞지 않게 조심하라! 모두 완전히 엄폐해!"

그의 경고가 전파되는 동안 주변 상공에서 AC-130A기의 프롭 엔진음이 울려 퍼지고 있었다. 고도를 낮추고 있는지 엔진 소리가 한층 커졌다가 이내 일정한 RPM을 유지하는 듯 들리기 시작했다.

김영천과 그린베레 대원들은 AC-130A기가 늘 그래 왔듯 구름 아래쪽에서 원을 그리며 선회 중임을 알고 있었다.

해당 고도에서 AC-130A기는 최첨단 기술로 만들어진 플리어(FLIR)와 야간 관측장비(NOD)와 연동된 아날로그 컴퓨터를 통해 지상 표적들을 1차로 확인 후 지상의 아군들과 교신, 2차로 표적들을 확인하고 나서 정확한 공격을 가하는 게 기본 절차였다.

잠시 뒤면 핸슨 대위가 지정해준 대로 이들 정찰팀의 위치를 제외한 일대에서 살아서 꼼지락대는 모든 것들에 대해 7.62밀리 미니 발칸포 4문과 20밀리 발칸포 4문으로 사격을 가할 것이었다.

AC130A기가 개활지대 내 대규모 월맹군, 베트콩 대부대의 위치 상공에서 2~3번 정도 원을 그리며 선회하면 수천 발의 7.62밀리탄과 20밀리 포탄들이 지상으로 쏟아져 적들이 궤멸당했다.

그렇지만 지금 이 순간, 김영천은 자신과 미군 동료들이 그러한 총탄 세례가 쏟아지는 한복판에 있음을 주목해야만 했다.

지금 캐플린 상사와 콜먼 중사가 MCI(전투식량)를 데워 먹는데 사용하는 고체 연료들을 모두 한곳에 모아 불을 붙이는 것은 그러한 이들의 상황과 관련된 것이었다.

즉, 고체 연료가 탈 때 나오는 강력한 열기가 AC-130A기의 적외선 탐지기를 통해 포착되어 이들의 위치를 더욱더 분명하게 알려질 수 있었다.

그리고 이렇게 정찰팀의 위치가 2차로 AC-130A 쪽에 확보되지 않으면 혼란스러운 교전 속에서 월맹군들에게 쏟아질 발칸 포탄들이 이들에게 쏟아질 확률이 컸다.

물론 이들의 위치를 알리고자 작동시켜 둔 스트로브(적외선 커버를 씌운 점멸등) 하나에 모두의 목숨을 걸기에 AC-130A의 화력이 그야말로 무시무시한 것도 또 다른 이유였다.

핸슨 대위와 팀원들 모두가 상공에서 들려오는 AC-130A기의 엔진 소리에 귀를 기울이며 사방을 경계했다.

잠잠하던 논 지대와 수풀 지대들이 이제는 월맹군들의 호각소리와 고함 소리로 시끄러워졌다. 월맹군들 또한 미군 정찰팀과의 거리를 줄여야만 AC-130A기의 가공할 공격을 피할 수 있다고 알고 있기에 전력을 다해 다가오고 있었다.

RT 시카고와 RT 아리조나 또한 월맹군들과 최소 50미터 정도 거리를 유지해야 할 필요가 있었다. 아무도 100퍼센트 장담할 수는 없지만 50미터 정도의 거리를 두게 되면 이들이 스펙터기의 발칸포탄을 뒤집어 쓸 확률이 현저하기 줄어들기 때문이었다.

"탕! 탕! 타타탕!"

적들에 접근을 저지하려는 사격은 후방을 경계하던 그린베레 대원들이 시작했다. 김영천이 어깨 너머로 잠깐 살핀 상황은 전소 중인 휴이 헬기 근처에서 불쑥 나타나 돌진하던 월맹군들에게 RT 아리조나 대원들이 사격을 가하는 것이었다.

"정신 바짝 차려!"

캐플린 상사의 경고에 김영천의 시선이 다시 전방으로 향했다. 100여 명이 넘는 월맹군들이 일제히 김영천 일행 쪽으로 약진해 오기 시작했고 어느 쪽에서 쐈는지도 모를 조명탄 한 발이 이들을 밝혀 주고 있었다.

"탕! 탕! 탕! 탕! 타탕!"

김영천은 XM177E2로 침착하게 적들에게 사격을 가했고 캐플린과 다른 팀원들도 자신들의 구획에 들어온 적들을 향해 방아쇠를 당겼다.

처음 UH-1 건쉽에게 얻어맞고 퇴각했던 월맹군들과 달리 이제 이들은 무질서하게 사방에서 몰려드는 형국이었고 차츰, 사격을 가하는 김영천의 마음이 조급해지기 시작했다.

그가 아무리 방아쇠를 당겨도 AK 소총을 지닌 카키색 군복 차림의 적군의 수는 줄어들지 않았고 시간이 갈수록 늘어가는 것만 같았다. 마치 2~3명의 월맹군을 쓰러뜨리면 그들의 후방에서 있는 논둑에서 또 다른 2~3명이 기다렸다는 듯이 튀어나와 돌진하는 상황이었다.

"이런, 씨~!"

김영천의 소총에서 빈 탄창을 빼고 새 탄창을 끼워 넣는 동안 그는 자신의 사격 구획 안에 있는 6~7명의 적군이 10여 미터 이상의 거리를 질주해 오는 것을 빤히 지켜봤다.

그는 이런 식으로 상황이 전개된다면 곧 적들이 현 위치까지 진출하는 것은 시간문제라고 생각했다. 그러한 생각은 그의 좌우에서 격렬하게 사격 중인 캐플린 상사와 핸슨 대위, 콜먼 중사에게도 찾아오려던 참이었다.

그렇지만 잠시 후 밤하늘에 소나기를 몰고 오는 듯한 낮은 천둥소리가 울려 퍼졌고 그 직후 노란 예광탄들이 빗방울처럼 쏟아져 내리기 시작했다. 거의 동시에 김영천과 그린베레 대원들의 눈을 의심케 할 만한 광경이 벌어졌다.

김영천 일행을 향해 돌진해 오던 50~60명 정도의 월맹군들이 모두, 일제히 논바닥에 쓰러졌다. 그들은 AC-130A의 공격에 단순히 엄폐, 은폐한 것이 아니라 7.62밀리 발칸포탄과 20밀리 발칸포탄에 몸통이 터지거나 찢겨져 쓰러진 것이었다.

여러 명이 동시다발적으로 비명을 지르면서, 정찰팀의 전방은 순식간에 아비규환이 되었다.

"부우우우웅~! 부우우우웅~!"

또다시 낮은 천둥소리가 일대를 휩쓸었고 1차 공격에 무력화된 월맹군들의 후방 지대에 수백 발의 예광탄들이 쏟아져 내렸다.

김영천은 논과 인접한 수풀 지대 쪽에서 20밀리 발칸포탄들이 나무줄기들을 꺾어 버리는 것을 볼 수 있었다. 사실 그가 보기에는 나무 기둥들이 아예 폭발하는 것처럼 보였다.

모든 정찰팀원들이 넋을 잃고 그 광경을 지켜봤다. 그러던 중 곧 캐플린 상사의 입에서 "이런 젠장!"하고 탄성이 새어 나오게 만드는 일이 벌어졌다.

AC-130A의 2차 사격이 쏟아져 내렸던 숲속에서 십수 명의 월맹군들이 튀어나오더니, 김영천이 눈 한 번 깜짝하는 사이에 그 숫자가 2배가 되었다. 그리고 불과 5초도 안 되는 사이에 50명, 90명, 곧 이어 150~160여 명이 되어 논바닥을 건너오기 시작했다. 그들의 목표는 바로 김영천 일행의 위치였다.

그들이 이판사판으로 덤비는 것인지 아니면 정말 정찰팀의 위치 반경 50미터 안으로 들어와 자신들의 생존을 도모하려는 것인지도 누구도 알 수 없었다.

다만 한 가지 분명한 것은 일대의 모든 월맹군들이 RT 시카고와 RT 아리조나의 위치로 총공세를 취하고 있다는 사실이었다.

"놈들이 우리 쪽에 밀착하려 한다! 다들 정신 차리고 사격해! 절대로 우리 쪽으로 넘어오면 안 돼!"

캐플린 상사가 모두에게 독려하듯 소리쳤다. 그때에는 핸슨 대위가 송수화기를 잡고 미친 듯이 소리치고 있었다. 그가 AC-130A에게 전달하는 내용은 모두가 짐작할 수 있는 것이었다.

"모두 퍼부어! 가지고 있는 것을 모두 퍼부어!"

김영천과 그린베레 대원들은 엄폐했던 논둑 위로 상체를 노출시킨 채 월맹군들에게 맹렬한 사격을 가했다. 간혹 이들의 전방에 월맹군들의 박격포탄들이 떨어져 폭발했지만 그것 때문에 양쪽의 사격이 끊어지지는 않았다.

"탕! 탕! 탕!"

"타타타타타~!"

김영천이 탄창을 교체했을 때에는 50~60명 정도의 월맹군들이 이미 50미터 미만까지 거리를 좁혀 온 상태였다.

AC-130A기의 3차, 4차 공격이 뒤따랐지만 끝도 없이 늘어나는 적군들을 완전히 저지하지는 못했다.

"쾅! 콰쾅!"

캐플린과 콜먼이 연달아 투척한 수류탄이 20여 미터 전방에서 폭발하고 코앞까지 다가왔던 월맹군들이 쓰러졌다.

"탕! 탕! 타탕! 탕!"

캐플린은 소총 실탄이 모두 바닥났는지 이제 45구경 권총을 뽑아 사격하기 시작했다.

김영천 또한 남아 있는 2개의 탄창 중 하나는 자신의 소총에 결합하고 나머지 하나는 등 뒤에서 역시 사격 중이던 우즈 하사에게 양보해 줬다.

그가 우즈에게 탄창을 건네주고 다시 몸을 앞쪽으로 돌리는 순간 뭔가가 그와 캐플린 위치 사이에 떨어졌다.

김영천은 처음에는 그것이 방금 전 박격포탄의 폭발 때 날아온 논바닥의 뻘 덩어리일 거라 생각하고 다시 사격 자세를 취하려 했다. 그러나 그는 이상한 생각이 들어 한 손을 논바닥에 고여 있던 물속으로 집어넣었다. 그리고 곧 바닥을 더듬던 그의 손에 나무 손잡이가 느껴졌다.

"수류탄이다! 수류탄이다!"

김영천은 모두에게 경고하며 방망이 수류탄을 집어 들어 다시 적 방향으로 힘껏 던졌다. 던지는 동작 내내 그는 수류탄이 들고 있는 동안에 터져서 그의 몸뚱이를 걸레 조각으로 만들어버릴지도 모른다는 두려움에 압도되어 있었다.

그의 경고에 따라 모두가 논둑 아래쪽으로 몸을 낮췄지만 아무런 일이 벌어지지 않았다.

김영천과 그린베레 대원들이 의아해하며 다시 몸을 일으키려는 순간 믿기지 않는 일이 벌어졌다. 다시 무언가가 논둑 너머 월맹군 쪽에서 날아와 이들의 위치에 떨어졌던 것이다.

이번에는 콜먼 중사가 두 번째로 날아 들어온 중공제 방망이 수류탄을 집어서 다시 적 방향으로 힘껏 던졌다.

다시 김영천과 다른 팀원들이 몸을 엄폐시키고 수류탄 폭발에 대비했다. 그와 동시에 월맹군이 떠드는 소리가 나더니 "쾅~!" 하는 폭발음이 일대를 울렸다.

김영천과 다른 팀원들은 재빨리 몸을 일으켜 전방에 총구를 겨누고 사격을 재개했다.

"탕! 탕! 탕!"

"타타타타타~!"

네 명의 XM177E2, M16, 칼구스타프 기관단총을 불을 뿜었고 20~30미터 거리까지 접근했던 월맹군들이 모두 제압됐다. 그러나 그들 너머로 또 다른 월맹군들 무리들이 거리를 두고 접근 중이었다.

김영천은 이제 소총을 내려놓고 M1911A1 권총을 뽑았다. 그리고 가슴팍을 논둑 위에 올려놓고 저 앞쪽에 쓰러져 있는 월맹군들의 AK47 소총들을 수거해 올까 상황을 주시했다.

그 와중에 이들의 후방에서는 훨씬 더 격렬한 수류탄 폭발음이 들려왔고 캐플린 상사가 김영천의 어깨를 잡아채, 그를 끌어내렸다. 그리고 그는 김영천을 향해 또박또박 말했다.

"엎드려, 킴! 조금 있으면 하늘에서 불벼락이 떨어질 거야! 우리 위치 일대를 다 쑥대밭으로 만들어 버릴 거라구!"

"얼마나 가까이 쓸어버립니까?"

김영천의 질문에 캐플린은 대꾸 대신 교전 내내 물고 있던 잡풀 줄기를 뱉어 냈다. 그런 뒤 논둑의 한쪽 벽에 최대한 몸을 밀착하며 엎드렸다.

김영천은 다른 대원들이 캐플린 상사와 동일한 동작을 취하는 것을 보고는 자신 또한 논둑 아래쪽에 밀착하여 납작 엎드렸다. 곧 바로 곁에 엎드려 있던 캐플린과 김영천의 눈이 마주쳤다.

그는 김영천을 향해 고개를 크게 한 번 끄덕여 보였다. 김영천이 똑같이 고개를 끄덕이자 그가 인사말을 건넸다

"킴, 지옥에서 보자!"

김영천은 그를 향해 억지 미소를 지어 보이며 답했다.

"행운을 빕니다!"

"지금이다! 모두 최대한 엄폐해!"

핸슨 대위의 경고에 김영천의 시선이 밤하늘로 향했다. 보일 듯 말 듯한 스펙터의 기체에서 마침내 노란 빗방울들이 무리 지어 지상으로 쏟아지기 시작했다.

처음에는 마치 한 줄기의 노란색 빗줄기가 지상까지 떨어지는 듯했지만 이내 AC-130A기의 동체 좌측에 장착된 모든 중화기들이 불을 뿜는지 노란 빛줄기 4개가 지상으로 이어졌다.

곧 가지런하게 보였던 노란 불빛 조각들이 사방에서 흩어져 쏟아졌고 월맹군들이 위치에서 "펑, 펑!"하는 소리와 함께 20밀리 발칸 포탄들이 작렬했다.

폭발음은 점차로 김영천 일행의 위치로 가까워졌고 조금 있자 이들의 위치 근처로 노란색 예광탄 몇 개가 스치듯 날아갔다. 처음에는 6~7발 정도의 예광탄들이 날아왔지만 곧 십수 개의 예광탄들이 이들의 머리 위를 스치듯 지나쳐 갔다.

그 모습에 김영천의 온몸에 힘이 들어갔고 숨이 콱 막혔다. 그는 가슴이 터질 듯이 뛰고 있음을 자각하지도 못한 채, 쉴 새 없이 목덜미와 등줄기가 움찔움찔해지는 느낌에 꼼짝하지 못했다. 그 직후 느닷없이 "콰앙"하는 소리와 함께 김영천이 바로 보던 허공이 까맣게 변했다. 진한 화약 연기가 그의 콧속으로 쏟아져 들어왔고 이후 훨씬 더 강력한 폭발음이 그의 양 쪽 귀가 아닌 온몸으로 느껴졌다.

"콰앙~! 쾅! 쾅!"

20밀리 포탄들이 착탄하는, 무시무시한 충격들이 그의 오감을 압도해 왔다.

1983년 1월 17일 09시 34분 미국 워싱턴주 워싱턴 DC, 백악관 집무실

1981년에 출범한 로널드 레이건(Ronald Reagan) 정권은 집권 직후부터 베트남전 이후로 축소했던 미군의 특수전 역량을 다시 재건, 확장하는 데 공을 들였다.

이는 한국전과 베트남전과 같은 미군의 직접적인 군사적 개입, 즉 고강도 전쟁(전면전)을 통해서 전 세계에 대한 미국의 영향력을 유지하는 것이 아니라 소규모 게릴라전 혹은 친미 정부군/반군 양성을 통한 저강도 전쟁(게릴라전, 대게릴라전, 대테러전) 수행을 위한 것이었다.

미 육군의 특수부대인 그린베레, 해군의 특전대 씰 팀(SEAL Team), 그리고 막대한 예산을 차지했던 미 공군의 특수전 비행단의 재정비와 병력/장비의 증강은 다양한 형태의 저강도 전쟁 수행을 위한 초석이었으며 그러한 전쟁은 먼 유럽과 아시아가 아니라 미국의 뒷마당인 중남미에서 빈번하게 이루어질 상황이었다.

이미 오랜 세월 동안 미국과 앙숙이었던 쿠바에 이어서 1979년 7월 니카라과가 공산화됨으로써 중남미 내 소련의 군사적 영향력이 증대되었다. 그리고 이제 니카라과에 이어서 조만간에 또 하나의 친소 국가로 변절할지 모르는 카리브해의 어느 작은 나라에 대한 긴급한 논의가 백악관의 집무실에서 이루어지고 있었다.

집무실 책상에 앉아 있는 레이건 대통령은 반 시간이 넘도록 십수 페이지의 메모를 정독하고 있었다. 그 메모들은 CIA 국장 윌리엄 케이시(William Casey), 그리고 중남미 지역을 담당하고 있는 그의 오른팔 클래러지(Duane "Dewey" Clarridg) 에 의해 작성된 것들로써 전체 내용은 남미 북동부의 소국 수리남(Surinam)에 대한 것이었다.

윌리엄 케이시와 클래러지는 대통령의 책상 앞쪽의 소파에 앉아 있었지만 이 은밀한 논의의 또 다른 참석자인 빌 클락(William P. "Bill" Clark)은 대통령의 우측에 서 있었다.

네덜란드의 식민지였다가 1975년 독립한 수리남은 1980년 육군 상사 '데시 부테르세(Desi Bouterse)'가 쿠데타를 통해 독재 정권을 수립한 뒤, 노골적인 친소 행보를 걷기 시작함으로써 이미 작년 내내 레이건 행정부를 바쁘게 만들었었다.

미행정부는 1982년 12월까지, 공포정치를 하며 쿠바와 니카라과의 뒤를 이어, 소련의 동맹국이 되려 하는 수리남을 저지하고자 네델란드의 지지, 요청을 받으며 일련의 군사작전을 통해 부테르세의 독재 정권을 무력화시키고자 했다. 그렇지만 의회의 강력한 반대와 레이건 행정부 내의 반대 여론으로 인해 사안 자체가 표류하고 있던 참이었다.

그런 수리남 사안이 오늘 다시 한 번 레이건 대통령의 집무실 책상 위에 올라왔다.

종종 레이건에 메모 속 내용에 대한 질문을 하면 클락이 이에 대해 답변을 해 주었고 케이시 국장과 클래러지는 두 사람의 대화에 귀를 기울였다.

사실 케이시 국장은 국가 안보 회의의 구성원이자 대통령의 총애를 받는 클락이 자신들과 한 팀이 되어 수리남 상황을 이해하고 있다는 사실을 매우 흡족하게 생각해 왔었다.

그는 레이건 대통령이 미합중국 대통령으로서의 취임 전부터 가져 온 안보에 대한 강박관념, '도미노 이론(Domino Theory: 한 국가가 공산화된다면 인접 국가들이 차례로 모두 공산화된다는 이론)'을 대통령과 공유하는 관계였고 해당 이슈들에 대해 대통령의 판단에 영향을 끼칠 수도 있었다.

그런 인물이 수리남의 잠재적 위험성에 대해 CIA와 입장을 함께하고 있다는 사실 자체가 대단한 기회였다.

따라서 케이시 국장은 그의 측근인 클래러지와 대통령의 총애를 받는 클락이 이번 안건에 대한 동맹 관계를 유지하는 한, 수리남 상황에 대한 해결은 CIA가 주도권을 가지고 진행할 수 있을 거라 기대했다. 물론, 이는 미합중국의 국익을 위한 것이지만 한편으로는 카터(Jimmy Carter) 행정부 동안 약화된 CIA의 입지를 근래에 부쩍 커진 군부만큼 강화시키려는 그의 목적과도 관계가 있었다.

오늘 이 자리는 그의 목적을 달성하는 과정들 중 가장 중요한 첫 단계였다.

"빌!"

대통령이 안경을 벗어든 채 케이시 국장을 불렀다.

"예, 각하."

케이시가 찻잔을 고풍스러운 티테이블 위에 내려놓고 답했다. 그때 빌 클락이 자리를 옮겨 그의 왼쪽 소파에 앉았다. 이어서 레이건의 질문이 이어졌다.

"내가 검토한 메모들은 CIA 단독으로 확인한 것이오?"

"아닙니다, 각하. NSA(국가안보국)와 NRO(국가정찰국)에서 상당 부분 협조를 해주어 완성된 메모들입니다. 메모에서 언급된 내용들은 대부분 NSA와 NRO에서 수집된 전자 정보들이 뒷받

침하고 있기 때문에 우리 CIA 자체 분석가들의 불분명한 추정 내용은 최초부터 배제되었습니다."

레이건은 다시 안경을 착용하고 서류철 안에 있는 위성 사진들을 살폈다. 케이시 국장은 클래러지, 빌 클락 그리고 합참의 장과 이미 여러 번에 걸쳐 문제의 위성 사진들을 가지고 이야기를 나누었기 때문에 대통령이 어떤 사진을 보고 있는지 알 수 있었다.

대통령이 사진을 넘길 때마다 그의 설명이 뒤따랐다.

"그 사진에 있는 장소는 수리남 국제공항입니다. 활주로 안에 표시된 소련제 군용수송기는 같은 날 오전에 쿠바군 기지에서 이륙한 것입니다. NSA의 감청 내용에 따르면 해당 수송기에는 쿠바군 장성 2명 외에도 소련군 군사고문 몇 명이 탑승했다고 합니다."

대통령은 잠시 동안 위성 사진들을 유심히 살폈다. 그런 뒤 여러 장의 메모들 중에서 마지막에 읽었던 것을 찾아 다시 정독했다.

이번에는 입을 다물고 있는 CIA의 중남미 담당책임자인 클래러지가 대통령의 표정을 살피다가 입을 열었다.

"각하, 각하께서 읽고 계시는 메모의 최종 업데이트는 제가 직접 했습니다. 어제 오전에 확인한 정보에 따르면 쿠바군 장성과 소련군 군사고문이 아까 보셨던 위성 사진이 촬영된 1월 2일 이후에도 모두 6번에 걸쳐서 수리남 측과 접촉하였고 이후 양쪽의 유무선 통신망이 구축되었습니다. 1월 10일부터는 아예 매일 쿠바와 수리남 간에 군용수송기들이 오가고 있습니다. NRO에서 보내온 위성 사진들에는 양쪽을 오가는 선박도 몇 척 확인되었습니다."

메모를 주시하고 있는 레이건의 표정은 어느새 일그러지고 있었다. 그도 그럴 것이 그는 1960년대 유럽과 아시아부터 이루어진 소련의 위성 국가(친소 국가) 건설이 1970년대에 이르러 이란과 니카라과까지 확장된 것을 늘 경계해 왔다.

그런데 이제 그의 임기가 시작된 지 얼마 되지 않아 미국의 뒷마당인 라틴아메리카에까지 소련과 쿠바가 공산주의 국가를 건설하려고 하다니 이는 미합중국과 자신에 대한 도발 행위라고 여길 수밖에 없었다.

물론, 레이건 대통령 자신의 의지로 '팍스 아메리카나(Pax Americana: 강력한 힘을 가진 미국)'의 실현을 위한 미군 전력의 확장에 최근 몇 년간 힘을 쏟아 왔고 그로 인해 필요하다면 언제든 '무력'을 행사할 수 있다고 믿고 있지만 막상 현재의 상황에 닥치자 그러한 믿음을 실행하는 것은 별개의 것처럼 느껴졌다.

레이건은 특히 자신이 대통령에 당선되도록 더욱 힘을 실어준 사건이 바로 1980년 이란에서 실패한 미군 특수부대의 군사작전이었음을 잘 알고 있었다.

복잡하고 무거운 갈등이 그로 하여금 긴 한숨을 내쉬게 만들었다. 이러한 대통령의 모습에 클래러지와 케이시는 잠시 침묵을 지켰다.

레이건은 책상 위에 두 팔을 세우고 턱을 괴고 있었고 케이시와 클래러지, 클락은 이미 진즉에 식어 버린 커피를 가끔 마시며 그의 반응을 기다렸다.

10여 분이 넘게 집무실 안에 무거운 침묵이 자리 잡았다가 곧 대통령이 입을 열었다.

"이 안건에 대해서 다시 한 번 국가 안보 보장 회의를 소집하겠소. 빌!"

"예, 각하."

"심증이나 첩보 따위가 아니라 '팩트'가 필요하오. 지금 CIA 쪽에서 제출하는 모든 것이 이 팩트인 게 분명한 거요? 지난달에 앤더스(토마스 앤더스 국무부 차관보)가 상원정보위원회에서 확인되지 않은 추측성 보고를 했다가 그들로부터 난타당한 것을 잊지 않았겠죠?"

케이시는 대답을 하기 전에 클래러지를 힐끗 쳐다봤다. 뒤따르는 대답은 확신에 가득 차게 들렸다.

"그렇습니다, 각하."

"그리고 또 한 가지."

"네, 각하."

"베이커를 비롯한 우리 실무진에게 이 문제에 대해서 상세하게 검토하게 할 테니 최대한 협조를 부탁하오."

"그렇게 하겠습니다."

레이건은 고개를 두어 번 끄덕인 후 메모들이 들어 있는 서류철을 덮었다. 그것을 신호로 케이시 국장과 클래러지가 자리에서 일어났다.

두 사람은 대통령과 가벼운 인사를 나눈 후 집무실 출입문으로 향했고 클락 또한 두 사람의 뒤를 따랐다. 그런데 그가 출입문가에 도착할 쯤 대통령이 그를 작은 목소리로 불러 세웠다.

"클락!"

케이시 국장과 클래러지가 잠시 걸음을 멈췄다가 대통령이 원하는 것이 무엇인지 눈치 채고는 가던 걸음을 이었다.

집무실 출입문이 닫히고 클락이 집무실 책상 쪽으로 걸음을 옮겼다. 레이건은 자리에서 일어나 책상 앞쪽으로 자리를 옮겼다. 그는 두 팔로 팔짱을 낀 다음 오른손에 턱을 괴고 나서야 입을 열었다.

"CIA가 벼르고 벼르던 기회를 찾은 것 같군."

클락은 대꾸하지 않고 어색한 미소를 지어 보였다가 바로 지웠다.

"국장이 아직 내게 제출하지 않은 최종 보고서가 단순한 보고로만 끝날 것 같지 않은데, 자네는 알고 있지?"

레이건은 직설적으로 그에게 질문을 던졌다. 그는 클락이 자신에게 충성하는 자들 중에 한 사람임을 알고 있기 때문에 그의 의도를 의심하지는 않았다. 다만 교활하기 그지없는 CIA가 앞으로 이번 사안을 얼마나 큰 사건으로 발전시킬지가 궁금했다.

클락은 그와 마주서서 조용한 목소리로 답했다.

"각하께서도 아시겠지만……, 결과는 외교적 방식이거나 아니면 군사적 방식입니다만 CIA 쪽에서는 당연히 후자를 미리 염두에 두고 있는 것 같습니다. 조심스럽게 말씀드리자면, 케이시 국장은 작년부터 현 시점까지 우리 국무부나 국방부에서 네덜란드 정부와 상원 눈치만 보며 손가락을 빨고 있으니 자신이 직접 나서겠다는 생각 같습니다. 일단은, 제 생각이 그렇습니다."

"합참의장도 이번 사안에 대해서 브리핑 받은 바 있소?"

"네, 각하. 비공식적으로 국장이 직접 접촉한 모양입니다. 구체적인 내용이 오갔는지는 모르겠지만 라틴아메리카에서의 군사작전 지원에 대한 가능성을 타진한 모양입니다."

레이건은 피식 웃으며 고개를 가로저었다. 자신이 괜한 질문을 했다는 생각 때문이었다. 아무리 왼손이 하는 일을 오른손이 모르게 하는 CIA라도 이 모든 일들을 자신들끼리 해결할 수 없으니 당연히 군부나 행정부 요직에 있는 자들과도 사전 교감이 있을 거라 생각했다.

사실, 그의 입장에서는 오히려 CIA의 이러한 움직임이 반가웠다. 레이건 대통령은 자신의 정적을 공개적으로 처형하고 친소, 친쿠바 분위기를 숨기지 않고 추진하는 부테르세 정권을 애초부터 군사작전을 통해 전복시키고 싶은 마음이 굴뚝같았다. 그러나 그의 성향을 잘 아는 행정부의 일부 인사들은 외교적 해결을 그에게 종용했고 레이건은 그때마다 아직도 베트남전의 패배 신드롬에 젖어 있는 그들과 상원, 하원의원들을 한심하게 생각했다.

그러한 이유 때문에 그는 만약 CIA 측에서 그럴 듯한 계획안이 나온다면 어떻게든 힘을 실어 줄 의도였다.

그러한 생각에 잠긴 대통령의 곁에서 클락은 차분히 말을 이어 갔다.

"케이시 국장은 아마 국가 안보 보장 위원회의 구성원들과도 접촉이 이미 있었거나 조만간에 있을 겁니다. 중요한 내용들은 제게도 조심스럽게 언급은 하는데 대놓고 자신들이 원하는 것은 말하지는 않습니다. 저를 통해서 각하의 의중을 떠보고 또 각하에게 자연스럽게 영향력을 행사하고 싶은 것은 분명해 보입니다."

레이건이 고개를 들어 그를 응시했다. 진한 쥐색 정장 차림에 뿔테 안경을 쓴 그의 모습은 중년의 세일즈맨처럼 보였다.

하지만 그는 이러한 클락을 외모와 달리, 중대한 정치, 외교 사안에 대해 직접 해결사 노릇을 해줄 수 있는 몇 안 되는 측근으로 여겨 왔다. 더구나 그러한 인물이 케이시 국장과 이번 사안에 대해 같은 목소리를 내고 있음에 주목했다.

대통령은 자신의 의도를 숨기고, 그에게 직설적인 질문 하나를 건넸다.

"만약, CIA가 주도하는 군사작전 내지 준 군사작전이 수리남에서 진행되다가 자칫 잘못하면 제2의 '피그만 사건'이 될 수도 있지. 그 점에 대해서는 자네도 케이시 국장과 손을 잡았을 때 가장 먼저 떠올리지 않았어? 더구나 4월에 이란에서 우리 미군이 죽고 다친 사건은 여전히 우리 국민들에게 큰 충격으로 남아 있단 말이야. 그런 와중에 CIA의 말만 듣고 라틴아메리카에서 군사작전을 실행하는 것은, 아무리 우리 미군 병력이 직접 투입되는 게 아닐지라도 이제 겨우 출범한 내 정권에서는 너무도 큰 도박이 아닌가?"

"물론입니다."

"군부 분위기는 어때?"

"DIA(국방정보국)과 NSA, NRO 쪽을 통해서 그쪽도 분위기를 대충 파악한 것 같은데 아직 모르겠습니다. 합참의장의 답변에 대해서도 제가 구체적으로 들은 바는 없지만 아직 관망하는 것 같기도 합니다. 국방부 쪽에 대해서는 제가 따로 알아보겠습니다."

레이건은 답변을 듣고도 한참 동안 그를 응시했다. 그런 뒤 다시 그가 입을 열었다.

"이번 사안에 대해 정치적인 부담이 크지만 그래도 우리 미국의 뒷마당에 제2의 쿠바가 생기는 것은 더 이상 용납할 수가 없소. CIA와 적절한 거리를 유지하며 외교적 해결책을 최대한 강구해 보시오. 솔직히 말해서, 난 이번에도 수리남의 육군 상사 출신 독재자 놈에게 소비에트 놈들보다 더 많은 원조를 주겠다고 제안하는 것조차 역겹지만. 어쨌든, 네덜란드 정부나 베네수엘라가 초조하게 지켜보고 있으니 극단적인 해결책 외에 우호적인 제스처를 최대한 전달하게."

"네, 각하."

클락은 대답과 함께 출입문 쪽으로 몸을 돌리려는 찰나, 레이건의 헛기침 소리가 그를 다시 붙잡았다. 다시 그의 시선이 레이건 대통령에게 향하자 그는 클락이 아닌 책상 위에 시선을 올려둔 채 말했다.

"그와 동시에 CIA가 추진하는 군사적 해결책에 대해서 정치적, 외교적 파장을 철저히 계산해 내게 신속히 알려주시오."

"알겠습니다, 각하."

클락은 자신 앞에 있는 미합중국 대통령의 진짜 의도가 무엇인지 단번에 파악할 수 있었다. 그럼에도 그 자신 또한 생각을 드러내지 않고 기계적으로 그의 지시에 응답하고 다시 출입문 쪽으로 몸을 향했다.

클락은 집무실 출입문에 다다를 때까지 대통령의 자신의 뒷모습을 주시하고 있음을 느낄 수 있었다. 마치 레이건이 자신에게 중요한 심부름을 시키고 멀어져가는 자신을 지켜보는 듯한 그런 느낌을 받았다.

*　　*　　*

1983년 1월 17일 15시 23분 대한민국 강원도 설악산

김영천은 숨을 내쉴 때마다 자신의 하얀 콧김이 볼 수 있었다. 영하 12도의 날씨이지만 가파른 산길을 2시간 넘게 올라온 그의 머리 위에서는 한참 전부터 김이 모락모락 났다.

"다 왔소?"

김영천을 따라 산길을 올라온 3명의 등산객들 중에서 40대 정도 되어 보이는 사내가 짜증스러운 목소리로 물었다.

김영천은 등에 지고 있는 그들의 짐 때문에 고개를 돌리지 않고 전방을 주시한 채 대꾸했다.

"한 시간 정도만 더 가면 나옵니다."

"힘들어 죽겠는데 조금만 쉬었다 갑시다. 여기서 좀 쉬었다 가면 산장이 어디로 갈까 봐?"

"조금 있으면 어두워지니 서둘러야 합니다."

"아, 좀 쉬자니까!"

이번에는 다른 일행의 목소리가 그를 재촉했다. 그러나 김영천은 아무 대꾸도 하지 않고 눈길을 터벅터벅 오르기만 했다. 곧 그의 등 뒤에서 불평불만이 터져 나왔다. 대놓고 김영천에게 욕설을 하는 자도 있었지만 그는 개의치 않고 가파른 경사 길을 올랐다.

닷새 전 내린 눈이 산 정상 근처에는 쌓여 있었지만 이들이 오르는 산길은 비교적 깨끗했다.

경사면이 끝나고 평탄한 지대가 나오자 김영천이 걸음을 멈췄다. 잡목과 새까만 암반 바닥으로 이루어진 경사면 대신 소나무들이 빼곡한 수풀길이 그를 기다리고 있었다. 냉기 속에서 진한 소나무 냄새가 그의 후각을 자극하자 그는 심호흡을 했다.

김영천이 몸을 한 바퀴 돌리자 언덕 아래, 100여 미터 정도의 거리에 그에게 일당을 주고 산장까지 길 안내를 부탁한 사내들이 오는 게 보였다.

고개를 슬쩍 들자 김영천의 시야에 뿌연 안개와 주변의 산 능선이 가득해졌다. 밤에 눈이 더 내릴 거라는 일기 예보가 맞는 듯했다.

긴 한숨을 내쉬며 김영천은 다시 그의 일행을 주시했다. 그는 전쟁이 끝나고 잠시 고향에 머물렀지만 이곳 설악산으로 들어와 지내면서 겨우 심신의 안정을 찾을 수 있었다.

그는 지난 수년 동안 중간대피소의 허드렛일을 거들거나 부유한 등산객들의 산행을 도와주며 생계를 유지했다. 어떤 때는 약초와 버섯을 채취해서 팔아야 겨우 입에 풀칠을 했지만 그래도 그는 산 아래에 내려가 살고 싶다는 생각은 단 한 번도 한 적이 없었다.

종종 사람들의 체온과 목소리가 그리웠지만 그래도 그는 철저하게 혼자가 되어 있을 때 비로소 마음의 평화를 얻을 수 있었다. 달력이나 신문을 집안에 둔 지가 몇 년이 지났는지도 모른 채 그는 세월에 표류하고 있음에 만족했다.

심지어 그는 앞으로 얼마나 더 이처럼 살아갈까에 대해 고민하고 싶지도 않았다.

오히려 점점 더 자신이 속세와 멀어져 가고 있다는 사실이 더욱더 담담해 가는 그런 시기였다.

"아, 이 양반아! 좀 쉬었다 가자고! 담배 한 대만 태우게! 아무리 해가 빨리 진다고 담배 한 개비 피우는 시간에 해가 질까? 우리, 죽어도 더 못 가!"

자신을 사진작가라고 소개했던 자가 김영천의 옆으로 오더니 털썩 주저앉았다. 그가 배낭과 카메라 삼각대가 들어 있다고 했던 길쭉한 휴대 가방까지 바닥에 내려놓자 뒤따라 도착한 남자들도 똑같이 행동했다.

"10분만~! 10분만 쉬자고!"

미제 카멜 담배를 꺼내 문 사내가 김영천에게 짜증을 내며 소리쳤다. 이제 부탁이나 건의보다는 선전포고처럼 그의 귀에 들렸다. 등산복 차림보다는 사냥을 나온 듯한 차림의 사내들을 내려다보며 김영천은 고개를 가로저었다.

그들이 배낭에서 양주 병을 꺼내 마시며 떠들자 결국 김영천은 양어깨에 둘러메고 온 2개의 원통형 식수통을 바닥에 조심스럽게 내려놨다.

그는 이곳에서 산장으로 이어져 있는 계단들과 계단 길 좌우의 마닐라 로프를 살피고자 혼자서 걸음을 계속했다.

계단 바닥이 나무판자로 짜 맞춰 졌기에 망가져 있거나 고정되어 있지 않은 곳이 있나 살펴볼 요량으로 60미터가 조금 넘는 거리를 먼저 올라가 볼 요량이었다.

그가 주의 깊게 오르는 계단 길 좌우의 소나무 수풀에서 까치 울음소리가 들려왔다. 계단 길을 절반 정도 오를 때쯤 김영천이 발걸음을 멈췄다. 청설모 한 마리가 나무 기둥을 타고 내려와 마른 수풀 바닥을 질주하는 게 보였기 때문이었다.

그의 먼 좌측에서 나타났던 청설모는 몇십 미터를 내려와 다른 거목의 기둥을 타고 올라가 버렸다. 그 모습을 보던 김영천이 미소를 지으며 시선을 거두려던 찰나, 그의 시선을 붙잡는 것이 있었다.

김영천은 계단 길에서 벗어나 수풀 사면을 걸어 나갔다. 그가 10여 미터의 거리를 걸어가 보자 몇 그루의 나무 밑동 껍질이 벗겨져 있었고 뿌리가 드러날 정도로 흙이 파헤쳐져 있었다. 제법 굵은 나무 기둥의 껍질이 완전히 벗겨져서 하얀 속살이 드러날 정도로 엉망이 되어 있었다.

상황을 바로 파악한 김영천은 본능적으로 검지 끝에 침을 붙여서 바람이 어느 쪽에서 불어오는지 확인했다. 그가 본 것은 멧돼지의 흔적이었으며 그가 보기에 적어도 두 마리 이상은 되어 보였다.

김영천은 허리춤에 있는 작은 휴대 가방에서 등산용 칼을 꺼내 허리띠에 칼집을 끼워 넣었다. 그런 뒤 칼을 꺼내어 확인한 후 다시 칼집에 넣었다.

그리고는 서둘러 계단 길로 향했다. 2주 전 폭설로 인해서 먹 잇감을 찾지 못한 멧돼지들이 아래쪽 일행과 맞닥뜨린다면 양쪽 모두에게 해를 입힐 것이 분명하기 때문이었다.

김영천이 계단들을 뛰어 내려가면서 목덜미가 찌릿찌릿함을 느꼈다. 이러한 느낌은 그의 냉정한 이성을 뛰어넘는 묘한 오감 과 관련되어 있었는데 그는 10여 년 전 월남에서 이 느낌이 찾 아올 때마다 뭔가 사건, 사고가 터졌음을 기억했다.

"제기~!"

좁은 계단 폭 때문에 그의 발걸음 또한 제한 받았고 설상가상 으로 이제쯤 보여야 할 등산객들의 모습이 보이지 않았다.

김영천이 계단 길을 거의 내려올 때쯤 그의 눈앞에는 바닥에 흩어져 있는 배낭들밖에 없었다.

다급한 마음에 그가 바로 소리쳤다.

"이봐요~! 어디들 계십니까?"

그의 목소리가 메아리가 되어 일대에 울렸다. 그는 배낭 쪽 을 살피고는 힘들게 올라왔던 아래쪽, 암반 경사면 지대를 내려 다봤다. 암반 지대뿐만 아니라 먼 아래쪽 잡목들이 무성한 지대 쪽에도 사람들의 모습은 보이지 않았다.

"이봐요~! 어디 계십니까?"

김영천이 다시 입가에 두 손을 모아 소리쳤다. 이번에도 아무 런 응답이 들려오지 않았다. 그 상태로 10여 분 가까이 김영천 이 주변을 살피며 소리칠 때, 예상치 못한 소리가 그의 귓가에 찾아왔다.

"펑~!"

폭발음 같은 총성이 울리면서 주변에서 새 몇 마리가 진회색 하늘로 날아올랐다.

김영천은 반사적으로 몸을 낮추면서 총성의 출처를 찾으려 애썼다. 하지만 한 번의 총성으로 그 출처를 찾는 것은 불가능했다. 따라서 김영천은 그의 시야가 훑을 수 있는 지대들을 제외하고 아직 이파리들이 붙어 있는 수목들이 모여 있는 지점들을 주시했다.

"펑! 펑!"

두 번째, 세 번째 총성이 울리면서 김영천의 시선이 그의 3시 방향의 수풀 쪽으로 향했다. 김영천은 칼집에서 칼을 뽑아들고 그곳을 향해 달려갔다. 그가 까만 암반 바닥을 타고 20~30미터 정도 내려가자 곧이어 온갖 잡목들이 얼키설키 모여 있는 수풀 지대가 나왔다.

발이 푹푹 빠지는 부엽토 지대를 진행하면서 김영천은 사람들의 발자국들을 찾을 수 있었다. 나무줄기들을 헤치고 전진하는 그의 뺨을 마른 나뭇가지들이 몇 번씩 할퀴었지만 그는 멈추지 않고 나아갔다.

곧이어 멧돼지들의 울음소리와 사람들이 와자지껄하는 소리가 들려왔고 그는 그곳을 향해 걸음을 재촉했다. 그 사이 두 번 정도 총성이 더 울렸고 김영천은 그때마다 자신이 외딴 산장에

놀러 온 등산객이 아니라 밀렵꾼들을 이끌고 올라왔다고 생각했다.

비록 자신이 가까운 중간대피소 주인의 부탁으로 오늘 일을 맡았지만 그래도 말할 수 없는 자책감이 생겼고 그 자책감은 곧 분노로 돌변했다.

이윽고 그의 눈앞에 사람들의 뒷모습이 보였다. 주변 나뭇가지들을 죄다 부러뜨리고 이곳까지 흔적을 남긴 것을 보면 그리 솜씨가 좋은 사냥꾼들은 아니라고 판단했지만 그는 긴장을 풀지 않았다.

"펑~!"

요란한 산탄총 총성과 함께 김영천으로 하여금 몸서리치게 하는 화약 냄새가 그의 콧속에 들어왔다.

김영천은 그의 정면에서 산탄총을 장전하고 있는 사내에게 달려들었다. 그는 사진작가라고 했던 남자에게서 산탄총을 채어 잡고 그를 밀어 넘어뜨렸다. 필시, 그가 삼각대라고 했던 휴대가방 속 물건이 바로 이등분으로 분해해 온 12게이지 산탄총이었다고 파악되자 김영천의 분노가 극에 달했다.

"당신들, 지금 뭐하는 거야?"

김영천이 버럭 소리를 치며 나머지 두 사람 밀어붙였다. 그들의 앞쪽 수풀 바닥에는 한 마리의 멧돼지가 쓰러져 있었는데 80kg 정도는 되어 보이는 큰 놈이었다.

"야, 인마! 뭐야? 너 지금 뭐하는 거야?"

산탄총을 빼앗긴 남자가 벌떡 일어나 김영천의 한쪽 어깨를 거칠게 잡았다. 다른 두 사람 또한 김영천을 노려보며 달려들 기세였다. 김영천은 몇 발의 산탄총탄을 얻어맞고 수풀 바닥에서 버둥거리는 멧돼지를 보며 또박또박 말했다.

"당신들, 여기서 수렵활동 하는 게 법에 저촉되는 거 몰라?"

"야, 우리가 전문적으로 사냥하는 '꾼'들이야? 이 정도는 다들 재미로도 하잖아. 너는 멧돼지 안 잡아먹어? 이 산속에서 혼자 산다고 하더니만 뭐 먹고 사는데? 흙 파먹어? 풀만 뜯어먹어? 라면 끓여먹어? 너도 몰래 몰래 사냥해서 고기도 먹고 산 아래에 가져다 팔아먹으면서 왜 이래?"

사진작가 사내가 금방이라도 주먹을 날릴 듯이 김영천을 몰아붙이자 김영천의 고개가 그 남자에게 향했다. 아주 가까운 거리에서 멧돼지를 향해 산탄총을 난사했는지 이들의 등산복에 피와 작은 살점이 묻어 있었다. 그 모습에 김영천은 더 화가 났다.

"당신들, 지금 당장 배낭하고 사냥총 챙겨서 하산해! 안 그러면……."

김영천의 자신의 입에서 '죽여 버리겠다'는 말이 나오기 전에 입을 다물었다. 그렇지만 밀렵꾼들은 그런 분위기를 파악하지 못했다.

"안 그러면, 뭐? 안 그러면 어쩐다고? 어? 네가 뭔데? 이래라저래라야? 산림청장이라도 돼? 이 새끼가 말이야~!"

사진작가 사내가 비아냥거리듯 말하다가 별안간 한쪽 발로 김영천의 옆구리를 밀어 쳤다. 그 바람에 김영천이 휘청했고 그 순간 다른 한 명이 김영천을 향해 또 다른 산탄총을 쳐들었다.

다음 순간 이 자리에 있던 모두가 상상치 못했던 장면이 벌어졌다.

김영천은 들고 있던 산탄총 개머리판으로 자신에게 향하던 또 다른 산탄총의 총구를 다른 방향으로 힘껏 밀어 쳤다. 그런 다음 개머리판으로 재빨리 그 총을 들고 있던 자의 얼굴을 찍어 밀었다.

"윽!"

김영천의 공격에 총을 들었던 자가 나가떨어질 때, 또 다른 공격이 눈 깜빡할 사이에 뒤따랐다.

김영천은 자신을 향해 등산용 지팡이를 휘두르려던 세 번째 밀렵꾼의 복부를 힘껏 밀어 쳤다. 그와 동시에 몸을 빙 돌리면서 등 뒤에서 사냥칼을 쳐들고 덤비는 사진작가 사내를 향해, 야구방망이처럼 산탄총을 힘껏 휘둘렀다.

둔탁한 타격음과 함께 사진작가 사내가 얼굴에서 피를 내뿜으며 뒤로 나가떨어졌다. 김영천은 번개같이 멧돼지가 쓰러져 있는 곳으로 자리를 옮긴 뒤 세 사람에게 산탄총을 겨눴다.

총구가 자신들에게 향하자 김영천의 공격에 몸을 추스르지도 못하던 밀렵꾼들이 정신을 차린 듯 고개를 쳐들었다. 세 사람은 다소 맹해 보이기까지 했던 김영천의 얼굴에 살기가 가득하다는 것을 그때서야 알아볼 수 있었다.

김영천은 우측 어깨에 산탄총의 개머리판을 견착시킨 뒤 완벽한 사격 자세로 그들과 대치했다. 그는 발치 쪽에서 그리고 밀렵꾼들에게서 나는 피 냄새와 화약 냄새 때문에 숨이 막힐 지경이었다. 과거에 한때는 이 냄새들에 너무도 익숙했지만 지금은 달랐다.

김영천은 이 냄새들 때문에 미쳐버릴 것만 같았다. 무엇보다도 그를 더욱더 공황 상태로 몰아가는 것은 그 자신이 지금 이 순간 마음만 먹으면 이 세 사람 정도는 눈도 깜짝하지 않고 쏴버릴 수 있다는 자의식이었다.

그는 이 자의식으로부터 10년 넘는 세월 동안 도망을 쳐 왔다가 결국에는 다시 붙잡혔다는 사실에 숨 막히는 좌절감까지 느꼈다.

공포에 압도당한 세 사람은 양손을 번쩍 든 채 꼼짝하지 못했다. 산탄총의 개머리판에 얻어맞은 사진작가 사내와 다른 한 사람의 얼굴은 이미 피투성이가 되어 있었다. 그들 중 김영천에게 산탄총을 겨누다가 제압당한 자의 박살난 코에서 피가 흘러내려 수풀 바닥으로 떨어졌다. 상처가 심한지 벌써 바닥에 피가 고이고 있었다.

김영천은 그 모습에 천천히 감정을 추스르기 시작했다. 곧이어 그는 세 사람에게 향하던 총구를 거뒀다. 그러자 김영천의 일격으로부터 비교적 먼저 회복한 남자가 다른 두 사람을 살피기 시작했다.

하지만 총에 맞은 멧돼지가 계속해서 고통에 가득찬 괴성을 지르고 있었고 그 소리는 김영천의 심장을 송곳으로 찌르는 것처럼 아프게 했다. 갑자기 김영천이 내려놨던 총구를 다시 그들을 향해 쳐들었다. 사내들이 화들짝 놀라서 김영천에게 목숨을 구걸하는 듯한 눈빛을 보냈다. 곧 김영천의 총구가 한 바퀴 빙돌더니 땅바닥에 있는 멧돼지에게 향했다.

"펑~!"

강력한 위력의 총탄에 멧돼지가 잠잠해졌다. 하지만 김영천은 허공에 아주 잠깐 머물렀다가 사라진, 미세한 핏방울들까지 두눈으로 똑똑히 지켜보고 있었다.

눈가는 물론 얼굴 전체가 뜨거워지는 느낌에 김영천이 심호흡을 하기 시작했다. 그는 다시 몸을 돌려 밀렵꾼들을 주시했다. 김영천은 그들을 경계하면서 바닥에 떨어져 있던 또 한 정의 산탄총을 집어 들었다. 그런 다음 그는 산탄총을 거꾸로 잡고 근처에 있는 바위를 힘껏 내려쳤다.

산탄총의 나무 개머리판과 6배율 조준경이 박살이 났으며 나머지 한 정의 산탄총도 똑같이 박살이 났다.

김영천은 망가진 산탄총들을 세 사람 쪽으로 집어 던지며 소리쳤다.

"당장 꺼져! 사냥총을 가지고 또 산으로 올라왔다가는 내가 쥐도 새도 모르게 죽여 버린다. 알았어?"

그의 엄포에 밀렵꾼들은 서로 부축한 채 허둥지둥 자리를 떴다. 그들이 김영천의 시야에서 사라지고 잡목줄기와 나뭇가지들이 부스럭거리는 소리만 날 때쯤 김영천이 산탄총들으로 가격했던 바위 위에 털썩 앉았다.

그의 몸과 마음에서 분노와 살기가 가시자 서서히 한기가 그를 찾아왔다. 그리고 그가 그 한기를 느낄 때쯤 형언 못 할 무력감이 그를 바위 위에 묶어 놓기 시작했다.

*   *   *

1983년 1월 19일 21시 09분 미국 워싱턴주, 워싱틴 DC, 백악관 국가 안보 보장 회의실

다소 늦은 저녁에 소집된 국가 안보 보장 회의에 대부분의 회의 구성원들은 수리남 안건에 대해서 우려와 회의감을 동시에 표현했다.

클락과 앞쪽 의장 좌석의 레이건 대통령, 기타 모든 안보 회의의 핵심 관료들은 한 시간 반이 넘는 시간 동안 CIA 국장 윌리엄 케이시와 국방부 장관 캐스퍼 와인버거(Casper Weinberger)가 함께 군사적 해결책을 부각시키고자 애쓰는 모습을 지켜봤다.

케이시 국장과 와인버거 장관은 서로 떨어져 앉아 있었지만 작년까지 수리남에 대한 군사적 해결 방식에 반대 의견을 보였던 와인버거 장관과 케이시 국장 사이의 묘한 분위기를, 그들의 의견을 듣는 모든 이들이 감지할 수 있었다.

평화적인 외교 채널을 통해 사안을 해결하고자 하는 클락의 노력과 시도는 완전하게 CIA 측 그리고 국방부 쪽의 방책과는 별개의 것이었음을 그도 잘 알고 있었다.

그렇지만 불과 1주일 전만 해도 양측의 해결 방식이 거의 똑같은 비중으로 염두 되고 있었던 상황과 달리 이제는 케이시 국장의 강경론이 조심스럽게 부각되는 분위기였다.

이유인 즉, CIA와 NSA, DIA 심지어 NRO까지 모든 미합중국 정보기관들이 소련이 수리남에 구축하고자 하는 것은 바로 대사관 건물이 아니라 대서양에서의 미 전략잠수함들을 감시, 견제할 수 있는 군사기지라는 결론에 도달했기 때문이었다.

사실, 클락 자신이 대통령의 지시 때문에 외교적 해결 방안을 모색하고 있기는 하지만 그의 오랜 경험과 오감은, 수리남이 쿠바 못지않은 골칫거리가 될 거라 말하고 있었다.

결국에는 CIA가 밀고 있는 군사적 해결 방안이 국제사회에서 심각한 후폭풍을 야기하지 않는다면 그가 직접 추진을 하고 싶은 심정이었다.

그가 그렇게 자신만의 생각을 곱씹고 있을 때 누군가 그의 왼팔을 건드렸다. 그의 시선은 곁에 앉아 있던 국무장관 조지 슐츠(George Pratt Shultz)였다.

클락은 비록 그가 리처드 닉슨 행정부의 일원이었던 경험이

있음에도 항상 학자의 분위기가 더 풍긴다고 생각했었다. 그의
전임 장관인 알렉산더 헤이그가 한국전쟁을 승리로 이끄는 데
기여한 더글러스 맥아더 장군의 참모 출신이었다는 점과는 매우
다른 분위기였다.

클락이 과연 슐츠 장관에게까지 CIA의 꿍꿍이가 전달되었을
까 궁금해했는데 그러한 궁금증은 금방 해소되었다.

슐츠 장관은 테이블 위에 놓여 있는 문서 위에 무언가를 써놓
았고 클락이 그것을 읽기를 원했던 것이다. 그가 손가락으로 가
리키는 문장은 "대통령이 CIA의 방법을 지지하는가?"였다.

클락은 다른 사람들의 눈치를 보며 조심스럽게 재킷 주머니에
서 펜을 꺼내 "모르겠습니다."라고 그의 질문 아래쪽에 답변했
다. 그런 뒤 자신의 질문을 덧붙였다.

"(장관께서도) 안보 회의 전에 CIA의 설명을 들었습니까?"라고
물어보자 슐츠 장관은 마치 자신의 심정을 반영시키듯 종이 위
에 또박또박 글자를 눌러 써서 대답했다.

"(케이시) 국장이 미친 게 아닌가 싶소. 난 오늘 이 자리에서
처음 듣는 말들이오."

클락은 군사적 해결책에 대한 국무장관의 반응을 즉석에서 확
인할 수 있었다.

두 사람이 브리핑 문서 위에서의 짧은 대화를 마칠 때쯤 케이
시 국장이 브리핑을 끝마쳤다. 잠깐의 침묵이 회의실 안에 흘렀
다.

레이건 대통령은 다른 안보 회의 구성원들의 표정을 천천히 살폈다. 그의 시선은 곧 슐츠 장관과 클락 쪽까지 쓸고 지나갔다. 그런 뒤 마침내 그가 모두와 공유할 질문 한 가지를 던졌다.

"왓킨스 제독~!"

"네, 각하."

중간쯤에 자리를 잡고 있던 해군 참모총장인 왓킨스 제독이 그의 부름에 고개를 앞으로 내밀며 대답했다.

"소련 놈들의 우리 잠수함 함대에 대한 탐지 범위가 현재 어떤 정도인지 모두에게 설명해줄 수 있겠소?"

"물론입니다, 각하. 현재 소련 해군의 최전방 기지가 바로 쿠바에 구축되어 있는데, 이곳을 기반으로 적들은 대서양 일부에서 우리 잠수함들의 활동을 감시, 탐지할 수 있습니다. 물론 이론적으로는 적들의 위성 감시 체계가 대서양은 물론 우리 본토 전체를 감시할 수 있다 하지만 그들의 기술 능력의 한계 때문에 쿠바 기지에서 발진하는 대잠 초계기나 적 잠수함 함대의 역할이 매우 중요합니다."

대통령의 다음 질문은 그의 시선이 케이시 국장에게 향하며 이어졌다.

"그렇다면 만약 CIA와 DIA의 보고처럼 소련이 수리남에까지 최전방 기지를 만들고 대잠 초계기와 잠수함들을 배치한다면 그 탐지 능력이 어떻게 되는 것이오?"

왓킨스 제독은 대답을 하기 전에 턱을 살짝 쳐들었다. 그러한 행동은 마치 자신의 답변이 어떠한 권위를 가지고 있다는 듯 보였다.

"그럴 경우, 소비에트 해군의 대잠 작전 능력이 대서양 한복판까지 이르게 됩니다. 다시 말해서 소비에트 본토에 기습적인 핵공격 능력을 가진 우리 전략잠수함들의 일거수일투족을 적들이 훨씬 더 구체적으로 파악할 수 있는 상황이 도래할 수 있습니다. 쿠바의 기지와 수리남의 기지, 두 곳이면 충분히 대서양에서의 해상 주도권이 공산주의자들에 의해 역전당할 수 있습니다. 이 자리에 있는 모든 분들께 꼭 주지시키 드리고 싶은 게 있다면, 현 시점의 수리남 상황은 작년 11월, 12월과는 매우 다르다는 사실입니다."

그의 답변 직후, 다시 한 번 무거운 침묵이 회의실 안에 흘렀다. 잠시 후, 대통령의 비서실장인 제임스 베이커가 클락 쪽을 주시하며 발언했다.

"일단, 수리남에 대해 전보다 더 강력한 외교적인 압력을 가할 수 있도록 주변국들과 물밑 협상이 진행되고 있습니다. 이 점에 대해서는 우리 수석보좌관(클락)이 보고해 주실 겁니다."

클락은 자신의 임무가 아무런 소득 없이 교착 상태에 빠져 있다는 것을 대통령의 안보팀 모두가 알고 있음에도 불구하고 저런 행동을 하는 게 너무 빤한 의도라 생각했다. 그는 코웃음 치는 것 대신 사뭇 진지한 표정으로 자신을 바라보는 모든 이들에게 말했다.

"각하께서 지시하신 대로, 이번 사안에 대해 외교적인 해결책을 최우선 순위로 두고 지난 며칠 동안 노력했지만 지난 달 상황과 마찬가지로, 현재로서는 뾰족한 수가 없습니다. 브리핑 자료에 이미 언급되어 있듯이 소련 측에서 수리남에게 군사적인 지원 외에도 사회, 경제 기반 시설을 제공하겠다고 약속했기 때문에 수리남의 주변국들이 부테르세 정권에 대해 압력을 행사할 것이 거의 없습니다."

그가 발언을 마칠 때쯤, 그는 슐츠 장관이 자신을 노려보고 있는 듯한 느낌을 받았다. 그러한 느낌은 바로 이어서 확인됐다. 슐츠 장관이 클락의 설명에 반박이라도 하는 것처럼 그보다 더 큰 목소리로 발언했다.

"그렇지만 각하, 상황이 너무 급박하게 전개될지라도 수리남에서 즉각적인 군사작전을 진행한다는 것은 이번 행정부에게 너무 큰 부담입니다. 잘 아시다시피, 지난 달 말 상원 정보위원회에서의 질의응답을 통해서 의회가 바라는 해결책은 이미 확인되었잖습니까? 아무리 수리남 국민들이 현 대통령의 폭정에 대해 불만을 가지고 있고 수리남의 군사력이 보잘것 없다 치더라도 CIA가 기획하는 해결책의 성공 가능성도 외교적 해결책 못지않게 희박하다고 생각됩니다."

레이건 대통령은 슐츠 장관의 발언에 집중하고 있었고 케이시 국장이 그런 대통령의 모습에 긴장하는 모습이 역력했다.

슐츠 장관은 노골적으로 케이시 국장 쪽을 주시하며 발언을 이어 갔다.

"각하 앞에서 외람된 말씀이지만 CIA는 국가 안보와 직결된 첩보와 정보를 수집하는 기관이지 국가 안보 회의에서 군사적 해결책을 제안하는 위치가 아니라고 알고 있습니다. 더군다나 우리 행정부의 재선이나 중간선거 걱정을 할 위치는 더더욱 아니라고 알고 있습니다. 안 그래요, 국장?"

케이시는 조지 슐츠를 그저 학자 출신의 관료로만 생각해 왔다. 그는 슐츠 장관 또한 대다수의 레이건 행정부의 관료들처럼 2차 대전이나 한국전쟁에 참전한 군경력이 있음에도 불구하고, 슐츠 장관의 대학 강의 경력만 기억했고 그가 전임장관이었던 알렉산더 헤이그처럼 배짱이나 권력욕이 없는 인물로 파악했다.

그리고 그 방심의 대가를 치러야할 상황이 되었다. 케이시는 침착하게, 마치 슐츠의 발언이 예상하고 있었다는 듯한 표정으로 대답했다. 그 순간에는 방 안에 있는 모든 행정부 구성원들이 국무부와 CIA의 날 선 대립을 확인할 수 있었다.

"조지(슐츠 장관)의 말이 맞습니다. 우리 CIA의 임무는 국가 안보 회의의 구성원들이 이러한 중요 사안에 대한 올바른 결정을 할 수 있도록 보조해 주는 역할에 제한되어 있습니다. 당연히, 저도 이 점을 염두하고 각하께서 지시하신 모든 업무를 추진해 왔습니다. 다만, 제가 군사적인 방책에 대해 먼저 언급한 것은 지금의 수리남 사태가 우리가 충분한 시간을 두고 논의할 수 있는 단계를 이미 떠났고 우리가 미적거리다가 실수를 하는 경우에 그 파장이 너무 심각하다는 점을 말씀드리고 싶군요. 중남미에 대해 우리 다수 전문가들이 우려하듯이 소련 놈들이 대서양에서의 군사적 우위를 차지하는 것뿐만 아니라 그놈들이 쿠바, 수리남과 연합하여 카리브해의 남쪽 지역을 통제하려 한다면 베네수엘라로부터 들여오는 원유 공급선까지 위협받을 수 있습니다. 물론 그 전에 수리남을 시작으로 다른 라틴아메리카 우방국들이 공산화 위험에 노출되겠구요. 이 정도 파장에 대해서 국무부나 재무부의 씽크탱크는 어떤 대책을 내놓을지, 혹시 이미 고민 중입니까?"

다소 거만해 보이기까지 한 케이시 국장의 발언에 슐츠 장관의 표정이 일그러졌다. 그의 반격이 뒤따랐다.

"국장, 나는 우리 미군 병력이든 CIA가 양성하는 현지인 게릴라 부대든, 직접적으로 수리남 사태에 개입되는 것은 우리 행정부의 정치적 자살 행위가 될 수도 있음을 말하는 것이오. 작년 중간선거에서 패배한 것도 모자라서 이제 급박한 국내 경제 문제가 아닌 국제 문제에 우리 행정부가 위험부담을 가지고 깊숙이 개입하는 것은 너무 오지랖 넓은 결정이 아닐까 싶소. 과연 지독한 불경기의 늪에서 허덕이는 국민들이 이러한 일에 관심이나 가질지조차도 의문입니다. 나는 오늘 안보 보장 회의에 참석한 모든 분들이 이 점을 간과하지 않기를 바랍니다."

슐츠의 매서운 눈초리는 이제 케이시 국장이 아니라 대통령을 향해 있었다. 바로 옆에서 지켜보는 클락은 슐츠 장관이 마치

CIA 국장이 아니라 레이건 대통령에게 가시 돋친 말을 하는 것만 같다고 생각했다.

레이건 대통령은 그러한 슐츠 장관의 반응에 동의한다는 것처럼 고개를 끄덕이면서 경청했다. 그는 과거 베트남전으로 어수선했던 닉슨 행정부에서 노동부 장관과 재무 장관을 지냈던 슐츠 장관의 발언이 매우 현실적이라고 느끼던 차였다.

물론, 대통령의 경제, 정책 보좌관 팀들로부터 비슷한 조언을 들었지만 슐츠 장관이 지적하는 바는 그로 하여금 자신의 행정부가 넘을 수 없는 경계선을 확인하도록 해 주었다.

슐츠가 발언을 마치자 대통령은 케이시 국장과 합참의장 쪽을 응시하며 말했다.

"일단, 난 CIA와 합참 쪽에서 보고된 수리남에 대한 우려는 충분히 안보 보장 회의의 주의를 환기시켰다고 생각하오. 동시에 조지(슐츠 장관)가 발언한 내용에 대해서도 다른 모든 분들도 동의하거나 아니면 진지하게 받아들일 거라 짐작하오."

다음 순간 그의 시선이 다른 장관들과 안보 정책 관련자들에게 향했다.

"솔직히, 나는 내 임기 동안에는 그 어떤 제3세계 국가가 소련 놈들의 수중에 떨어지지 않을 거라고 다짐한 바가 있습니다. 그 점은 조지나 빌(케이시 국장) 또, 다른 많은 분들도 알고 있을 것이오. 그렇지만 내년의 선거나 우리 미국 국민들의 재정적인 어려움 또한 간과할 수 없음을 잘 인지하고 있소. 따라서 이번 사안에 대해서는 다른 경우보다 여러분들의 의견을 더 주의 깊게 듣고 싶소. 두 분의 의견 외에 혹시 제3의 의견이 있습니까?"

20여 명의 안보 회의 구성원들은 조심스럽게 서로의 눈치를 봤다. 레이건은 그들을 쭉 훑어본 후 이번에는 케이시 국장 쪽을 바라보며 말했다.

"CIA와 합참의장의 의견에 동의하는 분들은?"

대통령의 안보정책 담당자들과 몇 명의 장관, 차관이 고개를 크게 끄덕이거나 한 손을 슬쩍 들어 보였다. 레이건 대통령과 케이시 국장, 슐츠 장관은 의사표시를 한 사람들과 그렇지 않은 사람들을 살폈다. 클락이 보기에 현재의 분위기는 작년 11월 때와 마찬가지로, 수리남에 대한 군사적 조치에 반대하는 구성원들이 약간 많아 보였다.

안보 보장 회의의 의사 진행을 담당한 베이커 비서실장이 찬성과 반대 의견을 정확히 헤아려 대통령에게 귓속말로 전달했다.

그 사이, 몇몇 장관들과 대통령 보좌관들이 서로 귓속말을 주고받기 시작했다. 클락은 슐츠의 보좌관으로 생각되는 자가 자신의 등 뒤에서 슐츠 장관 쪽으로 상체를 기울이는 것을 느꼈다. 곧 슐츠와 보좌관의 귓속말이 이어졌다.

레이건 대통령은 안보 회의에 참석한 관료들과 인사들의 모든 분위기를 파악하려는 듯 조심스럽게 차례차례 그들에게 시선을 보내고 있었다.

조금 뒤, 모든 사람들이 대통령을 주목했고 그가 마침내 회의 결과를 공표했다.

"여러분의 모든 의견을 수렴하여 일단, 수리남에 대한 우리의 군사적인 개입은 불가한 것으로 결정 내립니다. 대신, 소비에트와 쿠바 쪽의 수리남에 대한 교활한 의도를 좌절시킬 수 있도록 모두가 힘써 주도록 부탁하오. 당분간 모든 국가 안보 정책 역량을 이 사안에 집중시켜서, 외교적이든 경제적이든 수리남 상황을 반전시킬 무언가가 반드시 만들어지길 바랍니다. 부탁합니다, 여러분."

"네, 각하."

"알겠습니다."

그 대목쯤에서 몇몇 장관과 보좌관들이 고개를 끄덕이며 대답했다.

레이건은 다소 맥이 빠진 케이시 국장과 슐츠 장관에게 차례로 시선을 보내며 말을 보탰다.

"수리남 안건을 마치기 전에…… 빌(케이시 국장)과 조지(슐츠 장관)에게 내가 간곡히 청하는 것은."

대통령은 두 사람이 자신을 응시하는 것을 확인하고서 말을 이었다.

"각자의 업무 영역과 상관없이 이 문제를 해결하는 데 힘을 합해 주는 것이오."

두 사람은 서로를 쳐다보지 않고 레이건에게 시선을 고정한 채 대답했다.

"예, 각하."

대통령은 그들의 분위기를 파악하고서 곁에 서 있던 비서실장에게 고개를 돌렸다.

"자, 다음 안건은 무엇이지?"

"네, 각하. 서독에 주둔한 미사일 부대 운영에 대한 사안입니다."

"좋소, 이 사안에 대해서는 누가 먼저 발언하겠소?"

대통령이 다음 국가 안보 사안의 논의를 시작할 때 클락은 케이시 국장 쪽을 바라봤다. 그리고 그의 뒤쪽에 서 있던 클래러지와 눈이 마주쳤다.

그는 클락을 향해 묘한 미소를 지었다가 지워 버렸다. 클락은 안보 보장 회의 전에 두어 번 클래러지를 만나 CIA의 입장을 전달받았었기에 그 미소 뒤에 무언가가 있다는 느낌을 가졌다.

무엇보다도 그는 로널드 레이건의 안보관과 세계관을 누구보다도 잘 알고 있기에 대통령이 공표한 결과가 과연 확정된 것인지조차 의심스러웠다. 이들 이전에 모든 정권들이 대통령의 재선을 원했지만 그는 분명 레이건 대통령이 내년 선거에서 두 번째 임기를 얻고자 소련과 쿠바의 도발을 못 본 체 할 것이라고 생각지 않았다.

공산주의에 대한 뿌리 깊은 적개심과 경계심을 자신의 기독교적 소명처럼 여기는 대통령이 조용히 물러서지 않을 것임을 그는 너무도 잘 알고 있었다.

*　　*　　*

1983년 1월 20일 01시 15분 미국 워싱턴주 워싱턴 DC, 백악관 집무실

클락이 대통령의 경제고문 잭 헤이스팅스와 백악관 근처 클럽에서 칵테일을 마시던 중 대통령의 은밀한 호출을 받은 시각은 자정이 막 지나서였다.

그가 혼자 대통령 집무실로 향하는 복도에 들어섰을 때에는 과연 대통령이 집무실에 있을까라는 생각이 들 정도로 인기척이 없었다.

집무실까지 걸어가며 그는 세계의 어느 한 구석에서 무슨 급박한 일이 터졌는지 아니면 행정부의 누군가가 스캔들에 휩쓸려서 내일 아침 신문의 헤드라인을 장식할지, 두 가지 사안들 중 한 가지일 거라 짐작했다.

그렇지만 그는 집무실 출입문 바로 앞에서 윌리엄 케이시 국장의 목소리를 듣게 되었을 때 모든 추측들을 거둬 버렸다.

클락이 노크를 하고 출입문을 열자 케이시 국장과 클래러지, 그리고 대통령의 비서실장 제임스 베이커가 그를 맞이했다.

"어서 오시오, 클락."

출입문에서 가장 가까운 곳에 서 있던 베이커 비서실장이 그에게 손을 내밀었다. 클락은 그의 손을 맞잡으며 다른 사람들과는 고개를 끄덕여 인사를 나눴다.

그런 다음 자신의 책상에 앉아 있는 레이건 대통령에게 다가가며 인사했다.

"야심한 시각에 무슨 일입니까, 각하?"

침실에서 나왔는지 대통령은 평상복이 아닌 가운을 입고 있었지만 그는 이곳에 제법 오래 있었는지 표정과 분위기는 일과 시간 때와 똑같았다.

클락은 대통령의 앞쪽에 놓여 있는 위성 사진들을 힐끗 보면서 자신이 지금 수리남에 대한 일 때문에 불려왔음을 짐작했다.

그의 시선은 자연스럽게 오른쪽 어깨 너머로 향했고 역시 정장 차림이 아닌 평상복 차림의 케이시 국장이 입을 열었다.

"쿠바에서 소련 놈들의 화물선 한 척이 출항했는데 목적지가 수리남 항구입니다."

레이건 대통령이 문제의 위성 사진들을 클락에게 집어 줬고 그는 사진을 살피기 시작했다. 케이시 국장의 설명이 뒤따랐다.

"화물선에 선적된 화물은 원조물자가 아니라 소련제 대공 장비들로 추정됩니다. 우리 쪽 분석요원들 말로는 어쩌면 중고도 탐지 레이더일 수도 있다 합니다. 아마도 이를 운영하도록 교육할 인원들도 함께 출발한 것 같은데, 쿠바 쪽 군사고문단인지 아니면 소비에트 쪽인지는 확인된 게 없습니다."

클락의 시선이 위성 사진들 쪽에서 레이건 대통령 쪽으로 옮겨 갔다. 그는 대통령이 이미 자신이 도착하기 이전에 케이시 국장과 와인버거 장관 사이에서 모종의 협의를 마친 듯한 인상을 받았다.

입을 다물고 있는 대통령을 잠시 살핀 뒤 클락은 조심스럽게 말했다.

"각하, 뭔가 조치를 취하실 겁니까? 아니면 안보 회의에서 공표하신 내용을 고수하실 겁니까? 아시겠지만 조만간에 과거 쿠바가 밟았던 수순을 수리남 군부가 그대로 따라 갈 확률이 큽니다."

그 말을 마칠 때쯤 베이커 비서실장이 클락에게 버번이 들어 있는 잔을 조심스럽게 건네 줬다.

레이건은 대답 대신 버번 잔을 받아든 클락에게 뒤쪽에 있는 소파로 앉으라는 손짓을 만들어 보였다. 클락은 그때가 돼서야 긴장하기 시작했다.

그의 경험상 이런 분위기는 단순한 논의로 끝나는 것이 아니라 실행을 전제로 한 결론이 도출되는 분위기임을 매우 잘 알고 있었기 때문이었다.

그는 윌리엄 케이시와 베이커를 번갈아 쳐다봤다. 이어서 레이건은 깍지를 끼고 있는 양손을 풀며 대꾸했다.

"빌(케이시 국장)이 가져온 대안 하나가 어쩌면 이번 사안의 해결책이 될 수도 있겠소. 빌?"

대통령이 케이시를 향해 턱을 치켜들자 케이시 국장이 옆에 앉아 있는 클락에게 설명해 주기 시작했다.

"국가 안보 회의의 결정에 대해서 각하나 나는 번복할 의도가 없소. 대신 우리 미군이 수리남에 투입되지 않고도 이 문제를 우리가 원하는 방식대로 해결할 수 있습니다."

클락의 두 눈이 휘둥그레졌다. 그는 순간 대통령의 총애를 받는 CIA 국장이 CIA를 베트남전 당시처럼 거대 조직화시켜 직접 총칼을 휘두를, 그런 시대착오적인 발상이 그에 의해 설명되려는지 자신의 두 귀를 의심했다.

하지만 놀랍게도 케이시 국장의 입에서 나오는 말은 그 이상의 것이었다.

"우리 동맹국 군대를 동원하는 방법이 있소."

클락이 알기에 현재 중남미에서 미군 대신 피를 흘리며 군사작전을 수행할 친미정부는 없었다. 적어도 엄청난 양의 경제원조나 혹은 특정 국가의 정권을 반정부 세력에게 통째로 넘겨주겠다는 약속 등이 없이는 말이다.

그가 보기에 설령 그런 이면 거래를 할 중남미 국가가 있더라도 소련과 쿠바, 이미 공산화된 니카라과의 영향력을 극복하고 군사작전을 수행할 역량이 있을지도 미지수였다. 그는 과연 어떤 말이 케이시 국장의 입에서 나올지 궁금해졌다.

"혹시 한국에 대해서 아는 게 있소?"

질문이며 동시에 답변인 그 말에 클래러지는 잠시 멈칫했다. 그런 뒤 이루 말할 수 없는 황당함에 언성을 높였다.

"국장, 도대체 동남아시아의 제3국 병력을 어떻게 태평양 건너 라틴아메리카에까지 투입할 수가 있단 말이오? 아무리, CIA의 공작 역량이 이전 행정부보다 월등해졌다 하더라도 이것은 불가능하지 않습니까?"

클락이 대통령을 응시하자 케이시 국장이 황급히 설명을 보탰다.

"침착하고 들어보시오. 현 시점에서 우리가 국가 안보 회의나 상하원의 군사위원회, 정보위원회의 시야 밖에서 취할 수 있는 최선의 조치는 한국처럼 우리의 긴밀한 우방국 군사력을 빌려 수리남에게 직접 메시지를 전달하는 것이오. 한국군의 군사작전 능력은 이미 베트남전 당시 우리 G.I들과 함께 싸운 것으로 증명됐고 마침 안보나 외교적 지지 기반이 취약한 새로운 한국 정부는 이번 거래에 분명히 관심을 보였단 말이오."

클락은 케이시 국장이 이 정도까지 군사적 조치에 대해 열정적이고 치밀하게 준비했을 거라고는 결코 예상하지 못했다. 클락은 레이건 대통령을 응시하며 물었다.

"각하, 제가 지금 들은 내용은 이미 결정된 사안입니까?"

대통령이 말없이 고개를 끄덕이자 클락의 시선이 버번 잔을 들고 서있는 제임스 베이커에게 향했다.

"안보팀(대통령의 안보자문팀) 의견은 어떻습니까?"

베이커 비서실장은 버번을 한 모금 마신 뒤 느린 말투로 답변했다.

"펜타곤 쪽 경력이나 연줄이 있는 핵심 인원들만 같이 논의했는데 우리가 한국군 병력을 수리남까지 전개시켜 군사작전을 실행토록 하는 일련의 과정에 은밀하게 그리고 최소한으로만 진행한다면 일이 틀어져도 크게 다칠 일이 없다는 게 결론입니다. 솔직히 내가 보기에는 일이 잘못되어 우리가 이번 쇼의 무대 밖에서 얼쩡거렸다는 걸 상원이나 하원에서 알게 되어도 결국에는 우리 행정부가 베네수엘라에서 들어오는 원유공급선을 소련 놈들의 위협에서 보호하려 했다면 알고도 모른 척할 것 같습니다. 심지어 골수 민주당원들이라도요. 다음 정권을 노리는 그들도 수리남 문제로 인해 국내 경제가 지금보다 악화되기는 원치 않을 테니까요."

클락은 대통령이 수리남에 대해 무언가 손을 쓸 거라 생각했지만 이렇게 빨리 또 이렇게 엉뚱한 방식으로 일을 풀어 나갈 줄은 꿈에도 몰랐다.

그럼에도 불구하고 그는 말없이 자신을 응시하는 그가 무엇을 요구하는지 매우 잘 알고 있었다.

클락을 오늘 밤 이 자리에 호출한 이유는 제3세계 친미국가의 수리남에 대한 군사작전에 대한 논의가 아니라 바로 그러한 결정의 파급 효과 또 사전 포석에 대한 조율이 클락 자신에게 일임되었기 때문이다.

이제 클락은 대통령을 포함한 두 사람의 침묵에 동참했다. 그는 이 침묵 속에는 온갖 권모술수와 두뇌 싸움이 도사리고 있음을 본능적으로 알고 있었다.

3장

로드러너(Roadrunner)

1983년 1월 21일 04시 02분 카리브해 연안 수리남, 파리마리보의 내륙 수로

   도심 지역과 가까운 내륙의 수로는 피셔(Jerry Fisher) 준위가 짐작했던 것보다 더 수온이 낮았다. 그는 그 이유가 아마도 이곳이 해수와 담수가 만나는 지점이기 때문이라고 생각했다. 하지만 수온보다 문제가 되는, 새까만 수면 아래 모래톱들은 계속해서 그의 신경을 거슬리게 했다.

   차가운 물속에서 그가 담당한 수로 우측 방향을 경계하는 동안 그의 2명의 팀원들은 수면 아래로 납줄을 늘어뜨려 수심을 측정하고 있었다.

콜사인 '로드러너(Roadrunner)'를 가진 이들 델타포스 정찰팀의 임무는 바로 수리남의 해상 그리고 내륙을 통한 대규모 상륙작전이 가능한지 여부를 살피는 것이었다.

40대초 베테랑 특수부대원인 피셔 준위의 예상대로 정찰 작전은 그 시작부터 만만치 않았다.

수리남 현지 시각으로 01시 20분, MC-130 특수작전용 수송기로 수리남 해안 근처까지 1차 침투를 할 당시, 스콜(폭우)과 함께 수차례의 벼락이 치면서 MC-130기의 조종사들을 혼쭐나게 만들었다.

20여 분 정도 기상 상황이 좋은, 다른 상공에서 선회한 후 이들의 침투 수송기가 잠잠한 해상에 다시 진입, 조디악(Zodiac: 군작전용 고무보트)를 투하했다. 그러나 이때 낙하산을 개방시켜주는 산줄이 끊어져 1차로 해상에 투하한 조디악은 까만 바다 수면 위에서 잃어버렸다.

다행히 예비로 준비한 또 다른 조디악의 2차 투하는 성공적으로 이루어졌고 그는 3명의 동료들과 낙하산 강하를 통해 해상에 착수했다.

그렇지만 설상가상으로 로드러너 팀이 탑승한 고무보트를 기다리고 있었던 것은 위성 사진에서 봤던 것보다 훨씬 더 엄청난 높이와 에너지를 가진 파도였다.

2미터가 넘는 파도들이 차례차례 수리남 해안으로 향하는 이들의 앞뒤에서 튀어나왔다. 로드러너 팀의 고무보트가 점차로 높아지는 파도 위에 올라타는 타이밍을 놓치면, 고무보트는 이들을 강타하는 성난 파도 위를 흡사 깃털처럼 날아다녔다.

4명의 팀원들의 몸이 고무보트 위에 붕 뜬 상태가 되었다가 일순간 보트 바닥으로 내동댕이쳐지는 상황이 연속해서 일어났다.

피셔 준위의 정찰팀은 천신만고 끝에 수리남의 해안에 도착, 해안의 수심을 비롯한 상륙작전과 관련된 측정을 마쳤다. 그런 뒤 이들은 해안에서 내륙으로 이어지는 수로를 타고 들어와 역시 동일한 측정 임무를 수행 중이었다.

로드러너 팀이 예정보다도 훨씬 늦게 강변도로를 올려다볼 수 있는 약정 지점에 도착한 이후로 피셔는 굉장히 초조했다. 자칫 잘못하여 너무 늦게 해상으로 진출한다면 이들의 퇴출 방법이 더 어려운 쪽으로 바뀔 가능성이 있었기 때문이다.

그는 부디 그러한 상황이 닥쳐서 조디악의 모터 연료가 바닥나고 결국에는 4명의 팀원들이 망망대해에서 노를 저어 나가는 일이 없기를 바랐다.

피셔 준위는 행동을 재촉하려는 의도로 그의 팀원들에게 수신호를 몇 번 보냈다.

비록 물속에서 발차기를 하면서 수면 위로 상체를 오랫동안 노출시키는 일도 쉽지 않았지만 수면 위에 지독한 습기와 열기는 그를 지치게 만들었다.

피셔는 자신이 쳐들고 있는 R5 자동소총(남아공제 자동소총)이 아마도 M60과 같은 경기관총의 무게 못지않다고 생각했다. 뿐만 아니라 습식잠수복 안의 온몸이 땀으로 흠뻑 젖어 있을 생각을 하자 그는 갈증을 느끼기까지 했다.

그는 폭 60여 미터 정도의 수로 왼편을 주시하고 있었다. 그쪽의 언덕사면과 그 너머의 해안도로는 가끔 차량이 오가는 것 외에는 인기척이 없었다. 그러나 이들의 위치, 후방 200여 미터 정도 떨어져 있는 수리남군의 기지에서는 경계병들의 이야기 소리나 기침 소리가 종종 들려왔다.

그쪽 방향과 수로의 우측, 맹그로브 수풀 지대를 경계하는 오웬 중사는 이따금 AN/PVS-5 야간투시경을 작동시켜서 의심스러운 곳을 살폈다.

피셔 준위는 적외선 필터가 장착된 카메라로 해안도로 쪽과 멀리 보이는 수리남군의 기지를 촬영했다.

2시간 넘는 촬영과 측정 과정에서 피셔와 그의 델타부대원들은 이미 상륙작전 자체가 불가능하다는 것을 알 수 있었다. 그들이 보기에 파도가 높은 인근 해안도 해안이지만 수심이나 모래톱, 수리남군의 감시초소 등 기습적인 상륙작전에 대한 방해 요소들이 너무 많았다.

이윽고 수심을 측정한 어빈 중사, 로드리게즈 중사가 납줄을 휴대하기 좋게 감기 시작했다. 곧 로드리게즈가 피셔 준위에게 오케이 수신호를 만들어 보였다.

피셔 준위는 긴 한숨을 내쉬면서 그들 쪽으로 몸을 움직였다.

수면을 가르는 소리를 최소화시키면서 그는 주변 경계를 늦추지 않고 이동했다. 후방과 수로 우측을 담당했던 오웬 중사도 합류하기 시작했다.

4명의 델타포스 대원들은 측정 위치에서 16~17미터 거리에 있는 수로 우측 맹그로브 수풀사면 쪽으로 조용히 헤엄쳐 갔다.

달빛이 30% 미만이었고 약간의 구름이 껴 있는 상황이었기 때문에 피셔 준위 일행은 이들의 기도가 노출될 가능성은 크지 않다고 생각했다. 그렇지만 침투 단계에서부터 이들을 쩔쩔매게 만든 변수들을 생각하면 작전이 무사히 종료될 때까지 마음을 놓을 수 없었다.

마침내 델타부대원들이 그들의 고무보트를 목전에 두게 되었을 때, 선두에 섰던 어빈 중사가 갑자기 야간투시경을 눈가로 위치시켰다. 곧이어 그가 수면 아래에 있던 R5 자동소총을 이들의 11시 방향으로 쳐들었다.

피셔 준위는 그의 행동을 감지하자마자 그의 좌측 2미터 거리에 있는 대원들에게 황급히 수신호를 만들어 보였다. 수면 위에 있는 보트를 최대한 수로 구석에 있는 수풀 쪽으로 이동시키라는 내용이었다.

로드리게즈 중사와 오웬 중사는 조심스럽게 고무보트를 맹그로브 수풀 쪽으로 밀었다. 그들의 보트가 수면 위까지 늘어져 있는 잡목 줄기들과 풀 줄기들 안으로 거의 들어가자 두 사람은 몸을 수면 아래로 가라앉혔다.

피셔 준위가 그들의 조치를 확인하고 다시 고개를 반대편으로 돌릴 때쯤에는 어빈 중사가 그의 옆으로 옮겨 왔다. 그는 이미 야시경을 착용한 머리 위쪽 그리고 총구를 제외한 모든 부분을 수면 아래로 숨긴 상태였다.

피셔 준위는 서둘러 이마 쪽에 위치시켰던 야간투시경을 눈가로 끌어내렸다. 그리고 거의 동시에 그의 양어깨가 움찔했다. 그의 밝은 초록색 시야 안에 거대한 그림자 하나가 등장했기 때문이었다. 수리남군의 초계정이 바로 30여 미터 미만의 거리에서 이들 쪽으로 접근하고 있었다.

로드러너 팀의 고무보트의 2배 정도의 크기인 초계정은 엔진을 아이들(공회전) 상태로 둔 것처럼 아주 조용히 그러나 약간 빠른 속도로 미끄러지듯 이동했다. 초계정의 정확한 진행 방향은 로드러너 팀의 현 위치 바로 좌측을 지나칠 것 같이 보였다.

피셔 준위는 숨을 깊이 들이쉰 후, 총기의 조정간을 '연발'에 위치시켰다. 그는 자신의 등 뒤에 있는 팀원들이 고무보트를 잘 숨겼기를 바랐다.

이윽고 초계정이 이들의 9시 방향, 20미터 미만의 거리까지 다가오자 피셔 준위는 본능적으로 몸을 수면 아래로 가라앉혔다. 그의 머리가 물속으로 들어오자 입수 직전 들려왔던 약한 디젤 엔진음이 끊기고 기분 나쁜 정적이 그의 두 귀를 틀어막았다. 곧 그의 심장이 터질 듯이 뛰기 시작했다.

조금 뒤, 초계정의 스크류가 돌면서 만들어 내는 진동과 거대한 선체가 물살을 가르며 지나가는 느낌이 수중 가까이에 있는 4명의 델타포스 대원들에게 그대로 전달되어 왔다.

피셔가 오직 환한 초록색 빛만 가득한 시야 속에서 알 수 없는 평온함을 느끼는 동안 그의 몸이 물속에서 거칠게 흔들렸다. 그때는 수리남군의 초계정이 이들이 잠수해 있는 위치를 스치듯 지나가는 시점이었다.

물속의 시야는 거의 제로였기 때문에 피셔 준위는 양쪽의 거리를 몸 전체로 느끼는 진동으로 짐작했다.

20여 초가 지나고 나서야 물속이 다시 평온해졌다. 아무런 진동이나 움직임도 그가 느낄 수 없었다.

피셔 준위는 조심스럽게 수면 위로 머리를 노출시켰다. 천천히 돌아보는 그의 시야에 다시 수로 일대 전경이 들어왔다. 그리고 로드러너 팀의 위치 왼편을 스쳐가듯 지나쳐 간 수리남군의 초계정이 이들의 100여 미터 후방 즈음에서 보였다.

긴 한숨의 그의 입에서 새어 나왔다.

그의 시선이 우측으로 향하자 수면 위로 모습을 드러낸 팀원들이 보였다. 상륙작전 가능 여부를 확인, 판단할 수 있는 오웬 중사가 천천히 수면을 가르며 그에게 다가왔다.

오웬은 피셔의 오른쪽 귀에 자신의 입가를 가까이 대고 속삭였다.

"저놈들(초계정)이 우연히 이곳을 지나갔다고 생각합니까?"

피셔 준위는 대답 대신 고개를 좌우로 가로저었다. 그는 이제

껏 이어졌던 상황으로 보아 로드러너 팀의 침투가 누군가에게
포착되었을지도 모른다고 전제하는 게 더욱 현명한 판단이라 믿
었다. 이는 피셔 준위뿐만 아니라 모든 델타포스 대원들도 똑같
이 생각할 수 있는 전술적 판단이었다.

피셔 준위는 이제 신속한 퇴출을 최우선 조치로 생각하게 됐
고 그러한 판단을 즉시 오웬 중사에게 전달했다.

"빨리 저놈의 보트를 준비시켜! 이곳을 빠져나가자!"

"라저~!"

대답과 함께 오웬 중사가 다른 팀원들에게 수신호를 보내며
보트 쪽으로 향했다.

로드러너 팀은 반 시간 가량을 조심스럽게 노를 저어서 수로
의 끝, 해안 지대에 도달했다. 이미 예정된 1차 퇴출 시간을 놓
쳤기에 이들은 2차 퇴출 지점과 시간에 맞춰 움직여야 했지만
이들은 눈앞에 있는 까만 바다, 그 위를 미끄러져 오는 하얀 파
도들을 보는 순간 한숨을 내쉬었다.

피셔 준위는 다시 한 번 시계를 살폈다. 2차 퇴출 과정이 진행
될 때까지 대략 50분이 조금 넘는 시간이 남아 있었다. 그는 바
짝 마른 입속에서 혀를 몇 번 굴린 후 팀원들을 둘러봤다. 그들
은 모두 보트의 양쪽 끝에 엎드린 채 사방을 경계하고 있었다.
그가 볼 수 있는 것은 그들의 실루엣이 전부였지만 그들의 표정
이 그와 똑같을 거라는 것은 굳이 확인하지 않아도 됐다.

"잭! 모터 작동 시켜!"

고무보트의 우측 앞에 엎드려 있던 피셔 준위가 뒤쪽에 위치한 어빈 중사에게 지시를 내렸다. 그러자 그는 기다렸다는 듯이 모터의 시동을 거는 줄을 힘껏 잡아당겼다.

"부르르르릉~!"

시동이 걸리는 즉시 어빈 중사는 방향키를 잡았다. 그리고 피셔 준위의 지시 없이도 그들의 향할 곳으로 조디악 보트를 기동시키기 시작했다.

모터 소리가 요란하게 울려 퍼짐에 따라 델타포스 대원들은 더욱 긴장하여 사방을 경계했다. 마침내 무거운 고무보트가 속도를 얻었고 파도 위를 미끄러지듯이 나아갔다.

로드러너 팀의 고무보트는 해안 지대에서 곧장 벗어나 해상으로 향했다. 아직까지는 이들의 보트 쪽으로 다가오는 파도가 큰 위험 요소는 되지 않았지만 피셔 준위는 해안에서 멀어질수록 파도가 거세질 것을 확신했다.

피셔 준위는 목에 걸어둔 R5 자동소총의 권총 손잡이를 꼬옥 쥔 채 전방을 뚫어져라 주시했다.

해안을 등지고 2킬로미터 정도 진행해 오자 우려했던 것이 현실이 되어 나타났다. 야간투시경을 착용하고 있는 그의 시야 안에 아주 밝은 색의 띠가 좌우로 펼쳐져서 다가오는 게 보였다.

그가 보고 있는 것은 바로 집채만 한 파도들이 차례로 높이 솟구쳐 올랐다가, 수면 위로 떨어질 때마다 생기는 엄청난 양의 포말이었다.

파도들은 해안으로 가까워질수록 에너지를 잃고 작아졌지만 곧 로드러너 팀이 향하는 해상 한가운데에서는 그 위력과 높이가 대단했다.

이미 이들의 100여 미터 거리 안에서 높이 4~5미터가 훌쩍 넘는 거대한 파도가 이들의 고무보트를 집어삼킬 듯이 다가오고 있었다.

"잭!"

피셔 준위는 그의 어깨 너머로 보트의 방향키를 잡고 있는 어빈 중사를 불렀다. 그의 경고에 이미 대비하고 있는 어빈 중사는 대답 대신 모터의 스로틀을 조정하면서 전방을 뚫어져라 주시했다.

피셔 준위와 마찬가지로 야간투시경을 착용하고 있는 그는 자신들 쪽으로 다가오는 파도의 형태를 파악했다. 그는 좌우로 펼쳐진 전체 파도 중 가장 높이 치솟았다가 끝부분이 안쪽으로 말리며 떨어지는 부분을 피할 계획이었다.

만약 그가 실수로 파도가 최고 높이로 치솟았다가 떨어지는 지점으로 보트를 몰아갔다가는 보트가 전복되고 미군 최정예 델타포스 대원들이라는 이 로드러너 팀원들이 연속되는 파도들 속에서 익사할 것이 분명했다.

어빈 중사는 파도의 상승이 최고점에 이르는 부분과 한참 거리를 두고 있는 좌측이나 우측 지대를 넘어가야만 했다.

물론 그가 조디악 보트로 돌파해야 하는 그 지점들 또한 파도가 서서히 상승 에너지를 얻어 가는 곳들이라서 타이밍을 잘못 맞추면 로드러너 팀은 거대한 파도 꼭대기에 앉아 있게 되는 상황이었다.

어빈 중사는 벌써부터 거센 해풍을 타고 그의 얼굴, 온몸에 부딪치는 파도의 포말 입자들을 느끼고 심지어 냄새까지 맡을 수 있었다.

그는 보트의 방향과 속도를 조정할 수 있는 키를 꽉 잡고 50여 미터 미만의 거리에서 다가오는 파도를 응시하며 계산했다. 그는 이들 보트의 먼 좌측 10시 방향에서 최고 높이로 치솟는 파도를 확인하자마자 보트 진행 방향을 급히 우측 2시 방향으로 바꿨다.

그런 뒤 스로틀을 더 개방하여 20여 미터 이상을 고무보트를 최고 속도를 몰고 나아갔지만, 그가 목표 지점으로 찍어 둔 지점에 도착하기도 전에 보트 주변의 수면이 상승하기 시작했다.

어빈 중사는 급박한 와중에 마치 거대한 고래가 보트 아래에서 떠오르는 듯하다고 생각하며 스로틀 개방 밸브를 최대한 돌렸다. 그러자 모터가 폭발한 듯한 소리를 내면서 고무보트가 나아갔다.

잠시 후, 로드러너 팀의 보트가 점차로 높아져 가는 파도를 왼편에 두고 최고 속도로 전진하는 동안 어빈 중사를 비롯한 모든 델타포스 대원들은 이들의 왼편 후방에서 바다가 거대한 아가리를 벌리며 보트를 쫓아오는 광경을 보게 되었다.

"이야야아~!"

어빈 중사가 이들의 조디악을 삼킬 듯이 따라오는 파도를 보며 소리를 질렀고 그때 목표 지점에 보트가 도착했다. 그 순간 고무보트가 50센티미터 이상 허공에 붕 뜨면서 상승 에너지를 받은 수면을 훌쩍 뛰어넘었다.

하지만 로드러너 팀의 보트가 1차로 파도를 돌파하고 잠시 후, 그는 두 번째 파도가 바로 이들의 수십 미터 전방에서 수면 위로 떨어지기 직전인 것을 알아차렸다.

이 사실을 경고하고자 피셔 준위와 로드리게즈 중사가 거의 동시에 그에게 소리쳐 왔다.

"두 번째 파도가 접근한다!"

"직전방 파도를 조심해!"

어빈 중사는 대답할 겨를도 없이 숨을 참았다. 그는 곧장 스로틀 밸브를 반대로 돌려서 보트의 속도를 최소화시켰고 그 결과 보트가 거의 움직이지 않는 것처럼 저속모드에 들어갔다.

다음 순간 로드러너 팀의 50~60미터 전방에서 거리를 좁혀 오던 4미터 높이의 파도가 수면 위로 무너져 내렸다.

오웬 중사와 피셔 준위는 야시경을 통해서 흡사 구름 떼 같은 포말을 앞세운 두 번째 파도가 보트 쪽으로 쇄도해 오는 것을 빤히 지켜봤다. 어빈 중사는 멀리 전방에서 세 번째 파도가 형성되고 있음을 파악하고 다시 스로틀 밸브를 열어서 조디악 보트의 속도를 높였다.

그러자 보트가 다시 전방으로 나아갔고 거의 힘을 잃은 두 번째 파도와 그대로 충돌했다. 힘을 잃었을 거라는 짐작과 달리 고무보트가 파도와 부딪치는 순간 보트의 앞부분이 허공 높이 쳐들어졌고 델타포스 대원들은 보트에 둘러쳐져 있는 줄을 움켜잡아 가까스로 몸을 보트에 밀착시켰다.

다시 보트가 다소 편평한 수면 위로 내려오자 어빈 중사는 스로틀 밸브를 최대한 열어서 보트를 최고 속도로 몰기 시작했다. 그는 세 번째 파도가 허공 높이 일어나가 전에 신속하게 돌파할 생각이었다.

그가 보트를 50~60미터 정도 전진시키고 나자 이들의 바로 아래쪽 수면이 또다시 솟아오르기 시작했다. 운 없게도 그가 파도가 높아지는 지점으로 들어온 것이었다.

"이런 빌어먹을!"

어빈 중사는 자신의 판단을 저주하며 방향키를 한쪽으로 힘껏 꺾었다. 그러자 조디악 보트는 처음 진행 방향의 좌측으로 방향을 급격하게 바꿔 나아갔다. 3~4초가 채 안 되는 짧은 순간이었지만 로드러너 팀 대원들은 허공 높이 솟구치는 파도 지점 위에서 2미터 정도 아래쪽에 있는 수면을 내려다보며 공포에 질렸다.

"이야야아!"

어빈 중사가 미친 듯이 소리치면서 스로틀 밸브를 한쪽 끝까지 돌렸다. 보트 모터가 굉음을 내면서 보트가 파도 아래쪽으로 미끄러져 내려왔다.

다음 순간 세 번째 파도가 로드러너 팀의 직후방에서 생성되어 해안 쪽으로 쇄도해 갔다. 어빈 중사는 아주 잠깐 고개를 어깨 너머로 돌려 그 무시무시한 광경을 슬쩍 살폈다.

그가 고개를 원위치시키자 앞쪽에서 위치한 피셔 준위는 그의 머리를 툭 치고는 10시 방향을 가리켰다. 네 번째 파도가 서서히 일어나는 과정이었는데 피셔 준위가 가리킨 지점은 이들이 서둘러 간다면 별 무리 없이 넘어갈 수 있는 곳이었다.

어빈 중사는 보트의 진행 방향을 그곳으로 고정한 후 최대 속도를 유지했다. 그의 몸속에는 아드레날린이 퍼지며 몸 전체를 부르르 떨게 하는 전율이 지금의 파도들처럼 연속해서 그를 찾아왔다.

그러나 그는 무서우리만큼 침착함을 유지한 채 현재의 상황에 집중하고 그의 오감이 감지하는 모든 것들에 정확히 주목했다.

로드러너 팀이 천신만고 끝에 파도들을 뚫고, 잔잔한 해상에 도착한 시점은 이들의 퇴출 시간을 12~13분 정도 남긴 때였다.

피셔 준위는 녹초가 된 어빈 중사와 자리를 바꾸고 보트의 방향키를 잡고 있었다. 마치 폭풍이 지나간 후와 같은 정적이 이들 주변에 흘렀다.

주변에 특이한 징후가 없자 피셔 준위가 오웬 중사의 어깨를 툭 쳤다. 그러자 그가 휴대하고 있던 새트컴(SATCOM: 위성 중계 무전기)의 송수화기를 잡고 교신을 시작했다.

"쏘드 원 파이브(Sword 15)! 여기는 로드러너! 쏘드 원 파이브! 여기는 로드러너!"

오웬 중사가 이들을 퇴출시킬 특수전 수송기를 호출하자 모두가 숨을 참고 그를 주시했다. 그는 방수비닐을 씌워 놓은 무전기 송수화기를 귓가에 더 밀착한 후 다시 또박또박 말했다.

"쏘드 원 파이브! 여기는 로드러너! 쏘드 원 파이브! 여기는 로드러너!"

이번에는 피셔 준위까지 오웬 중사 쪽을 주시했다. 잠시 후 이들이 그토록 기다렸던 목소리가 들려왔다.

"로드러너 고우!"

동시에 모두가 안도의 한숨을 내쉬었다.

"로드러너가 확인점 '블루 오렌지' 지점에서 대기 중이다. 다시 말한다, 로드러너가 확인점 블루 오렌지 지점에서 대기 중이다. 퇴출 과정을 시작하겠다, 이상!"

"라저, 로드러너! ETA 12분! ETA 12분! 이상!"

"라저! 로드러너, 오버 앤 아웃!"

"쏘드 원 파이브, 오버 앤 아웃!"

교신을 마치자 오웬 중사가 피셔 준위 쪽으로 엄지를 치켜 세워 보였다. 피셔 준위는 그때서야 긴 한숨을 내쉬었다. 이어서 어빈 중사와 로드리게즈 중사가 보트의 정중앙에 단단히 고정되어 있던 긴 원통형 컨테이너의 결속끈을 풀기 시작했다.

어둠 속에서 바닷물에 젖어 있는 로프를 풀기가 어려운지 두 사람이 낑낑 대는 소리가 피셔 준위의 귀에 들려왔다.

피셔 준위는 먼 10시 방향의 수평선 쪽에서 번쩍거리는 번개를 보면서 그쪽의 스콜이 이곳에 도착하기 전에 이곳을 벗어났으면 좋겠다고 생각했다. 그는 보트의 방향키를 잡은 채 고개를 빙 돌려서 이들의 후방, 수리남의 해안 쪽을 응시했다.

제법 먼 곳에서 보게 되는 파도들이 이제는 그의 눈에 평화롭게 보이기까지 했다. 그는 천천히 오른쪽에서 왼쪽으로 시선을 보내면서 파도가 이어지는 광경을 지켜봤다.

그런데 다음 순간 피셔 준위가 시선을 거둬들이기 직전, 로드러너 팀의 고무보트의 먼 5시 방향에서 하얀 포말이 허공 높이 퍼지는 게 보였다.

피셔 준위는 야시경 렌즈에 물방울이 묻은 것이 보였는가 싶어 조심스럽게 렌즈를 닦았다. 그리고는 다시 5시 방향을 응시했다. 무언가 하얗게 솟구쳤던 지점은 다시 아주 진한 초록색으로 뒤덮여 보였다.

그는 어쩌면 자신이 본 것이 높은 파도가 부서지는 광경이었다고 생각했지만 그래도 조심스럽게 그 일대를 주시했다. 로드러너 팀과 문제의 지점 사이의 거리가 2킬로미터 안팎이었기 때문에 피셔 준위는 파도가 아니라도 무언가를 잘못 본 것일 수도 있을 거라 믿고 싶었다.

그러한 그의 소망에도 불구하고 조금 뒤, 또다시 거대한 포말이 솟구쳐 올랐고 동시에 거대한 괴물체가 수면 위에 아주 잠깐 떠 있다가 금세 그의 시야에서 사라졌다.

"이런 제기랄~!"

피셔 준위의 입가에서 새어 나온 말 한마디에 다른 팀원들이 동작을 멈췄다. 앞쪽에서 컨테이너를 점검하던 어빈 중사가 야간투시경을 착용하고 피셔 준위가 응시하는 곳을 살폈다. 그는 곧 R5 자동소총을 움켜잡으며 피셔 준위와 비슷한 말을 내뱉었다.

"젠장!"

"컨테이너 다시 보트에 결속하고 모두 전투 준비! 적 초계정이 따라붙었다!"

놀랍게도 로드러너 팀이 타고 있는 조디악 보트의 2배가 넘는 크기의 초계정 한 척이 거센 파도들을 돌파하여 이들 쪽으로 접근해 오고 있었다.

애초부터 피셔 준위와 어빈 중사는 초계정의 덩치가 조디악보다 훨씬 크더라도 높은 파도를 돌파하는 것이 쉽지 않을 거라 생각했다. 그렇기 때문에 두 사람 모두 그들이 이곳까지 진출하는 것을 보면서 등골이 오싹함을 느꼈다.

피셔 준위는 스로틀 밸브를 개방하면서 보트를 움직이기 시작했다. 곧 몇 번의 파도를 돌파한 초계정의 진로가 어느 쪽일지 가늠하면서 회피 기동을 시작할 참이었다.

"치프, 퇴출 과정을 취소할까요?"

오웬 중사가 송수화기를 잡은 채 소리쳤다. 피셔는 그의 질문에 대꾸하지 않고 조금 더 수리남군의 초계정의 진로를 살폈다. 그는 양쪽 간의 거리가 1킬로미터가 넘었고 수리남군이 해상에서의 야간 수색 능력이 그리 대단하지 않을 거라 짐작했다.

잠시 후 마지막 파도를 돌파한 초계정이 로드러너 팀 쪽이 아닌 엉뚱한 방향으로 향하는 게 그의 눈에 확인됐다.

초계정이 속도를 내기 시작하는지 선체 좌우에서 만들어지는 물살까지 그의 시야에 들어왔다. 그리고 그 모습이 점차로 작아져 갔다.

"아냐, 아냐! 퇴출 과정 그대로 유지해! 이번에 기회를 놓치면 우리 내일 새벽까지 망망대해에서 버텨야 할 거다! 그게 오늘은 아냐!"

"라저 댓!"

조금 뒤 선수 쪽에서 피셔 준위와 함께 초계정을 살피던 어빈 중사가 소리쳤다.

"놈들이 3시 방향으로 가 버립니다!"

피셔 준위는 고개를 끄덕이면서 보트의 속도를 늦췄다. 그리고는 잠시 후 보트를 세우고 모터를 공회전 시키기 시작했다. 그가 시계를 살필 때, 곁에 있는 오웬 중사가 대신 시간을 확인해 줬다.

"쏘드 원 파이브가 도착할 때까지 8분 남았습니다."

피셔 준위는 안도의 한숨을 쉬면서 고개를 연신 끄덕여 보였다. 곧 그의 지시가 떨어졌다.

"좋아, 컨테이너 결속 해체하고 최종 퇴출 과정에 들어간다! 긴장 풀지 말고 사주경계 철저히 해! 우리 팀이 마른 땅을 밟기 전까지는 각 팀원이 옆에 붙어 있는지 확인하고 개인화기 물에 빠뜨리지 않도록 잘 챙겨!"

그의 지시에 로드러너 팀원들이 신속하게 움직였다. 두 명의 델타부대원들은 이들의 퇴출에 주요한 역할을 할 컨테이너를 챙겼고 이어서 로드리게즈 중사는 조디악 고무보트의 바닥에 있는 배수 구멍 뚜껑들을 열기 시작했다. 그의 조치는 보트를 물속에 가라앉히려는 것이었고 뚜껑들을 제거하자마자 보트 바닥으로 바닷물이 차오르기 시작했다.

델타포스 대원들은 가슴팍에 폐쇄회로 수중호흡기를 벗어 두고 대신 오리발, 물안경을 착용했다.

피셔 준위는 팀원들의 준비 과정과 고무보트가 가라앉는 속도를 지켜보다가 곧 선체에 고정되어 있던 모터를 떼어 낸 후 물속으로 밀어 넣었다. 무거운 모터가 물속으로 들어가 버리는 것을 지켜보며 피셔 준위는 이제 팀 전체의 안위가 단 한 번의, 약정된 퇴출에 달려 있다는 것을 스스로에게 상기시켰다.

보트가 완전히 수면 아래로 가라앉고 4명의 델타포스 대원들이 수면에 떠 있게 되었다. 이들은 알루미늄 컨테이너 하나를 사이에 두고 부지런히 두 발을 움직이며 까만 허공을 주시했다.

피셔 준위가 시계를 살핀 후 앞쪽에 떠 있는 컨테이너를 툭 쳤다. 그러자 로드리게즈와 어빈이 컨테이너 뚜껑을 개방했다. 그리고는 안에 있는 내용물들 중 하네스를 꺼내 피셔 준위와 오웬 중사에게 건네줬다.

팀원들이 하네스를 착용하는 동안에도 피셔 준위는 초계정이 향해 간 방향을 주시했다. 그가 우려하는 별다른 변수가 발생하지 않는다면 이제 모든 일이 10분도 안 되는 시간 안에 완료, 해결될 예정이었다.

수면 위에서 델타포스 대원들이 몸을 움직일 때마다 나는 물소리를 제외하고는 주변은 매우 조용했다. 약정된 퇴출 시간을 10분 정도 앞두고 오웬 중사의 새트컴 쪽에서 MC130기 조종사의 목소리가 들려왔다.

"로드러너, 여기는 쏘드 원 파이브!"

오웬 중사가 재빨리 새트컴의 송수화기를 잡고 응답했다.

"쏘드 원 파이브, 고우!"

"쏘드 원 파이브가 확인점 호텔(H)을 지났다. 랑데부 지점 최종 상황 보고 바람, 이상!"

"랑데부 지점 최종 상황, 이상 무!"

"알겠다! 랑데부 진행하겠다, 이상!"

"라저 댓!"

오웬 중사가 교신을 마치자 다른 2명의 델타포스 대원들이 피셔를 응시했다. 그러자 그가 그들이 기다렸던 대답을 해 줬다.

"좋아, 풍선 전개시켜!"

어빈 중사는 컨테이너 안에 있던 헬륨가스통의 밸브를 열었고 곧 컨테이너 바닥에 차곡차곡 개어져 놓여 있던 대형 풍선이 부풀었다. 풍선은 형체가 커지면서 컨테이너 밖으로 빠져나와 떠올랐다.

피셔 준위는 풍선이 부풀어서 허공 높이 올라가는 것을 숨 쉬는 것도 잊은 채 주시했다. 이들을 퇴출시킬 미군들에게 위치를 알릴 수 있는 유일한 수단이 바로 이 풍선이었기 때문이었다.

풍선이 이들의 머리 위까지 올라갔을 때에는 그 크기 또한 이들이 가라앉혔던 고무보트 못지않게 커져 있었다.

피셔 준위는 그때서야 참았던 숨을 내쉬며 퇴출 과정에 대한 걱정을 버렸다. 그는 어둠 속에서 미소를 지으며 곧 차가운 맥주가 자신의 목구멍을 통과하는 느낌을 상상해 봤다.

그러나 그때, 로드리게즈 중사가 다급한 목소리로 경고를 전파했다.

"2시 방향! 공중조명입니다!"

찌릿한 느낌이 피셔 준위의 목덜미를 타고 내려가 그의 양어깨로 갈라져 갔다. 그의 고개가 우측으로 향하자 이들의 2시 방향 상공에 조명탄 한 발이 떠 있는 게 보였다. 야시경을 착용하고 있는 피셔 준위의 시야에는 조명탄이 전개된 지점 일대가 대낮처럼 환하게 보였다.

"모두 풍선 잡아! 빨리빨리!"

피셔 준위의 지시에 델타포스 대원들이 있는 힘껏 풍선에 연결된 로프를 끌어내리기 시작했다.

"젠장, 뭐해! 더 힘껏 당겨 봐!"

피셔 준위의 재촉에 어빈 중사와 함께 로프를 끌어내리던 로드리게즈 중사가 수면 위로 튀어 올라가는 듯 몸을 날려서 로프 위쪽을 잡았다. 그가 체중을 실어서 로프에 매달리자 커다란 풍선이 차츰 로드러너 팀원들 쪽으로 내려오기 시작했다. 피셔 준위까지 로프를 잡아당기자 결국 풍선은 형체를 유지한 채 이들처럼 수면 바로 위에 떠 있는 상태가 되었다.

"제기~!"

델타포스 대원들이 주시하는 2시 방향 먼 곳에서 수리남군의 초계정이 다시 접근하고 있었다. 그들은 조명탄이 환하게 밝혀주는 주변을 살피면서 동시에 2개의 서치라이트를 이용, 보다 먼 곳을 살피는 중이었다.

"거리, 대략의 거리는?"

오웬 중사가 송수화기를 든 채 소리치자 피셔 준위가 잠시 뒤 대꾸했다.

"2킬로미터가 조금 넘을 거다! 왜?"

"치프! 방금 전 풍선을 끌어내릴 때, 쏘드 원 파이브에서 파이널 어프로우치(최종접근)를 보고해 왔습니다!"

"잘~ 한다!"

피셔 준위는 자신들의 상황을 한탄하는 소리를 내뱉고는 아랫

입술을 꽉 깨물었다.

최초로 발견했던 조명탄이 수면 위로 떨어지자 다시 주변 해상이 어두워졌다. 그렇지만 초계정에서 뻗어 나오는 강력한 조명들은 여전히 사방을 훑고 있었다.

피셔 준위는 만약 델타포스 정찰팀이 초계정과 거리를 두고자 이동하지 않으면 탐조등에 위치가 발각될 수도 있다고 생각했다. 하지만 그가 그와 같은 조치를 취한다면 로드러너 팀은 수리남 해상을 빠져나갈 수 있는 마지막 퇴출 기회를 놓칠 수 있었다.

피셔 준위는 결국에 자신들이 선택할 수 있는 최선의 선택이 사실상 한 가지밖에 없다고 판단했다. 그가 다음 조치를 결정했을 때쯤 초계정 쪽에서 또 한 발의 조명탄을 발사했다. 델타포스 대원들은 반사적으로 거대한 풍선을 수면 쪽으로 끌어내렸다.

잠시 동안 초계정 쪽을 주시한 후 피셔 준위는 차분한 목소리로 팀원들에게 말했다.

"이번에 퇴출 기회를 놓치면 우리는 해상에서 한참 동안 대기해야 된다. 너희들에게는 그게 어떨지 몰라도 나는 땡볕 아래에서 노를 젓고 싶지는 않아."

그는 야시경을 착용한 채 팀원들을 차례로 주시한 뒤 하던 말을 이었다.

"다소 위험 부담이 있더라도 현 위치에서 예정대로 퇴출 과정에 들어간다!"

"적 초계정을 코앞에 두고 말입니까?"

로드리게즈가 조심스럽게 대꾸했다. 그러나 그의 말투 속에 피셔 준위의 결정에 반대의 뜻이 없음을 모두가 알고 있었다.

"타이밍만 잘 맞추면 돼! 초계정에 있는 놈들이 야간투시장비나 탐지 능력이 없을 테니 우리가 한 번에 아군 수송기와 랑데부하게 되면 쥐도 새도 모르게 이곳을 빠져나갈 수 있을 거다! 기회는 한 번이야! 우리가 단 한 번에 랑데부에 성공해야 한다. 다들 정신 바짝 차리고 있어!"

델타포스 대원들은 끄덕였고 피셔 준위는 그런 그들의 모습을 확인했다. 이어서 오웬 중사에게 그의 지시가 떨어졌다.

"척! 쏘드 원 파이브에게 퇴출 지점에 적군이 있다고 알리고 '픽업'이 이루어질 때까지 함께 카운트다운을 해야 한다고 전달해!"

"알겠습니다."

오웬 중사의 교신과 상관없이 로드러너 팀원들은 이미 멀리에서 들려오는 군용 수송기의 프롭 엔진음을 감지하기 시작했다.

"다들 준비 해! 적 초계정 쪽에서 발사한 조명탄이 수면 위에 떨어질 때 우리가 아군 수송기와 랑데부를 할 수 있도록 타이밍을 맞춰 봐! 놈들이 조명탄을 다시 발사하기 전에 우리 풍선을 올려 보내서 픽업되도록 맞춰 보자구!"

피셔 준위의 지시가 전달될 때쯤에는 초계정이 1.5킬로미터 거리까지 다가왔다. 초계정은 로드러너 팀의 위치와 반대편인 해변 쪽으로 탐조등을 향하고 있었지만 이번에는 선수를 델타포스 대원들의 방향으로 맞춰 놓고 접근 중이었다.

피셔 준위와 어빈 중사는 야시경을 통해서 초계정을 살피고 있었기 때문에 자신들을 향해 초계정이 방향을 잡자 아연실색했다. 수리남군의 초계정이 지금처럼 해변을 좌측에 두고 로드러너 팀을 향해 접근한다면 이는 공교롭게도 이들을 퇴출시킬 MC-130기의 항로와 일치하기 때문이었다.

불과 10여초가 지나는 시점부터 이제 MC-130기의 강력한 프롭 엔진음이, 낮은 파장이지만 아주 위력적으로 들려오기 시작했다.

상황이 순식간에 급박하게 돌아가자 피셔 준위의 입에서 신세 한탄이 새어 나왔다.

"빌어먹을!"

"치프, 픽업 40초 전!"

피셔 준위는 팀원들을 살폈다. 모든 팀원들이 잠수복 위에 하네스를 착용하고 있었는데 그는 육안으로 각각의 하네스들이 풍선과 연결되어 있는 로프에 결속되었는지 확인했다.

"각자 로프와의 결속 상태 보고!"

지시를 내리는 즉시 피셔 준위의 시선이 다시 초계정 방향으로 향했다. 팀원들의 보고 또한 바로 뒤따랐다.

"2번 이상 무!"

"3번 이상 무!"

"4번 이상 무!"

피셔 준위는 마지막으로 자신의 목덜미 뒤로 손을 뻗어 하네스에서 뻗어 나온 짧은 결속줄을 붙잡아 흔들었다. 그러자 그것과 연결되어 있는 탄력로프가 수면 위에서 같이 요동쳤다.

다음 과정은 그의 지시가 없어도 다른 델타포스 대원에 의해 실행되었다. 로드리게즈 중사가 풍선 아래쪽에 있는 전원 스위치를 작동시키자 풍선과 탄력로프에 부착되어 있는 적외선 스트로브가 깜박이기 시작했다. 이것은 육안으로는 보이지 않고 오직 야간 투시장비를 착용한 사람의 눈에만 보일 수 있었다.

그때에는 야시경을 착용하고 있는 델타포스 대원들의 시야에 고도 200여 미터를 유지한 채 십수 킬로미터 거리에서 접근하는 MC-130의 모습이 포착되었다.

피셔 준위는 심장이 터질듯이 뛰는 것을 애써 무시하며 적 초계정을 주시했다. 초계정의 시끄러운 엔진 소리 때문에 MC-130기의 접근을 아직 알아채지 못했는지 여전히 탐조등을 해변 쪽으로 향한 채 접근 중이었다.

피셔 준위는 조명탄이 떠 있는 고도가 200미터 미만이 되기를 기다렸다. 그는 해풍에 춤을 추듯 흔들리며 떨어지는 조명탄과 수리남군의 초계정 그리고 저고도로 접근해 오는 MC-130기 등 이 모든 요소들과 타이밍을 맞춰야만 했다.

그는 심호흡을 하며 로드러너 팀원들이 붙잡고 있는 대형 풍선을 올려 보낼 타이밍을 기다렸다.

초계정이 로드러너 팀과 2킬로미터 거리까지 접근할 때, 마침내 델타포스 대원들이 기다렸던 타이밍이 찾아왔다. 누군가 스위치를 내린 것처럼 조명탄이 별안간 시야에서 사라져 버렸다.

"지금이야! 지금!"

피셔 준위가 있는 힘껏 소리치자 그의 팀원들이 붙잡고 있던 헬륨풍선을 놓아줬다. 풍선은 순식간에 허공 높이 치솟아 올라갔고 델타포스 대원들은 각자 앞뒤 간격을 넓히기 시작했다.

어빈 중사, 로드리게즈 중사, 오웬 중사가 수면 위에서 대략 2미터 이상 거리를 둔 채, 일렬로 대형을 갖추었고 피셔 준위는 맨 뒤쪽에 자리를 잡았다. 그의 시선이 MC-130기 쪽, 수리남군의 초계정, 그리고 이들의 머리 위에 떠 있는 풍선으로 옮겨갔다. 거친 파스텔 톤의 시야에 깜박이고 있는 적외선 스트로브들이 보였다.

"픽업 20초 전!"

피셔 준위의 앞쪽에서 오웬 중사가 소리쳤고 피셔 준위는 다른 대원들처럼 R5 자동소총을 몸통에 엇걸어 멘 뒤 총기 멜빵을 바짝 조였다.

이제 그의 시야에 거대한 잠수함처럼 보이는 MC-130기가 기수 앞쪽의 'V'자 회수장치를 풍선 쪽으로 고정한 채 맹렬한 속도로 다가오는 게 보였다. 그는 MC-130기가 가까워지면서 잔잔했던 근처 수면이 요동치는 것 같다는 느낌을 가졌다.

"픽업 10초 전!"

오웬 중사의 공지에 피셔 준위가 바로 이어 소리쳤다.

"행운을 빈다, 로드러너!"

MC-130기는 초계정 근처 상공을 순식간에 지나쳐서 로드러너 팀의 직 상방 상공으로 접근했고 그 직후, 초계정 쪽에서 탐조등빛이 허공으로 향했다.

"픽업! 픽업! 픽업~!"

오웬 중사의 목소리가 메아리로 퍼지기도 전에 온 천지를 울리는 4기의 프롭 엔진음이 속에 먹혀버렸다.

일열 대형의 맨 뒤쪽에 위치한 피셔 준위는 이제 초계정의 존재에 대해서는 까맣게 잊은 채 정면에서 다가오는 거대한 특수전 수송기의 기체를 올려다봤다. 그리고 그의 시선이 자신의 앞쪽에 떠 있는 대원들에게 향했을 때, MC-130기의 회수장치가 풍선을 정확히 잡아챘고 동시에 풍선과 로드러너 팀원들을 연결시켜 주고 있던 탄력로프가 일순간에 팽팽해졌다.

그 직후, 피셔 준위는 앞쪽에서 대원들이 한 명씩 허공으로 솟아오르는 것을 보았고 그 모습이 서커스에서 본 인간 대포알 같다고 맹한 생각할 때, 그의 몸 또한 강력한 힘에 의해서 허공 높이 끌어올려졌다.

그의 머리가 거칠게 위아래로 흔들렸고 머릿속 피가 아래쪽으로 쏠렸는지 심한 현기증이 피셔의 숨통을 틀어막았다. 몇 초

후, 그가 고개를 좌우로 거칠게 흔들어 전신을 차릴 때쯤 그와 팀원들은 200여 미터 상공을 슈퍼맨처럼 날아가고 있었다.

피셔가 고약한 항공유 냄새에 얼굴을 찡그리며 시선을 아래쪽으로 향했다. 먼 아래쪽의 바다가 까맣고 더러는 물고기 비늘처럼 보였다.

4장
거대한 퍼즐 맞추기의 대가들

1983년 1월 24일 17시 57분 미국 워싱턴주, 펜타곤 E링

펜타곤의 E링(E Ring: E동)은 전 세계를 무대로 한 미 육해공군 특수작전들이 기획, 논의, 평가되는 곳이었다. 1980년 호메이니의 혁명 세력에 의해 억류된, 이란 미 대사관의 미국인 인질 구출 작전 '독수리 발톱 작전(Operation Eagle Claw)'의 최초 기안 그 뒤로 이어졌던 수많은 작전회의들이 이곳에서 이루어졌고, 작전의 실패 후 2차 구출 작전 시도였던 '오소리(Operation Honey Badger)' 작전 또한 이곳 E링에 상주하는 특수작전 전문가들이 준비했었다.

이후, 두 번의 유례없는 특수작전 준비 과정에서 드러난 문제점들을 보완하기 위해 미 정부와 국방성 차원에서 대규모 정책적인 지원이 E링에 집중되었다.

　그 결과 극비의 대테러, 공작부대 델타포스 지휘관인 찰리 베퀴드(Charlie Beckwith) 대령은 '합동 특수전 사령부(JSOC)' 창설의 기안을 이곳 E링에서 설립, 실행했고 그 운영이 미 의회에 의해 승인, 발효되었다.

　오늘은 그 합동 특수전 사령부의 제3세계 군사작전 기안 전문가들이 수리남의 위성 사진들과 '로드러너' 팀이 수집해 온 현지 정보 파일을 가지고 작전의 성공 가능성을 저울질하고 있었다.

　"육로로 기습부대가 수리남에 진입하는 것은 처음부터 배제하고 있었지만 그렇다고 해상 침투가 차선책이 될 것 같지는 않습니다."

　오브라이언(John O'brien) 장군의 사무실에 들어온 탐 몬텔(Tom Montel) 중령이 로드러너 팀의 정찰 보고서를 책임자인 그에게 건네주며 말했다. 머리카락이 희끗희끗한 장군이 파이프 담배를 입에 문 채 정찰 보고서를 받아들 때, 몬텔 중령을 뒤따라 들어온 크루즈(Scott Cruise) 소령과 콜드웰(Joe Caldwell) 소령이 그에게 인사를 건넸다.

　오브라이언 장군은 그들의 인사를 받는 둥 마는 둥 하며 정찰 보고서 폴더를 열고 내용을 훑어보기 시작했다. 몬텔 중령 일행은 장군의 책상 좌측에 있는 소파에 앉아 그의 반응을 기다렸다.

대략 10분 정도의 시간이 지나고 장군이 파이프 속 담뱃재를 재떨이 안에 털어 내며 말했다.

"지난주에 베네수엘라를 통한 도보침투는 불가하다 결론짓고 우리가 가진 최선책이 이 해상 침투가 아니었나, 탐?"

몬텔 중령은 꼬고 있던 두 다리의 위치를 바꿔 꼬며 대답했다.

"예, 장군님. 하지만 이제 선택권이 하나밖에 남지 않았습니다. 로드러너 팀의 가져온 현지 정보로는 아예 전격적인 대규모 상륙작전이 아닌 이상 해상으로는 어렵습니다."

"확실한가?"

"네. 이제 남은 한 가지 선택권에 대해 다각적으로 고민해 볼 단계가 된 것 같습니다."

몬텔 중령은 UDT와 씰 팀에서 실전 경험을 쌓은 해상 특수전 전문가이지만 하나 남은 선택권에 대해서는 82공수사단과 101공수사단에서 잔뼈가 굵은 오브라이언 장군이 더 잘 알거라 생각했다. 장군은 수리남에 대한 침공 작전이 이제 공중침투를 전제로 해야 한다 생각하니 한숨이 나왔다. 그의 시선이 곧 몬텔 중령의 옆에 앉아 있는 콜드웰 소령에게 향했다.

"강하(낙하산 강하)작전이 실행될 수 있는 지점들은 현지에 존재하나?"

"예, 장군님."

콜드웰 소령이 자리에서 일어나 장군에게 자신의 문서 폴더를 건네줬다. 그때, 동석한 스콧 크루즈 소령이 사무실 한쪽에 있는 브리핑 보드에 둘둘 말아 왔던 대형 위성 사진 하나를 펼쳐서 걸어 놨다.

오브라이언 장군이 다시 강하 작전에 대한 보고서를 읽기 시작하자 콜드웰 소령이 그의 책상 쪽으로 자리를 옮겨 설명을 보태 줬다.

"강하작전 전문가들도 저의 최초 생각과 크게 다르지 않았습니다. 어차피, 위성 사진에도 나와 있듯이 야간에 낙하산 침투 병력이 안전하게 접지를 할 수 있는 지점은 단 두 군데밖에 없습니다. 여기하고 바로 여기입니다!"

그가 가리키는 장소들은 수리남 국제공항과 대통령궁과 인접한 통일광장이었다.

장군은 강하 작전에 대한 보고서를 쭉 읽어 내려가다가 자리에서 일어섰다. 그리고는 책상 쪽에서 걸어 나와 소파 맞은편에 준비된 대형 위성 사진을 응시했다.

재를 털어 내어 비어 있는 담배 파이프를 입에 문 채 그는 위성 사진을 천천히 살폈다. 조금 있자 그의 좌우로 몬텔 중령과 콜드웰 소령이 다가와 섰다.

장군은 사진을 주시하면서 콜드웰에게 질문을 던졌다.

"지금 내게 준 강하 작전의 초안은 레인저 부대의 전술이 아닌가? 공항을 때리자구?"

전투지대에 최대한 근접하여, 대규모 강하 작전을 수행하는 것은 82공수사단이나 101공수사단의 고유영역이었지만 최근에는 육군의 레인저 부대가 저강도전쟁 상황하에서의 대규모 강하 작전 전술에 열중하고 있음을 그는 잘 알고 있었다.

장군은 과거 자신이 몸담았던 공수사단들이 요즘 대형 프롭(프로펠러 엔진) 수송기들보다 중대형 헬리콥터들을 이용한 강습 작전 전술에 더 전념하는 바람에 언젠가는 대규모 강하 작전의 모든 주도권이 겨우 1개 연대 규모인 레인저에 넘어갈지도 모르겠다고 푸념한 적이 있었다.

현재 그에게 전술적 조언을 제공하는 보좌관 콜드웰 소령은 바로 그 레인저 대대 출신이었지만 사실 오브라이언, 스스로가 그를 이번 작전 계획 수립에 불러들였다.

곧 콜드웰 소령이 그의 질문에 대답했다.

"일단 수리남 국제공항이 야간에 강하 작전을 수행하는 병력이 안전하게 접지할 수 있고 또 유사시 아군의 지원을 받는 이상적인 곳입니다. 일이 틀어져서 강하병력이 즉각적인 철수를 할 경우, 아군 항공기가 바로 진입하여 이들을 퇴출시킬 수 있습니다. 뿐만 아니라 아군의 화력지원을 필요로 하는 경우에도 우리 쪽 병사들이 오폭의 피해를 받거나 아니면 아군의 위치를 파악하지 못해서 화력을 지원할 수 없을 가능성이 또한 낮습니다. 나머지 한 곳 통일광장은 현지인들의 거주 지역인 데다가 강하부대원의 접지 과정에 위험 요소가 일부 존재합니다."

장군은 파이프의 한쪽 끝으로 공항에서 대통령 공항 쪽으로 일직선을 그어 보이며 물었다.

"그렇다면 공항에서 목표 지점까지의 이동 수단은?"

"공항에서 가용할 수 있는 차량들을 모두 획득하는 방법밖에 없습니다."

"차량 획득에 시간이 지체되거나 아예 차량 기동을 포기해야 한다면?"

질문을 마치기도 전에 장군의 시선이 콜드웰 소령에게 향했다. 이미 그의 표정 안에는 못마땅함이 가득했고 레인저 출신의 신참 소령은 진땀을 빼기 시작했다.

곧 그의 입에서 답변이 나왔다.

"기습부대에게는 어차피 두 가지 선택권이 모두 내키지 않겠지만 국제공항 출입구 쪽에 주둔하는 수리남군 경비대를 무력화시키고 그들의 차량을 확보하든지 아니면 최악의 경우, 해안도로를 따라 속보 내지 구보로 이동하는 방법밖에 없습니다. 야음을 틈타 실행한다면 대통령궁까지 기도노출이나 교전 없이 도착할 수도 있을 거라 예상합니다."

오브라이언 장군의 시선이 콜드웰 중령에게 향하자 그는 양어깨를 살짝 치켜들었다가 원위치시켰다. 이어서, 그에게서는 더욱더 시원찮은 대답이 나왔다.

"장군님께서도 아시겠지만, 며칠 동안 고민을 해도 적절한 대안이 없는 단계입니다. 일단, 대통령궁까지만 도착하면 되니 이 부분에 대해서는 실제 작전을 수행하는 부대원들이 더 섬세하게 작전을 세워야 할 듯합니다. 아시다시피, 저희에게 하달된 임무 준비 단계가 여기까지이니 나머지는 이번 임무를 수행할 불쌍한 친구들에게 넘겨주는 게 나을 듯싶습니다.”

장군은 다시 위성 사진 쪽으로 시선을 옮겼다. 그리고는 고개를 두어 번 내젓고 나지막이 말했다.

“젠장, 잘못하면 자살특공대를 투입할 수 있다는 말이구만. 아무리 우리 미군이 들어가는 작전이 아니라고 해도 이건 너무 위험하잖아.”

몬텔 중령과 콜드웰 소령은 아무런 말없이 그의 등 뒤에 서서 위성 사진을 함께 응시했다.

*   *   *

1983년 1월 25일 17시 12분 강원도 설악산 김영천의 산장

김영천은 눈앞에서 일몰을 지켜보는 것을 하루의 일과로 여겼다. 그는 그의 낡은 산장 발코니에 의자를 가져다 두고 앉아 그 모든 과정을 지켜봤다.

붉은 해가 산 능선 너머로 천천히 가라앉는 시간 내내 그리고 능선 부근에서 붉은 기운이 서서히 어둠에 희석되어 사라질 때까지 꼼짝 않고 지켜봤다.

그는 소주병을 병째 들고 마시면서 해가 지는 광경을 모두 지켜본 후에는 산장에 들어와 불편한 잠자리에서 잠을 청하곤 했다. 가끔은 바람에 수풀이 추적이는 소리를 들으며 때로는 눈이 내려 쌓이는 소리를 들으며 잠들고 동이 트기 전에 일어나 조용한 세상을 관망했다.

그렇게 그가 보낸 세월이 벌써 8년이었다. 사실, 일없고 지루해 보이는 이러한 일상에 의해 그는 겨우 온전한 정신으로 살아올 수 있었다.

1971년 월남에서 마지막 작전 중 입은 부상으로 그는 결국 귀국선을 탔다. 그러나 그는 몸을 추스르기도 전에 부상의 후유증과 전쟁터에서의 악몽으로 오랜 시간 동안 고통 속에서 살아왔다.

술에 취해 있지 않은 때는 넋이 빠져 있거나 악몽들로 가득찬 쪽잠이 그의 일상이었다. 전쟁 전에 잠시 했었던 전기, 전자 관련 일은 그의 생계에 전혀 도움이 되지 않았고 그는 가족과 지인들에게 손을 벌리는 신세로 몇 년을 보냈다.

그런 김영천에게 국민학교(초등학교) 동창의 소개로 설악산에서 일이 들어왔다. 김영천은 목구멍이 포도청이라는 생각으로 모든 불편함을 감수하고 설악산에 들어와 일을 했다. 그리고 열흘 넘게 중간대피소의 전기 시설 공사를 해 주면서 생각지도 못했던 마음의 평화를 잠시 경험했다.

이후 그는 중간대피소 주인의 한때 거처였던 산장을 빌려 살기 시작했고, 그 시간이 본인은 물론 주변 사람들도 모르게 훌쩍 지나왔던 것이다.

김영천은 그 세월 동안 산 아래에 있는 모든 사람들, 모든 것들과 인연을 끊고 은둔했다.

산 아래에서 어떤 격변들도 그에게는 그저 다른 세상의 일들이나 마찬가지였다. 신문이라는 것을 본 지도 오래되었고 얼마 전에 나온 컬러텔레비전은 어떻게 생긴 지도 구경해 본 적이 없었다. 그가 접할 수 있는 유일한 소식들은 그가 접할 수 있는 유일한 사람들, 중간대피소의 주인과 그의 여식에게서 듣는 게 전부였다.

그에게 세상은 그가 머무는 산장과 중간대피소가 전부였다. 종종 산 아래에 내려가 중간대피소까지 온갖 짐을 날라다 주는 날에는 낯선 사람들과 접촉할 기회가 있었지만 그는 그때가 가장 거북스러웠다.

이따금 그에게 말을 건네는 등산객이나 식료품 도매상들이 있었지만 그가 일체 대꾸를 하지 않아 김영천을 산속에 사는 벙어리로 알고 있는 사람들도 적지 않았다.

김영천은 그러한 사실을 알고도 개의치 않았다. 오히려 벙어리로 알고서 말조차 건네지 않기를 바랄 뿐이었다. 그는 종종 진짜 벙어리처럼 입을 봉하고 살다가 말하는 것을 잊고, 그러다가 귀머거리로 살다 죽었으면 좋겠다는 생각까지 하고는 했다.

김영천은 서쪽 발코니에서 반대편 발코니에 있는 출입문 쪽으로 걸음을 옮겼다. 그는 출입문을 앞에 두고 몸을 빙 돌려 산장 주변을 쭉 훑어봤다. 땅거미에 삼켜져 있는 수풀 속에서 무언가 소리가 나더라도 그것이 사람의 것이 아닌 것쯤은 파악할 수 있었다.

김영천은 차가운 소주를 한 모금 길게 마신 뒤, 술병을 든 채 살짝 눈을 감았다. 그 상태로 주변에서 나는 소리와 분위기를 감지해 보려는 것이었다.

마른 나뭇가지들이 바람에 요동치고 낙엽들이 어지럽게 날아다녀도 그는 그 속에서도 사람의 소리를 찾아낼 수 있었다.

2~3분 정도의 시간이 흐르고 그는 그 사람 소리가 나지 않음을 확인하고 나서야 출입문을 열고 안으로 들어갔다.

언제부터인지 날짜를 세지 않기 시작한 이후로 또 그의 평화로운 하루가 마감하는 순간이었다.

*   *   *

1983년 1월 28일 08시 43분 국방부 청사

국방부 장관을 보좌하는 오른팔들 중 육군 특전부대통인 김태식은 아직도 현역 대령 신분이었다. 그는 12.12 사태를 계기로 권력을 챙긴 현 정권에서 자신은 비교적 줄을 잘 서서 버티고 있다 여겨 왔다.

사실 그는 육군사관학교 출신의 장교, 장성들 중 실세인 '하나회'와도 거리가 멀었고 12.12 사태 당시에도 중대한 사건이 일어났던 장소들과는 한참 먼 야전부대에 있었다.

그럼에도 불구하고 그는 실세 군부에 있는 선배들 눈에 일찍이 유능하고 공정한 특전부대 장교로 인식되어 왔고 또 무관의 기질을 가진 점에 모두가 이의를 제기하지 않았다. 그러한 사실들 덕에 김태식은 별 하나를 달기 전에 국방부의 요직들 중 하나인 이 자리를 얻었던 것이다.

그러나 별다른 특별한 일이 없이 한가한 시간을 보내던 그에게 출근 직후 갑자기 중대한 연락 하나가 전달되었다. 바로 청와대에서 누군가가 국방부를 방문했고 장관실에서 국방부 장관과 그 요인이 그를 기다리고 있다는 소식이었다.

그는 서류가방을 놓기가 무섭게 장관실로 달려갔다. 그리고 복장을 정리하고 들어갔던 그 방에는 이미 국방부의 요인 2명과 국가 안전 기획부의 고급간부 그리고 청와대에서 왔다는 VIP가 이야기를 나누고 있었다.

김태식은 국방부 장관에게 거수경례를 해 보이려 하자 그가 김태식에게 티테이블의 가장 구석진 자리를 권했다. 그는 말 그대로 자욱한 담배 연기를 헤치면서 그의 자리로 향했다.

그러며 그는 테이블 위에 큰 지도 한 장과 여러 장의 흑백 위성 사진들이 있는 것을 알아봤다. 그가 자리에 앉자마자 국방부 장관이 다소 긴장된 톤으로 말했다.

"김 대령, 이따 또 자세히 이야기 나누겠지만 우선 지금 이야기에 잘 듣고 의견이 있으면 피력해봐"

"예?"

"우리 국군이 중남미에 어느 국가를 침공해야 할 것 같다. 최소 100~200명 정도가 강하 작전으로 대통령궁을 기습하는 작전이야."

그 말에 김태식의 입이 쩍 벌어졌다. 그는 테이블 위의 지도를 내려다봤다. 이때토록 그가 이름조차 들어보지 못했던 '수리남'이라는 국가의 지도와 그곳, 현지의 공항과 해안, 도심지의 위성 사진들이 있었다.

김 대령이 한동안 지도와 사진들을 살펴보도록 하고 나서야 다른 이들의 대화가 이어졌다.

그들의 대화는 김태식이든 누구든 불특정한 당사자들에게 툭 던지듯이 시작됐다.

"월남전 때 피 좀 흘려줬으면 됐지? 또야? 대체 이 미국 놈들은 우릴 지들 꼬붕으로 아는 거야, 뭐야? 시대가 어느 때인데 이런 문제를 우리한테 들고 와? 잡놈의 새끼들 같으니."

"염병할, 대체 왜 우리 대한민국하고 이해관계조차 없는 태평양 건너, 중남미까지 가서 뻘짓거리를 해야 하는 거야? 양키 놈들은 지들이 쳐들어가서 사상자 생길까 봐 우리까지 끌어들이는 거야?"

안기부의 홍성대 부장에 이어, 국방부 장관까지 투덜거리자 청와대의 안보수석 정일규 예비역 소장이 짧은 한숨을 내쉬고 거들었다.

"각하께서도 이번 요청에 대해 터무니없다 노발대발하시며 단칼에 거절하라 하셨는데 우리 비서실과 외무부에서 주판을 좀 튕겨 봤습니다."

정일규는 국방부 장관과 다른 요인들에게 차분하게 설명해갔다.

"미국 쪽 눈치를 보니까 이 작전이 CIA가 주도하는 분위기 같은데, 펜타곤 쪽이나 그쪽 백악관 안보책임자들은 명분이야 어찌 됐건 우리가 이번 요청을 거절하면 우리와 '안보동맹' 관계가 다소 소원해질지도 모른다는 반협박 비슷한 언급까지 해오고 있습니다. 물론, 비공식 채널을 통해서입니다."

"CIA, 그 개새끼들~!"

12.12 사태 이후로 어수선한 정국 속에서 미 대사관과 미국인들로 구성된 민간 경제 단체를 통한 CIA국내 활동을 감시, 견제하던 홍 부장이 노골적으로 그의 속내를 표현했다. 그는 담배 개비에 불을 붙이고 국방부 장관에게 물었다.

"장관님, 이거 거절할 수 없는 요청 아닙니까? 기밀유지 가능하겠습니까?"

"무슨 말이야, 홍 부장?"

"이번 요청을 받아들여서 병력 차출하고 훈련시키고 작전에 보낼 때까지 국방부에서 보안유지가 가능하겠는가 그 말입니다."

국방부 장관은 팔짱을 낀 채 잠시 골똘히 생각에 잠긴 모습을 보였다. 그 와중에도 국방부 인사들의 불만불평은 작은 목소리로 이어지고 있었고 김태식은 미국 쪽의 요청 내용이 타이핑된 문서를 읽었다.

문서의 내용인 즉, 중남미의 소국 수리남에서 친소 인사가 무력쿠데타를 통해 정권을 잡았고 이는 곧 해당국의 공산화가 초읽기에 들어갔음을 의미하니, 수리남에 원양어업 기지가 있는 대한민국이 현지 정권을 전복시키는 군사작전에 참여해 달라는 것이었다.

전 세계에 구축된, 대한민국의 여러 원양어업 기지들 중에서 수리남이 특출 날 것이 없는데도, 어업 기지 따위를 이런 중대 사안에 갖다 붙인 부분에서 김태식은 실소를 금치 못했다.

어찌 됐건, 내용의 핵심은 미국 쪽에서는 필요한 정보와 무기를 제공하겠으니 한국군은 직접 타격 작전에 참여할 병력을 지원하도록 요청한다는 것인데 사실상, 누가 보더라도 이 부분은 한국군 특수 병력의 군사작전 동원 요청이었다.

대강의 문서 검토를 끝낸 김태식은 혀를 끌끌 차며 다른 이들과 똑같이 공분하기 시작했다. 그뿐만 아니라 모든 이들은 현 군사정권의 안정을 도모하고 나아가 미국이라는 동맹국과의 확고부동한 관계를 유지하기 위해서, 미국 쪽이 부당한 압력을 행사하고 있음에 분노하고 좌절했다.

하지만 김태식과 나머지 국방부 요인들이 분을 삭이기도 전에 국방부 장관은 차분한 목소리로 한참 전에 던져진 질문에 답변했다.

"홍 부장, 보안유지에 대해서는 우리나 안기부 쪽이나 각자 역할을 해야 할 것이야. 어차피, 각하께서도 거절할 수 없는 상황이니 이제 이 작전은 우리 국군이 실행하는 것으로 봐야 하는 상황이잖아."

국방부 장관은 그 부분을 힘주어 말하며 다른 사람들을 쓱 훑어봤다. 그러자 모두가 격앙된 감정과 표정을 억지로 누그러뜨렸다.

장관은 심호흡을 한 번 한 후에 다른 이들의 눈치를 살피며 조심스럽게 말했다.

"안보수석께서 오늘 국방부까지 직접 오신 것은 우리 군의 의중을 살피기 위해서가 아니라 우리 군이 작전 수행 능력이 있는가 없는가를 확인차 오신 거야. 그러니 다들 냉정하고 객관적으로 이번 작전에 대해서 평가하고 심사숙고해 보도록. 김 대령!"

"네, 장관님."

김태식은 자신이 이 자리에 호출된 이유를 이미 짐작하고도 남았다.

"해상으로의 상륙작전은 미군 애들이 알아봤는데 이미 물 건너갔다고 해. 육상작전이니까 특전사 병력이 가장 적합하다는 의견이 그쪽에서도 나오는데 요즘 특전사 분위기 어때? 내가 특전사령관에게 직접 말하기 전에 임자를 먼저 이 자리에 부른 것은 다 이유가 있어. 솔직히 말해 줘."

국방부 장관의 질문은 최근 가장 많은 임무 피로도에 노출된 특전사 전체에 대한 것이나 마찬가지였다. 특전부대는 전국에서 시민들이 일어날 때마다 투입되거나 대기했고 현 정권에 가장 민감하고 어려운 상황에 거의 모두 투입되곤 했었다.

특히 80년 5월 광주에서의 사건은 아직까지도 군과 민 모두에게 충격 그 자체였다. 그리고 최근에는 대통령의 제주도 방문 행사 때, 경호작전을 위해 제주도로 투입되었던 27부대(특전사의 대통령 경호부대)의 C-123 수송기가 제주 현지에서 추락하여 수십 명의 대원들이 생떼 같은 목숨을 잃은 사건이 있었다.

국방부 장관은 그런 특전사가 이제 머나먼 해외에서 목숨을 걸고 임무를 수행해야 할지 모르는 상황이 너무도 부담스러웠던 것이다.

김태식 대령은 그가 우려하는 대답을 했다.

"지난 번 제주도에서 추락사건 이후로, 특히 많이 침체되어 있습니다. 각 주요 여단들이 비상시국에 충정 작전(시위 진압 작전) 24시간 대기하는 것만도 버거워하는 점도 있고. 말을 하지 않아서 그렇지 많이들 지쳐 있습니다, 장관님."

"그래도 아직 팔팔한 병력만 소수로 각 여단에서 차출하면 되지 않나 싶은데, 무엇보다도 수리남 같은 제3세계에서 작전은 특전사가 가장 적임자들이지 않아? 내가 알기에 월남 갔다 온 병력도 아직 꽤 현역에 남아 있다고 들었는데. 아닌가?"

"월남전 참전 경력이 있는 상당수는 진급과 함께 일반 보병사단으로 많이들 빠져나갔고 특출 난 경력이나 특기가 있는 정예 요원들이 후배 요원들 양성이나 지휘를 위해 특전사에 남아 있는 것으로 알고 있습니다."

국방부 장관은 안보수석을 응시하면서 다시 김 대령에게 질문했다.

"그러면 그 특전사에 남아 있는 베테랑 요원들을 기반으로 이번 작전을 세워서 실행하는 쪽으로 특전사령관에게 요청하면 어떨까?"

김태식은 잠시 시선을 다른 곳에 두고 생각했다. 그 모습이 신경이 쓰이는지 국방장관이 조심스럽게 말을 건넸다.

"김 대령, 왜?"

"아닙니다."

"말해 봐, 허심탄회하게. 김 대령이 특전사 쪽을 잘 파악하고 또 특전부대와 관련된 전술적인 판단을 내릴 수 있는 인물이기에 오늘 호출한 거야. 말해 봐."

김태식은 헛기침을 몇 번 한 후에 조심스럽게 입을 열었다.

"자칫, 현지에서 작전이 잘못되면 국지전 양상으로 확전되거나 아니면 우리 특전사 병력이 모두 전멸할 수가 있는 것 같습니다. 제가 제대로 상황을 파악한 것 맞습니까?"

국방부 장관과 안보수석 정일규, 두 사람의 시선이 순간 마주쳤다. 그런 뒤 국방부 장관이 소파 등받이 쪽으로 몸을 가라앉히며 입을 다물었다. 그리고 김태식 대령에게 질문의 대답을 건네주는 사람은 아무도 없었다.

잠시 후, 김태식은 긴 한숨을 내쉬며 홍성대 부장에게 담배 한 개비를 청했고 그는 김 대령에게 담배를 건네주고 불을 붙여 줬다. 이후로 장관실 안에는 더 많은 담배 연기가 생겨나 방 안을 가득 채웠다.

*　　　*　　　*

1983년 1월 30일 10시 37분 육군 특수전 사령부 회의실

권혁남 중장은 한쪽 벽 전체를 차지할 만큼 커다란 지도를 뚫어지게 바라보고 있었다. 그는 20분이 넘게 지도 앞에 서서 작전과 관련된 기호, 부호들이 표시된 작전 내용을 살폈다.

그는 의외로 수리남이라는 듣도 보도 못한 카리브 해의 소국이 대한민국의 안보, 국익과 대체 무슨 관계가 있는가라는 점에 대해서는 전혀 신경 쓰지 않았다. 대신 이 작은 국가의 수도 한복판에 어떻게 소수의 기습병력을 투입할 수 있는가를 더 고민했다.

해상의 파도 상태로 인해 이미 해상 침투 작전은 불가능한 것으로 기정사실화 돼 있는 상황에서 유일한 침투 방식은 공중침투였다.

권혁남 중장이 들고 있는 문서철 안에는 수리남 국제공항과 수리남 시내, 중요도로의 위성 사진이 들어 있었다.

하지만 그는 다른 특전사 고급장교들의 최초 생각과 마찬가지로 현지 공항에 낙하산 침투를 강행, 수도 한가운데의 대통령궁까지 고속침투를 한다는 계획이 너무 위험하다고 직감했다.

이윽고 그가 쓰고 있던 안경을 벗어 들자 뒤에서 그를 응시하던 그의 부관 장교와 특전사 고급장교들이 소리 없이 한숨을 내쉬었다.

권 중장 또한 지도 앞에 있는 의자에 앉자마자 긴 한숨을 내쉬었다. 그리고 입을 열었다.

"그래서 어떻게 병력을 침투시키자는 거야? 수리남 안으로 최초 침투 계획은 어떻게 돼? 도보로는 절대 애들 못 들여보내?"

그의 질문에 특수전 사령부에서 기밀작전을 담당하는 문형윤 대령이 그의 앞으로 걸어 나가며 답변했다.

"베네수엘라를 통한 도보침투는 정글 지대를 관통하는 거리도 거리거니와 작전보안 문제로 진즉에 불가능하다고 결정되었습니다."

"그러면? 대안이 뭔가? 강하 작전?"

"사령관님께 보고드릴 내용이 바로 야간 강하 작전입니다."

문 대령은 긴 지시봉으로 지도의 한가운데를 가리켰다. 이어서 그의 설명이 뒤따랐다.

"여기 이곳은 도심 인근의 국제공항입니다. 국제공항에 수리남군 일부가 주둔하고 있어 위험하긴 하지만 강하 작전 자체가 가능하다는 결론이 내려졌습니다."

그의 설명에 권혁남 중장은 다시 안경을 쓰고 지도를 주시했다. 그가 실눈을 뜨고 지도를 주시하고 난 몇 초 후 그의 표정이 의심과 회의감으로 일그러졌다.

"문 대령!"

"네, 사령관님."

"대체 어떤 잡놈의 새끼들이 이런 작전이 가능하다고 해? 미쳤어? 애들 잡고 싶은 거야? 공항에서 타격 목표인 대통령궁까지의 거리를 봐. 수리남군이 아무리 라틴아메리카의 촌놈들이라고 해도 1개 대대도 안 되는 병력이 지들 코앞으로 지나가서 육군 상사출신의 지들 대통령을 때려잡으러 가는 것을 그냥 손가락만 빨고 보고 있겠어?"

"강하경험이 많은 우리 인원들과 미군 쪽 강하전문가들이 지난 오랜 기간 동안 머릴 모으고 고민한 결과입니다."

"대통령궁에서 더 가까운 지점에 강하를 해야 더 신속히 임무를 완수할 거 아냐, 대체 국제공항에서 어떻게 교통수단을 확보해서 대통령궁을 기습할 수 있다는 거야? 소규모 전술정찰팀 강하 작전도 아니고 대규모 병력의 타격 작전을 위한 강하를 이렇게 하는 게 말이 돼? 더 머리를 굴려보란 말이야."

"네, 사령관님. 그 점에 대해서는 아직 논의 중입니다."

"국제공항에서 해안도로를 통해 수리남 시내에 진입할 때까지 수리남군의 방어거점들이 있지 않아? 그것들을 어떻게 무력화시킬 건데?"

"그 점에 대해서는 제가 설명해드리겠습니다."

별안간 낯선 인물이 회의실 안의 특전사 장군, 장교들 앞에 불쑥 나타나 섰다. 그는 다른 이들과 달리 특전복(특전사 얼룩무늬 군복)이 아닌 국방색 일반 군복을 입고 있었는데 그의 군복에는 명찰과 계급장 외에 소속을 가늠할 수 있는 일체의 표식이 없었다.

의아해하는 권혁남과 그의 장교들을 향해 낯선 인물이 자신을 소개했다.

"정보사 소속의 소령 채강호입니다. 현지의 사전답사와 준비를 담당하고 있습니다."

채강호가 거수경례를 하자 권혁남은 고개를 끄덕였다. 그때 뒤에 서 있던 부관장교가 메모지에 '524'이라는 숫자를 써서 권 중장에게 보여줬고 그는 고개를 끄덕였다.

부관장교가 쓴 '524'이라는 숫자는 채강호의 소속부대이자, 국군 정보사령부의 극비 해외공작부대 '524전대'를 의미했고 권혁남은 그 부대명만으로 채강호의 역량을 미루어 짐작했다. 그런 그가 채 소령에게 질문을 건넸다.

"채 소령이 우리 기습병력의 기동과정에 대해 설명을 해 줄 수 있다는 건가?"

"네, 사령관님. 해안도로에 구축된 두 곳의 초소들과 도로 근처의 적 요새에 대해서는 충분히 정보를 수집하고 있습니다."

채강호 소령은 확신에 찬 목소리로 또박또박 설명을 이어 갔고 그런 그의 분위기에 권혁남 장군 일행은 단번에 압도되어 그의 정체에 대한 의구심은 금세 잊었다.

권 중장의 질문이 이어졌다.

"그럼 중화기가 필요하지 않겠어? 미군 애들이 근접항공지원이라도 해 준다고 하던가? 건쉽이 안된다면 최소한 포병화력지원 정도는 필요할 듯한데."

"네, 사령관님. 제가 알기에 그 점은 이미 조율 중이며 공항에서 해안도로를 거쳐 대통령궁으로 향하는 기동로상의 모든 위험요소를 무력화시키기 위한 준비에 만전을 다하겠습니다."

답변과 함께 채강호가 권혁남에게 문서 한 장을 건넸다. 그리고 권 중장은 그 문서 속 내용을 읽는 동안 그의 얼굴에 가득했던 회의감이 서서히 사라졌다.

이어서 권 중장은 강하 작전을 담당하는 다른 장교들에게 몇 가지 질문과 답변을 구했고 다시 그의 침묵이 이어졌다.

사실, 채강호 소령은 자신의 앞에 있는 특전사 장성이나 고급장교들보다 이번 작전에 대한 더 큰 그림을 알고 있는 유일한 사람이었다. 그 또한 이 방의 있는 사람들 대부분처럼 월남에서 피를 봤었기 때문에 이 비밀 작전이 얼마나 많은 사람들의 피와 목숨을 요구하는지 잘 알고 있었다. 그렇지만 그는 국군이 이번 비밀 작전에 참여하는 것에 대한 미국 측의 대가를 위해서라면 충분히 희생의 가치가 있다고 여겼다.

채강호는 비록 자신이 미국 쪽에서 제시한 정치적, 경제적 대가 전부에 대해서는 전혀 아는 바가 없지만 그에게 꼭 중요한 한 가지 대가는 알았다. 그것은 바로 중남미와 북아프리카 내에서 북한군의 군사, 첩보 활동을 견제할 수 있는 미국의 군사적 후원이었다.

그에게 있어서 그 약속 하나면 충분했다. 이제껏 많은 정보사 공작원들이 제3세계에서 북한군 공작원들과 그들에게 포섭된 현지 무장단체에게 희생됐고 그들 중 채강호가 이끌었던 공작팀의 팀원들 또한 적지 않았다.

소련과 동독, 쿠바의 지원을 받으며 제3세계에서 활동하는 북한과 달리 남한 측은 오히려 CIA나 MI-6와 같은 서방정보기관의 방해를 받으며 북한의 무기수출입과 테러조직 지원을 추적, 견제해 왔다.

정보사 내부에서도 최근 제3세계 활동 중 희생당한 국군 공작원, 안기부 요원들의 숫자가 과거 60~70년 대 대북 침투 작전과 관련되어 희생된 정보사 극비부대원들보다 더 많다며 씁쓸해하던 차에 마침내 이번 기회가 온 것이었다.

물론, 이번 작전 또한 정보사 정예요원들의 희생을 필요로 하겠지만 채강호는 앞으로 중남미를 비롯한 해외에서 군 정보기관과 안기부의 공작 활동이 힘을 얻게 된다면 모두 감수해도 된다 여겼다.

마침내 권혁남 중장이 자리에서 일어섰다. 그러자 그 뒤에 있던 장성과 장교들도 뒤따라 일어났다.

권 중장은 채강호에게 자신이 검토한 문서를 건네줬다. 그리고는 그를 정면으로 응시하며 힘주어 말했다.

"DZ(강하 지점) 확보에도 실수가 없도록 임자가 방안을 강구해야 될 거야. 안 그러면 해안도로를 타기도 전에 우리 애들 죄다 몰살당할 수 있어."

채강호는 그의 시선에서 그가 부여하는 의무와 책임을 감지할 수 있었다. 그는 잠깐 입을 꽉 다물었다가 차렷 자세를 취하며 대꾸했다.

"네, 사령관님. 철저히 준비하고 진행시키겠습니다."

권혁남의 시선이 이번에는 그의 뒤쪽으로 향했다.

"현지에서 강하부대 지휘는 누가 하는 거야?"

그의 질문에 고급장교 한 명이 한 걸음 나오며 대답했다.

"대령 오세웅!"

권혁남은 그를 보시 씩 웃었다. 자신과 함께 월남에서 활동했던 그의 능력을 익히 알고 있었던 것이 그 이유였다. 권 중장은 그에게 다가가 손을 내밀었다.

오세웅이 그의 손을 맞잡자 그의 말이 이어졌다.

"오 대령, 별 달기 전에 빵이 한 번 제대로 치겠구만."

"아닙니다, 사령관님."

"니미, 나한테 이런 임무 주면 감자나 먹으라고 주먹 날리고 서 전역 신청서를 쓰기 시작했을 거야."

그 대목에서 오세웅을 비롯한 모든 사람들이 웃음 지었다. 그렇지만 권혁남은 도끼눈을 떠 그들을 쏘아봤고 분위기는 금세 심각해졌다.

"모두들 자기 부서나 직책 같은 거 따지지 말고, 오 대령을 최대한 지원해 줘. 아무도 알아주지 않을 나랏일에 생떼 같은 목숨 걸고 나가는 거야. 오 대령은 나하고 월남에서 피 볼 만큼 봤는데 또 이 녹록치 않은 임무를 받았어. 작전에 대한 보안 유지도 최우선으로 하겠지만 행정적인 절차 같은 거 가지고 오 대령 발목 잡는 사람 있으면 내가 그냥 쏴 죽일 거야. 다들 알았어?"

"네, 사령관님."

"네, 알겠습니다!"

권 중장은 다른 장성, 장교들을 한 번 쓱 살핀 뒤 오세웅 대령에게 다시 시선을 보냈다. 두 사람은 아직도 손을 맞잡은 상태였다.

"솔직히, 내가 봐도 임자 말고는 적임자가 없어. 강하 작전이나 미군 특수부대 애들하고 연합작전 하는 것은 임자만 한 사람이 없잖아. 이번만 고생해."

"감사합니다, 사령관님."

권 중장은 그 뒤로 잠시 동안 오세웅 대령의 손을 맞잡은 채 그를 말없이 응시했다.

권혁남이 방을 나설 때까지 차렷 자세로 서서 지켜보는 오세웅은 희끗한 머리칼이 듬성듬성 있지만 아직도 주기적으로 젊은 특전부대원들과 강하를 할 만큼 활동적이었다. 오랜 세월을 야전에서 보내 왔고, 그런 그는 장군이 되려는 야망보다는 군인으로서의 자신의 소임을 더 중요하게 여겨 왔다.

사실 오세웅 대령이 일부 공개된 지금의 작전에 대해 처음 알게 되었을 때, 그는 자신이 별을 달기 위한 '정치'를 하지 않아서 이러한 임무를 맡았나보다 생각했다. 그렇지만 그런 무거운 푸념은 잠깐 뿐이었다. 오세웅은 곧 본능적으로 오래전 베트남전 때처럼 '생존'에 대해 더 고민하기 시작했다.

* * *

1983년 2월 3일 15시 14분 강원도 설악산

설악산은 태백 준령 중의 하나에 해당되는 산으로서 험한 산세를 자랑하는 곳이었다. 그리고 당연히도 이곳은 오세웅 대령처럼 나이가 지긋한 사람들이 산행을 즐길 만한 곳은 결코 아니었다.

하지만 오세웅과 그의 부관장교 최정구 소령 그리고 그를 수행하는 최병용 상사, 이길환 하사에게는 선택의 여지가 없었다. 이들은 차량이 다닐 수 있는 길이 끊기고 난 후 2시간이 넘게 산을 오르고 있었다.

설상가상으로 반 시간 전부터 내리던 눈이 벌써부터 산 사면과 수풀에 쌓이면서 이들 앞에 있는 등산로조차 무용지물이 되어 가던 참이었다. 이미 많은 수의 등산객들이 산행을 포기하고 이들을 지나쳐 산 아래로 걸음을 재촉해 갔다.

잠시 전 이들을 지나쳐 내려간 등산객들을 응시하던 최정구 소령이 앞장서 걷는 오세웅에게 조심스럽게 말했다.

"작전과장님, 지금 이 기세로 눈이 쌓이면 더 오르시기가 어렵습니다. 아래로 내려가시면 제가 이길환 하사와 함께 김영천 중사를 아래로 데려가겠습니다."

오세웅은 그에게 시선조차도 보내지 않고 계속 나무 계단을 올랐다. 난감해진 최정구가 그를 뒤따르던 최병용 상사에게 시선을 보냈다. 그러자 최 상사가 똑같은 말을 오세웅에게 했다.

"오늘, 내일 폭설이 오면 우리도 저 산꼭대기에 고립될 상황입니다. 지금 산행을 중단하고 내려가시면 저희가 김영천 중사를 찾아……."

"치워라, 마~!"

오세웅 대령이 버럭 소리를 질렀다. 그는 굳이 고개를 돌리지 않고도 아래쪽의 최정구와 최병용이 서로 난감한 눈빛을 교환하는 것을 감지했다.

안되겠다 싶어 그는 곧 초조해서 안달이 난 부하들에게 말을 이었다.

"니들은 산이 무섭나, 눈이 무섭나? 고립되는 게 그리 겁나 나?"

그 말을 끝으로 오 대령은 입을 봉하려고 작정이라도 한 듯 위아래 입술을 꽉 깨물고 걸음을 재촉했다. 그런 그의 뒤를 그의 부하들이 말없이 뒤따랐다.

눈발은 더욱 무섭게 거세졌고 정상을 향해 걷는 이들 세 사람의 머리와 어깨에 눈이 깨끗한 소금처럼 쌓여만 갔다.

오세웅 대령 일행이 대략 한 시간 반 정도를 더 올라가고 나서야 이들의 먼 2시 방향에 새까맣게 보이는 산장이 나타났다. 그곳은 사람들이 오가는 등산로에서 제법 거리를 두고 있는 지대에 위치한 통나무 산장이었다.

오세웅이 그곳을 응시하고자 걸음을 멈추자, 왼손을 모자 차양처럼 눈가 위에 위치시킨 최정구 소령이 그의 곁에 나란히 섰다.

오세웅이 그곳을 응시하며 어깨와 머리에 있는 눈을 떨기 시작할 때 최정구가 입을 열었다.

"과장님, 저희가 먼저 가 보겠습니다."

"아냐, 최 소령, 여기에서 기다려."

"예?"

오세웅은 한 손으로는 눈을 떨면서 다른 한 손으로는 폴대를 최 소령 쪽으로 들이밀며 대꾸했다.

"그래도, 저희가 먼저 살펴보도록 하겠습니다."

"아니, 괜찮다는데도, 왜 그래?"

두 사람이 실랑이를 벌이고 있을 때 별안간 이길환 하사의 팔이 두 사람 사이에서 불쑥 나타났다.

"과장님, 저쪽~!"

최성용이 손짓으로 가리는 곳은 산장 근처 수풀이었다. 그곳에서 누군가가 이들을 주시하고 있었다.

"다들 여기서 꼼짝 말고 있어. 세월이 한참 지났어도 저 친구 심경이 어쩔지 몰라."

"그래도……."

최정구가 근심어린 표정으로 오세웅을 바라보자 그는 손사래를 쳐 보이며 걸음을 뗐다.

오세웅 대령이 걸음을 이어 갈 때마다 '뿌득, 뿌득' 하고 눈 밟히는 소리가 뒤따랐다. 그는 엉뚱하게도, 눈을 밟는 소리가 이렇게 크게 들렸던가? 라는 생각을 하다가 셀 수 없이 많은, 솜털 같은 눈 조각들이 떨어지는 소리가 들려오지 않는 것까지도 더욱더 신기하다고 생각했다.

그의 전방에서 완만한 경사면이 시작될 때, 나무줄기와 나무 판자로 짜 만든 계단이 때 맞춰 그의 발길이 닿을 곳에서 시작됐다.

오세웅은 계단을 오르면서, 그의 굵은 통나무로 만든 산장 쪽을 응시했다. 산장의 입구 바로 앞에 낮은 관목들 쪽에 한 사내가 그를 주시하는 게 보였다.

계단 사면이 끝나고 산장이 그의 눈앞에 있게 될 때, 오세웅 대령은 자신을 주시하던 사내의 얼굴을 확인할 수 있었다.

그가 가쁜 숨을 달래고자 심호흡을 할 때마다 하얀 입김을 볼 수 있었다. 그러나 그와 마주하는 있는 사내는 입김조차 보이지 않은 채 숨을 쉬고 있었다.

오 대령은 등산 모자를 벗어 들고 그에게 다가서자 그가 들고 있던 도끼 자루를 나무 더미 위에 내려놓았다.

오세웅 대령과 김영천은 한동안 말없이 서로를 응시했다. 곧 오 대령이 피식 웃으며 고개를 크게 끄덕이기 시작하고 나서야 김영천이 입을 열었다.

"중대장님, 많이 늙었습니다."

오세웅은 어색하게 웃으며 말을 건네는 그의 한 손을 덥석 잡으며 대꾸했다.

"염병, 10년이라는 세월을 이기는 장사가 있으면 나와 보라고 해."

그제서야 김영천이 활짝 웃으면서 오 대령의 오른손을 두 손으로 감싸 잡으며 흔들었다.

산장 안은 오세웅이 짐작했던 것보다 더 넓었지만 연탄과 장작이 고작인 난방은 안에서조차 오세웅의 입에서 입김이 나오게 만들었다.

"여기, 산골에서 이렇게 추위에 벌벌 떨면서 대체 뭘 기다리는 거야? 도라도 닦아?"

통나무 의자에 앉아 있는 오세웅은 김영천이 손수 제작했을 가구 몇 점과 테이블이 전부인 실내를 둘러보며 말했다. 그러자 석유곤로 위에서 주전자를 가지고 오며 김영천이 대답했다.

"차라리 도라도 닦을 수 있으면 좋겠습니다."

그는 오세웅에게 중화 요리집에서 흔히 볼 수 있는 물컵을 먼저 건네준 다음, 그 안에 뜨거운 차를 따라 줬다.

"이거 둥굴레차입니다. 중대장님 같은 노인들에게 참 좋다고 합니다."

차를 다 따라 준 뒤 테이블 건너 자기 의자로 향할 때, 오세웅이 지지 않고 맞받아쳤다.

"그러는 김 중사, 너는 논산 훈련소에서 처음 군복 지급 받은 훈련병이냐? 너, 인마. 이제 보니 무슨 산신령 같다."

김영천은 자신의 컵에도 차를 따르면서 슬쩍 창밖을 살피고는 다시 오세웅에게 시선을 고정했다. 오 대령은 그가 방금 바깥에서 대기 중인 자신의 수행원들을 살폈음을 알아차렸지만 당장 그가 묻고 싶은 질문들 때문에 먼저 언급하고 싶지는 않았다.

두 사람이 차를 몇 모금 마시고 나자 오세웅이 한층 가라앉은 목소리로 다시 대화를 시작했다.

"산에 들어온 지 얼마나 됐어?"

김영천은 시선을 탁자 위로 깐 채 차를 한 모금 마셨다. 그런 뒤 오 대령과 비슷한 톤으로 대꾸했다.

"이번 겨울이 여덟 번째입니다."

"니미, 여기서 8년 동안 뭐해 먹고살았어? 훈장포상이랑 유공자 보조금 같은 거는 한 푼도 수령해 가지 않았더만."

김영천은 다시 말없이 차를 한 모금 마시고는 역시 시선을 탁자 위에 둔 채 대답했다.

"그래도 입에 풀칠은 할 수 있습니다. 가끔 버섯이랑 약초 같은 것도 팔고 저 아래에 있는 중간대피소에서 일을 해 주면 푼돈 좀 만져 볼 수 있습니다."

"그래서 언제까지 이렇게 살 수 있다는 거야? 진짜 하얀 수염 날 때까지 여기에서 두문불출할 생각이야?"

김영천은 그가 그 대목을 말하면서 시선을 피한 것을 감지했다. 그리고 무의식적으로 그의 시선을 등 뒤, 창가 너머 방향으로 보내려다가 얼른 원위치시켰다.

김영천은 오세웅이 차를 마신 후 자신에게 시선을 보낼 때까지 기다렸다. 오세웅은 김이 모락모락 나는 컵을 탁자 위에 내려놓고 무심코 고개를 들었다가 흠칫 놀랐다. 김영천이 자신을 응시하고 있었다는 점뿐만 아니라 그가 오세웅 자신의 분위기에서 무언가를 읽었다는 느낌이 들었던 것이 그 이유였다.

"오래간만에 뵙게 되어서 반갑습니다만…… 중대장님께서

제 안부를 확인하려고 여기까지 오신 것 같지는 않습니다. 그렇죠?"

김영천은 말이 끝나갈 즈음 목소리를 더 작게 하여, 그가 지금 조심스럽게 질문을 했음을 오세웅 대령에게 전달했다.

그런 그를 오 대령은 빤히 응시하기만 하며 차를 한 모금 마셨다. 그런 뒤에서야 그가 어렵게 입을 뗐다.

"눈치 빠른 것은 여전하구만. 사실 말이야……."

"중대장님."

김영천이 재빨리 오세웅의 말을 잘랐다. 그리고는 단호한 어조로 말했다.

"중대장님이 어떤 말을 할지는 모르겠지만, 꼭 알아 두실 게 있습니다."

오세웅은 그의 말에 대꾸 대신 턱을 치켜들어 보이는 것으로 반응했다. 곧 그의 설명이 이어진다.

"월남 갔다 오고 나서 2년 넘게 반쯤 미쳐 살다가 이 산속에 들어와서 제정신을 찾았습니다. 여기까지도 정말 더럽게 힘들게 온 겁니다. 산 아래에 있는 세상하고는 더 이상 엮이기 싫다는 것만 먼저 말씀드리고 싶습니다. 먼저 이 점을 꼭 말씀드리고 싶었습니다. 말씀, 마저 하십시오."

김영천이 그 말을 마치기도 전에 오세웅의 얼굴이 일그러졌다. 오 대령은 당혹감 때문에 미간을 찡그린 채 뜨거운 김이 모락모락 올라오는 컵을 주시했다.

두 사람 사이에 잠시 무거운 침묵이 자리 잡았다.

오세웅은 잠깐의 고민 끝에 뭔가 더 나은 생각을 찾아낸 듯 고개를 두어 번 끄덕였다. 그리고 등산 배낭 안에서 노란 서류 봉투 하나를 꺼내 탁자 위에 내려놨다.

"뭡니까?"

"김 중사가 직접 봐."

김영천은 미심쩍은 표정으로 봉투 안에 손을 집어넣어 뭔가를 꺼내 들었다. 그의 눈앞에 있는 사진 안에는 50여 명의 10대 아이들의 단체 사진이었다.

"이게 뭡니까? 무슨 국민학교(초등학교) 졸업 사진입니까?"

김영천은 사진을 주시하며 묻자 오세웅이 컵을 들고 자리에서 일어났다. 그리고 김영천 쪽으로 걸음을 옮기며 대꾸했다.

"김 중사, 거기 사진 좌우에 있는 배경을 잘 봐."

잠시 뒤, 김영천의 두 눈이 커지면서 얼굴이 경직됐다.

"김 중사가 보고 있는 쉰 두 명의 아이들은 모두 우리가 월남에 있었을 때 우리들이 현지에 뿌리고 온 씨들이야. 월맹 놈들은 '라이 따이한'이라고 부른다고 해."

김영천은 알 수 없는 감정이 가슴 깊은 속에서 기어 나오는 것을 느꼈고 곧 그것에 압도되어 갔다. 그리고 그러한 분위기를 인지한 오세웅은 매우 조심스럽게 단어를 선택하여 말을 이어 갔다.

"우리 정보기관이 2달 전에 확보한 사진인데, 촬영된 곳이 월맹 놈들한테 적화되어 이제는 월맹 땅이 된 '퀴논'의 마을학교라고 해."

김영천은 방금 전과는 완전히 다른 눈빛으로 곁에 서 있는 오세웅을 주시했다.

"이 사진이 저와 무슨 관계가 있습니까?"

오세웅은 대꾸 전, 숨을 깊이 한 번 들이쉬었다가 내쉬었다. 그리고 그의 대답이 뒤따랐다.

"김 중사도 알잖아. 그 안에 김 중사의 아들이 있어."

그의 설명이 끝나기도 전에 김영천의 시선이 다시 사진으로 향했다.

"우리도 50명이 넘는 아이들 중에서 누구인지는 모르지만, 사진 속에 분명히 있어. 이름이 '로안(Loan)'이고 올해 열두 살이라고 해. 거기까지는 관련된 문서까지 입수되어서 확실한 것 같아. 그 사진 안의 얼굴들 중 누군가가 김 중사 아들이야."

김영천의 숨소리가 거칠어지면서 사진을 들고 있는 그의 두 손이 떨기 시작했다.

다시 잠깐의 침묵이 산장 안에 흘렀다.

김영천은 오세웅에게 말을 건네려다가 목이 메서, 두어 번을 침을 꿀꺽 삼켰다. 한참이 돼서야 그가 또박또박 말했다.

"아이 엄마는요? '비엔(Vien)'에 대한 소식은 없습니까?"

"월남이 적화된 직후 마을 사람들 중에서 아이들과 노인들을 뺀 모두가 빨갱이들의 재교육 수용소로 끌려갔는데 이후로 돌아온 사람이 없다고 해. 그리고 마을에 남겨진 아이들과 젖먹이들을 죄다 퀴논 지방의 몇 군데 국가 양육 시설로 보냈다는데 사진에 있는 곳이 바로 그중 하나야."

김영천의 숨소리가 더더욱 고조되면서 그의 두 눈이 빨갛게 충혈되었다. 오세웅은 그를 배려해 그의 등 뒤로 위치를 옮겼지만 무섭게 몸을 떨고 있는 그의 뒷모습에 무력감을 느낄 뿐이었다.

참다못해 그가 김영천에게 나지막이 말했다.

"나 좀 나가서 바람 쐴 테니 마음 좀 추슬러, 김 중사."

오세웅이 산장 밖으로 나와 출입문을 닫기도 전에 감정에 복받친 김영천의 울음소리가 그의 등 뒤에서 들려왔다.

30분이 넘는 시간이 지나자 산 주변 상공이 어두워지기 시작했다. 그 점 때문인지 산장 밖에서 한 시간 넘게 발을 구르며 추위를 견뎌 온 최정구 소령과 최성용 상사는 더욱 초조한 표정으로 오세웅을 응시하고 있었다.

오세웅은 그들을 쳐다보며 담배에 불을 붙였다. 가끔 그의 등 뒤 산장 안에서 꼼지락거리는 소리가 들려왔지만 그게 전부였다. 그는 김영천이 감내하고 있을 감정의 충격을 짐작하며 연민의 정을 느꼈지만 다른 한편으로는 이곳에 온 목적 때문에 이루 말할 수 없이 심경이 복잡했다.

오 대령은 한 때 자신의 동료이자 믿음직한 부하를 끌어들이

기 위해 월남 땅에 버려진 그의 아들을 미끼처럼 이용한다는 사실에 대해 죄책감을 느꼈다. 하지만 정작 그를 더욱 힘들게 하는 것은 김영천이 그의 제안을 승낙하든 거절하든 두 가지 선택이 모두 그의 양심을 불편하게 할 것이라는 점이었다.

그가 착잡한 마음을 달래며 담배 한 모금을 길게 빨 때 갑자기 그의 곁에서 술 냄새가 났다.

오세웅이 고개를 돌려보자 그의 옆에 큰 소주병을 든 김영천이 서 있었다. 오 대령이 담배 개비를 든 채 그를 꼼짝 않고 응시하자 김영천이 그에게 소주병을 건네줬다.

그리고는 산장의 지붕을 지탱해 주는 큰 나무 기둥에 기대서며 말했다.

"원하는 게 뭡니까?"

"응?"

김영천은 무표정한 얼굴로 일관하며 기둥에 기댄 채 긴 한숨을 내쉬었다. 그리고 다시 말했다.

"중대장님이 10년 넘는 세월 동안 날 찾은 적이 없다가 갑자기 이렇게 날 찾아와서는 생사도 몰랐던 내 아이에 대한 소식을 전해주는 걸 보니……. 뭔가 원하는 게 있다는 생각이 들었습니다."

오세웅은 그를 응시하다가 소주병을 쳐들어 소주 한 모금을 마셨다. 그리고는 산장을 빙 둘러싸고 있는 나무 난간에 등을 기대섰다.

오 대령은 10여 초 정도 말없이 김영천을 응시하다가 이내 대답했다.

"우리가 예전에 월남에서 했던 일을 해야 될 것 같아."

"이놈의 대한민국이 또 남의 나라 땅에서 한판 한답니까?"

"월남 때 같이 시끄러운 전쟁은 아냐. 단 한 번의 비밀 작전이면 돼. 직접 타격 작전."

"대한민국 육군 해체됐습니까? 왜 군 작전에 저같이 한물간 고물을 찾습니까?"

"요즘 쓸 만한 놈들이 별로 없어. 살아서 귀국선(월남 파병 근무를 마치고 한국으로 돌아오는 귀국선)타고 돌아온 놈들 대부분이 이런 미친 짓에는 관심 없다고 하고. 요즘 애들(현역 특수부대원)은 실전 경험이 없어서 위에서 싫어해. 미군 쪽도 그렇고."

오 대령은 들고 있던 소주병을 김영천에게 건네주고자 몸을 움직였다. 그러자 김영천도 그를 향해 몸을 기울여 그 병을 건네받았다. 그 순간, 오세웅은 그가 잡은 소주병을 놓아주지 않고 그의 두 눈을 똑바로 쳐다보며 말을 이었다.

"잘못하면 우리 월남 때 같이 지도 좌표도 모르는 곳에서 죽을 수 있어. 대규모 강하 작전인데 본대 병력을 선도할 침투조가 필요해. 미군 지원 있고. 근데, 작전 자체가 너무 어렵다. 김중사 같은 프로들이 정말 필요해."

오세웅은 김영천이 비록 충혈된 눈이지만 맨 정신으로 자신의 말을 경청하고 있음을 확인했다. 말을 마치고 나서야 그는 김영천에게 소주병을 양보했다.

김영천은 소주를 한 모금 길게 마신 후 저쪽에 서 있는 오 대령의 부하들을 응시하며 물었다.

"그럼, 그 작전 뛰면 성공 여부와 상관없이 내 아들을 이쪽으로 빼 올 수 있습니까?"

"그래."

"이 모든 걸 누가 보장해 줍니까? 중대장님 말만 믿을 수는 없는 노릇 아닙니까?"

"안기부가 CIA와 같이 운영하는 프로그램이야. 현지(월남)에 남겨져 있는 우리 아이들을 북괴 놈들이 정기적으로 북한으로 데려간다고 하는데 그 꿍꿍이를 알아보려고 그곳 아이들 몇십 명을 태국으로 빼돌리려는 작전이 진행 중이라더군. 우리나라로 데려올 아이들 명단 1번에 김 중사 아들 이름을 올려 둘게. 이거는 위쪽에서 틀림없이 해 줄 수 있는 일이야."

김영천은 아무 말 없이 먼 산 능선을 바라봤다. 그 상태로 소주를 몇 번 들이켠 후에 그는 힘없이 말했다.

오세웅은 그에게 다시 한 번 대답을 재촉하고 싶은 마음을 억누르며 표정 관리에 신경 썼다. 처음 만났을 때와는 확연히 다른 김영천의 심경을 고려한다면 그는 어쩌면 당장 대답을 듣지 못하겠다는 짐작도 했다.

마침내 김영천이 입을 열었다.

"중대장님."

"어!"

"지금 눈발이 많이 약해졌으니 어서 내려가십시오."

"어?"

"더 지체되면 폭설 안에서 고립될 수도 있습니다. 중간대피소
는 여기서도 먼 거리에 있습니다."

그 말을 마치면서 그는 산장 안으로 발걸음을 옮겼다. 오세웅
은 혹시라도 그가 출입문을 닫기 전에 대답을 줄지 않을까 했지
만 그는 시선조차 보내지 않고 안으로 들어가 버렸다.

오세웅 대령은 답답한 가슴 속에서 한숨이 새어 나오는 것을
꾹 참은 채 한참 동안 출입문을 주시했다.

그런 그를 향해 최정구 소령 일행이 조심스럽게 다가왔다. 세
사람이 오세웅 근처에 와서 빌걸음을 멈추고 나서야 오 대령은
몸을 그들 쪽으로 향했다.

그리고는 심란한 표정으로 고개를 두어 번 내저어 보였다.

더 이상 눈발이 쏟아지지는 않았지만 찬바람이 산장 주변을
훑어가면서 침엽수들 위 쌓여 있는 눈가루가 이들 머리 위로 퍼
져 날렸다.

5장
산 아래 세상

1983년 2월 7일 11시 37분 강원도 설악산 중간대피소

김영천이 산길을 따라 내려온 지 반 시간 정도가 지나자 중간
대피소의 지붕이 보이기 시작했다. 그 광경에 그의 입가에 미소
가 지어졌다. 그가 접할 수 있는 유일한 사람들인, 중간대피소
의 부녀의 존재가 알게 모르게 그를 행복하게 해 줬기 때문이었
다.

중간대피소를 운영하는 60대의 노인은 6.25 때 이등상사로
전쟁의 발발부터 휴전 때까지 셀 수 없이 많은 전투를 겪었던
사람이었다. 그 때문에 그 노인은 김영천의 몸과 마음이 황폐해
져 있음을 첫눈에 알아보고 김영천을 챙겨 줬었다.

김영천 또한 노인이 빌려준 산장에서 기거하면서 언젠가 어쩌면 그가 오래전 5~6살짜리 딸을 데리고 이 산에 들어와 살던 때의 심정이 지금 자신과 같았을지 모르겠다는 생각을 한 적이 있었다.

두 낯선 사내들의 인연은 그런, 말할 수 없었던 연민의 정이었다. 사실 김영천과 노인은 8년이 되는 세월 동안 많은 대화를 나눈 적이 없었다. 어쩌다 함께 식사를 할 때에는 서로 반주로 마시는 술을 각자의 잔에 가득 채워 주는 것 외에는 별다른 교감조차도 없었다.

김영천이 산장에서 내려와 "일하겠습니다."하고 일을 시작하고 일을 모두 마치면 "일 마쳤습니다."라고 인사를 했다. 그러면 노인은 "수고했네."라는 말과 함께 쌀과 밑반찬, 소주를 챙겨서 그를 다시 산장으로 올려 보냈다.

김영천은 2~3일에 한 번씩 중간대피소로 내려와서 장작을 패거나 대피소 시설 수리, 생필품 조달과 같은 여러 가지 일을 해 줬고 어느덧 노인이 더 나이를 먹어 거동이 불편하게 되면서 김영천은 대피소에서 없어서는 안 될 존재가 되었다.

김영천의 발걸음을 대피소로 향하게 만드는 또 하나의 이유는 대피소 노인의 여식 최연홍이었다. 김영천과는 제법 나이 차이가 있었지만 언제부터인지 그는 연홍으로부터 따뜻한 눈길을 느껴 왔고, 그 또한 그것이 싫지 않았다.

늘 구름이 끼어 있는 그의 일상에서 유일하게 햇볕이 드는 때가 바로 최연홍을 볼 때였다. 그렇지만 그는 최연홍의 존재 이상을 원해 본 적은 없었다. 월남 땅에서 생사조차 알 수 없는 월남인 아내와 자식을 두고 그가 다시 자신의 삶을 보통 사람들처럼 꾸려 나간다는 것은 있을 수 없는 일이라 여겨 온 게 그 이유였다.

김영천은 그저 오늘만 보고 사는 그의 인생에서 최연홍의 모습에서 온기를 느끼고 그녀의 향기를 맡을 수 있음을 그가 유일하게 누릴 수 있는 사치로 여기고 지내 왔다. 그리고 앞으로도 그 이상은 생각해 본 적이 없었다.

대피소로 이어진 길을 따라 내려오며 김영천은 최연홍이 대피소 식당 안에서 자신을 지켜보는 것을 알게 됐다. 그가 대피소 입구에 가까워지자 그녀의 모습이 창가에서 사라졌다.

"왔습니다, 어르신."

김영천은 대피소 숙소 건물 앞 평상에 앉아 싸리비를 만들고 있는 노인에게 꾸벅 인사를 했다. 노인은 고개를 크게 끄덕이고는 손가락으로 숙소 옆에 인접한 창고 쪽을 가리켰다.

단층 창고 쪽에는 사다리와 슬레이트, 망치와 못이 있었다. 몇 마디 인사 직후 바로 그의 일이 시작된 것이었다.

김영천이 사다리를 타고 창고 지붕에 올라가 앉아 언제 와 있었는지 최연홍이 아래에서 그를 올려다보고 있었다. 그녀는 노인 대신 그가 할 일을 다시 확인시켜 줬다.

"지붕에 구멍이 난 곳들을 손봐 주시고 식사를 하세요. 오늘은 그것만 해 주시면 된다네요."

"예."

창고 지붕에 올라가 있던 김영천이 대꾸하자 최연홍은 수줍은 듯 그와 마주친 시선을 피했다. 그런 그녀의 발걸음을 김영천이 급히 붙잡았다.

"저기~!"

김영천의 목소리에 싸리비를 만들던 노인의 시선까지 그에게 향했다. 김영천은 다소 불편하지만 그래도 꼭 해야 할 말을 해야겠다는 듯 침을 꿀꺽 삼키고 말을 이었다.

"연홍 처자, 뒤뜰에 장작 팰 것들 좀 있소?"

최연홍은 그의 질문에 노인 쪽으로 시선을 보냈다. 노인은 심드렁한 표정으로 고개를 가로저었고 그녀가 다시 대답을 중계했다.

"오늘은 충분하다고 하시는데요."

김영천은 지붕 끝에 앉아서 작업 장갑을 끼었다. 그리고는 그녀의 대답이 그가 원하는 대답이 아니라는 듯 고개를 가로젓고 다시 물었다.

"오늘 쓸 거 말고 앞으로 쓸 것들을 오늘 좀 다 패고 갈까 합니다."

다시 노인의 시선이 그에게 향했다. 그리고 이번에는 최연홍 대신 그가 대답했다.

"뒤뜰에 산더미같이 쌓여 있는 게 죄다 다 통나무들인데 왜 오늘 그것들을 다 패고 가려고?"

"예, 어르신. 오늘 올라가기 전까지 가능한 한 많이 장작을 준비해 놓고 싶습니다."

잠시 동안, 김영천과 최연홍, 노인이 말없이 서로를 번갈아 쳐다봤다. 노인은 김영천의 평소와 다른 표정을 보고 무언가를 직감했지만 아무렇지 않다는 듯 대꾸했다.

"그러시게. 정 하겠다면 우리야 고맙지."

노인은 다시 싸리비를 만드는 데 열중하기 시작했고 김영천은 작업 공구들을 들고 지붕 위를 살폈다. 그런 그의 모습을 최연홍이 말없이 올려다보다가 곧 걸음을 옮겼다. 그녀 또한 김영천에게서 묘한 긴장감을 느꼈다.

김영천은 지붕 수리를 마치고 곧장 대피소의 넓은 뒤뜰로 자리를 옮겨 장작을 패기 시작했다. 아침 일찍 시작한 그의 일은 해가 중천에 떠 있을 때를 넘겼고 잠시 담배를 태우는 시간을 제외하고 그는 계속해서 기계처럼 장작을 팼다.

영하 10도가 넘는 기온 때문에 곧 땀에 젖은 그의 등과 머리에서 김이 모락모락 나기 시작했다. 그래도 김영천은 계속해서 장작을 팼고 그가 팬 장작들이 곧 뜰 이곳저곳에 높이 쌓여 갔다.

최연홍이 그를 위한 점심상을 대피소 안에 차려 놓고 기다리다가 결국 그가 일하는 곳 근처에 가져다 뒀다. 그럼에도 불구하고 김영천은 먹겠다는 대답만 하고 하던 일에 집중했다.

그렇게 반나절 이상을 일하고 나서야 김영천은 도끼를 내려놨다. 땀에 흠뻑 젖은 그가 목도리로 머리칼에 살얼음이 되어 붙어 있는 땀방울들을 털어낼 때, 이번에는 최연홍이 저녁상을 차려서 들고 왔다.

그녀는 한쪽 구석에 있던 점심상이 그대로 있는 것을 확인하고는 김영천을 빤히 쳐다봤다. 김영천은 그녀를 향해 멋쩍은 듯 미소를 지어 보이고는 그녀에게 다가가 저녁상을 건네받았다.

"괜찮아요. 안에 들어가서 내, 이 저녁상과 점심상을 모두 먹겠소. 내 지금 소도 한 마리 잡아먹을 수 있을 것 같소, 연홍 처자."

김영천은 최연홍의 바로 앞에서 그녀를 향해 활짝 웃어 보였다. 그러자 그녀 또한 고개를 살짝 숙인 채 한 손으로 입을 가리고 웃었다.

두 사람은 대피소 안에 등산객들이 북적거리는 공간을 지나, 두 부녀만이 사용하는 별채 방으로 들어갔다. 넓은 방의 한쪽 벽은 부엌과 연결되어 있었고 그곳에서 노인이 큰 솥에 물을 끓이고 있었다.

김영천은 그를 향해 꾸벅 인사를 했고 노인은 김영천에게 저녁 식사를 재촉하는 듯한 손짓을 해 보이고는 다시 장작불을 지피는 데 집중했다.

김영천이 방 한쪽 구석에서 식사를 하는 동안 최연홍은 다시 부엌으로 내려가 노인과 등산객들을 위한 뜨거운 물을 준비했다. 김영천은 밥을 먹는 동안에도 부엌 출입문 너머의 두 사람에게서 시선을 떼지 않았다. 특히 최연홍을 보면서 자신의 마음한 구석이 뻥 뚫린 느낌을 갖게 되었다.

이제 한동안 그녀를 볼 수 없다는 생각이, 그리고 혹시 그가 오세웅 대령이 말하는 극비 작전을 마치고 돌아왔을 때 이 대피소가 없거나 혹은 이들 부녀가 이곳을 떠나고 없으면 그가 과연 앞으로 어떻게 살 수 있을까? 형언 못 할 두려움과 그리움이 아직 아무런 일도 일어나지 않은 김영천의 마음을 괴롭혔다.

그래도 김영천은 내색하지 않고 천천히 저녁 식사를 했다. 그가 식사를 마친 뒤 상을 부엌에 내놓을 때에는 부녀가 뜨거운 물이 든 양동이를 대피소 세면장 쪽에 가지고 간 뒤였다.

김영천은 벽 한쪽에 있는 최연홍의 화장대 위에 며칠 전에 산 아래에서 사 온 화장품과 편지 봉투 하나를 조심스럽게 올려놨다. 봉투 안에는 그가 돌아오지 못할 경우 산장 안에 있는 얼마 정도의 돈과 물건을 처분해 달라는 부탁과 결국에 말만 빙빙 돌리다가 말하지 못했던 그의 애틋한 마음이 적힌 편지가 있었다.

김영천은 최연홍에게서 나던 향기가 남아 있는 화장대에 한참 동안 앉아서 마음을 달랬다. 그리고 나서 그는 부엌 아궁이 앞으로 자리를 옮겼다. 그는 불붙은 장작개비를 하나 꺼내, 물고 있던 담배에 불을 붙였다.

그는 그렇게 아궁이 앞에 서서 담배를 태우며 부엌 어디엔가 그의 수리를 필요로 하는 곳이 있는지 살폈다. 안을 환히 밝히는 백열등의 전선과 스위치, 부엌 문고리, 아궁이 등 천천히 내부를 점검했다. 작은 문제라도 있다면 밤을 새워서라도 고쳐 주고 귀가할 생각이었다.

그런데 인기척도 없이 노인의 말소리가 그의 등 뒤에서 들려왔다. 그는 마치 계속해서 김영천과 함께 있으며 그의 행동을 지켜봤던 것처럼 말했다.

"자네, 아예 산 아래 세상으로 다시 내려가시려 하는가?"

김영천이 한쪽으로 물러서며 그를 향해 시선을 보냈다. 그리고는 몸가짐을 차분히 하고 나서 답했다.

"아닙니다, 어르신. 중요한 일이 있어서 잠깐만 일을 보러 가는 겁니다."

"돌아오는가?"

그 질문에 답하기 전에 김영천은 노인의 뒤쪽, 출입 문가 뒤에 몸을 숨기고 있는 누군가의 그림자를 볼 수 있었다. 김영천이 그림자의 주인이 최연홍임을 알고 있었고 그 때문인지 별안간 목이 메이는 것을 느꼈다.

잠깐 머뭇거리다가 이내 그가 대답했다.

"뭐라 말씀드리기 어렵지만, 아마 살아남는다면 꼭 돌아오겠습니다."

대답과 함께 김영천은 자신도 모르게 고개를 떨궜다. 그런 그를 노인은 말없이 응시하다가 이내 힘없이 말했다.

"아직도 산 아래에 미련이 있던 게야?"

김영천은 고개를 들어 노인을 응시했다. 그리고는 조심스럽게 답했다.

"미련이 있어서가 아니라 제가 산 아래 세상에서 지은 죄를 수습하려 합니다. 아마, 아래 세상과 평생 연을 끊을지 아니면 아예 산 아래로 내려갈지, 그 모든 게 제가 살아남는다면 결정될 것 같습니다."

노인은 더 물어보지 않았다. 빤히 김영천을 응시하던 그의 시선은 곧 뒤쪽에 서 있는 최연홍에게 향했다.

세 사람 사이의 무거운 침묵이 부엌 안에 떠도는 동안 아궁이 쪽에서는 불에 타는 나뭇조각들이 갈라지는 소리가 났다.

*   *   *

1983년 2월 13일 09시 11분 워싱턴 주 외곽

잭 싱글턴(Jack Singleton) 소장은 베트남전 당시 전설적인 특수부대 지휘관이었다. 그는 1966년부터 1972년에 걸쳐 라오스와 캄보디아에서 SOG 직속 극비 공작팀들을 지휘했으며 베트남 종전 직전에는 수십 번의 '브라이트 스타(Bright Star: 베트남전 종전 직전 미국 특수부대들에 의한 미군 포로 구출 작전들)' 작전을 지휘하며 120명이 넘는 미군과 남베트남 전쟁 포로들을 구출한 바 있었다.

그렇지만 종전과 더불어 보병, 포병과 같은 정규군 병과가 아닌 특수전 병과의 장군은 더 이상 입지를 보장받지 못했다. 한직에서 맴돌던 그는 지미 카터 대통령의 집권과 함께 시작된 CIA와 특수전부대 전력에 대한 대숙청을 계기로 결국 전역했다.

하지만 워싱턴 주 외곽의 한적한 별장에서 버번을 마시며 낚시를 즐기던 그는 레이건 대통령의 집권 직후 생각지도 못했던 제안을 받았다. 레이건 행정부의 핵심 측근들 중 제3세계 내 특수공작 분야에 관심을 보였던 인물에 의해 비공식 자문활동을 부탁받았던 것이다.

그는 그 은밀한 제안을 흔쾌히 승낙했고 그때부터 그의 한적한 별장으로 은퇴했던 특수부대원들과 CIA 공작원들이 수시로 모여들었다.

알 만한 사람들은 익히 알고 있듯이 이미 중남미와 아프리카에서 진행되고 있는 몇 가지 비공식 군사 활동들의 기안은 이 낡은 통나무 별장에서 나왔었다. 이는 싱글턴 장군이 레이건 행정부의 고위인사들에 의해 대 중남미 군사정책의 비공식 군사고문으로 임명된 일과 관계된 일임을 알 만한 사람들은 모두 알고 있었다.

2시간 이상을 험한 비포장도로를 달려 별장을 눈앞에 둔 브랫 헨드릭스(Brad Hendrix) 또한 앞서 말한 사람들 중 한 명이었다. 차에서 내린 헨드릭스는 주변 경치를 보며 한참 동안 기지개를 켰다.

싱글턴 장군의 별장은 넓은 호수를 앞에 두고 산기슭에 위치해 있었다. 별장을 향해 걸어가면서 그는 호숫가 근처에 착륙해 있는 2대의 헬리콥터들을 주시했다.

민간용 도색이 된 제트레인저 한 대와 UH-1 휴이 헬기 한 대가 주기되어 있었지만 그는 휴이 헬리콥터의 테일 넘버가 미국 국방성의 공무수행용 헬기라는 것을 알아 봤다.

"왜 하필 싱글턴 소장이 이번 임무를 진행합니까?"

자신의 직속상관이 경치에 넋이 빠져 있다고 생각하는 캠벨 요원이 그에게 말을 건넸다.

"응?"

"왜 하필이면 싱글턴 소장이 이번 임무를……."

"또 시작이야? 지난 정부(지미 카터 대통령 정부)때에 다들 강제 전역 당하다시피 했던 사람들이 이번 정부(레이건 대통령 정부)라고 무조건 우호적으로 달려들겠어?"

"그래도 찰리 베퀴드 대령이나 빌 사이먼스 대령 같은 퇴역 장교들이 이번 임무에 더 적임자라는 의견이 여러 사람들에게서 나왔습니다."

그 대목에서 헨드릭스는 발걸음을 멈추고 그를 매의 눈으로 쏘아봤다. 그가 생각하기에도 이 정도로 위험하고 비밀스러운 군사작전을 미국에 우호적이지 않은 지역에서 수행한다면 앞서 말한 두 사람 모두 이름이 물망에 오를 만했다.

미군 최정예 특수부대인 델타포스의 창설자이자 이란에서의 인질 구출 작전을 준비했던 찰리 베퀴드 대령이나 '위대한 실패'로서, 아직도 특수전 커뮤니티에서 회자되는 손타이 포로수용소 기습 작전을 준비, 지휘했던 빌 사이먼스 대령, 두 사람 중 한 명이 이번 임무를 맡는다면 헨드릭스 자신 또한 임수 성공 확률이 비약적으로 높아질 거라 생각한 적이 있었다.

그렇지만 그러한 생각을 예일대 출신의 분석전문가의 입을 통해서 듣는 것이 그를 짜증나게 만들었다.

"이봐, 캠벨."

"네."

"지금 딱 한 번만 말할 테니 다음에도 또 같은 질문을 하지 말라구."

그가 꼼짝 않고 헨드릭스를 주시하자 헨드릭스가 하던 말을 이어 갔다.

"베퀴드 대령이 이번 임무의 자문을 제안했던 국방부 인사에게 뭐라고 했는지 알아? 자기 앞에서 썩 꺼지지 않으면 머리통에 더블탭(머리와 같은 급소에 2발의 총탄을 연달아 명중시키는 대테러 사격)을 날려 준다고 했어. 알아들었나? 사이먼스 대령 또한 베트남에서 귀국한 손타이 수용소 구출 작전 참가자들에게 환영 파티를 열어 준 것이 백악관이 아니라 억만장자 로스 페로(Ross

Perot: EDS창업자, 미국 기업가)였다는 것을 아주 잘 기억하고 있단 말이야."

헨드릭스 또한 클린트 이스트우드와 존 웨인과 같은 유명 인사들이 사이먼스 대령 일행을 환대해 줬던, 그날의 성대한 파티에 직접 참석했었고 사이먼스 대령의 정부에 대한 냉소적인 연설 또한 실제로 들었었다.

때문에 헨드릭스는 두 전설적인 그린베레 지휘관들, 그리고 그들의 영향력을 알게 모르게 받고 있는 전현직 특수부대 지휘관들이 카터 행정부 구성원들이 뿔뿔이 흩어져 있는 현재의 시점에도 백악관과 펜타곤을 불신하고 있음을 매우 잘 알고 있었다.

결국 싱글턴 장군은 그런 상황에서 케이시 국장의 측근과 백악관 인사에 의해 적극 추천되었으므로 실무를 담당하는 그의 선에서 무언가 차선책 내지 대안을 제안할 수 없는 상황이었다.

별장 출입문 근처에는 3명의 남자들이 마치 출입문을 지키는 듯 서 있었다. 헨드릭스가 보기에 그중 한 명이 소형 무전기와 CAR15를 휴대하고 있었고 나머지 2명은 무기를 숨기고 있는 듯 보였다.

헨드릭스 일행은 그의 시선을 받으면서 별장에 도착하자 앞서 가던 CIA 요원 한 명이 신분증을 쳐들어 보이며 소리쳤다.

"장군과 14시에 약속이 있는데……. 우리는 랭글리(CIA 본부가 위치한 버지니아 주 내 지역)에서 왔소."

CAR15를 몸통에 엇걸어 메고 있는 자가 이들 앞을 가로막고 서서 무전기로 교신을 했다. 헨드릭스나 그의 요원들 모두 그 자가 굳이 자동소총을 쳐들지 않고도, 현재의 자세로 자신들에게 사격을 가할 수 있음을 잘 알고 있었기 때문에 보이지 않는 긴장감이 이들 사이에 조성되었던 참이었다.

그러나 교신이 시작되고 몇 마디 오가자마자 그는 총구를 다른 곳으로 돌리면서 고개를 끄덕였다.

"산장에 오신 것을 환영합니다."

헨드릭스는 계단을 올라가 그를 지나칠 때, 그가 전역한 군인이라기보다는 아직도 현역에 있다고 직감했다. 오랜 시간 동안 삶과 죽음의 경계선을 걷는 사람들 사이에 감지할 수 있는 교감 같은 것을 감지했던 것이 그 이유였다.

짙은 선글라스를 착용하고 있지만 헨드릭스는 그의 보이지 않는 시선을 느끼며 자신의 생각을 확신했다.

별장 안에는 이미 CIA를 제외한 펜타곤의 특수전 관련 장교 2명과 국무부 요인 그리고 백악관에서 온 안보고문 제이슨 휘태커(Jason Whitaker)가 도착해 있었다.

"브랫, 이제야 도착했구만."

벽난로 쪽에서 시가에 불을 붙이던 싱글턴 장군이 그를 반갑게 맞이했다. 진회색 머리에 175센티미터 정도의 중간 체형에

평범한 외모를 가진 그는 한국전쟁 당시 OSS의 극비공작부터 미군의 베트남전 참전 수년 전부터 라오스, 캄보디아에서 비밀 공작들을 운영해 온 전설적인 인물이었다.

싱글턴은 헨드릭스와 악수를 나누고 소파와 바 테이블 쪽에 앉아 있는 모임 참가자들에게 그를 소개시켰다.

헨드릭스는 그들 중 안면이 있는 그린베레 대령 로버트 콘크린(Robert Conklin)에게 다가가 악수를 청했다.

"대령님?"

"오래간만이오, 브랫."

헨드릭스가 그의 옆에 있던 키가 큰 바 의자에 착석하자 싱글턴 장군이 방 안의 사람들을 쭉 살폈다. 그리고는 차분히 대화를 시작했다.

"오늘 이곳에 어렵게들 와 주셔서 감사합니다. 다들 이번 임무 말고도 바쁜 분들이니 바로 용건으로 들어가겠소."

그는 잠깐 쿠바산 시가를 한 모금 빨았다가 다시 말을 이었다.

"이번 안건은 수리남에 대한 극비의 군사작전에 대한 것입니다. 이미 이 자리에 오기 전에 중요한 내용은 브리핑 받고 검토했겠지만 우리 미군 병력이 직접 임무를 수행하지는 않습니다. 하나, 임무를 수행한 한국군 병력은 중앙아메리카까지 날아와 독자적인 전투 임무를 수행할 수 있는 자산이 없기 때문에 이 부분에 대해서 얼마나 지원을 해 줄지 이번 모임에서 결정하게 될 겁니다."

싱글턴 장군은 미 공군의 특수전비행단 출신의 연락장교인 숀 패트릭(Sean Patrick) 중령에게 시선을 보냈다. 그러자 소파 등받이에 몸을 맡기고 있던 그가 몸을 앞쪽으로 일으키며 대화를 넘겨받았다.

"현재 펜타곤에서 완성된 작전의 밑그림 안에서는 우리 미 공군의 자산이 직접 동원되는 일이 없습니다. 전폭기는 물론, 헬기 한 대도 동원된다면 우리의 직접적인 군사개입 의사로 확인될 수 있기 때문에 작전과 관련된 항공자산은 모두 파나마나 온두라스에 공여한 것들로 제한될 것입니다. 현지에서 동원 가능한 항공전력은 지금 가지고 계신 문서 안에 기술되어 있습니다."

헨드릭스는 테이블에 있던 회의 관련 보고서를 채어 들어 펼쳤다. 파나마와 온두라스에서 활동하는 미 육군 특수부대 군사고문단이 작성한 보고서에는 한국군이 수리남에 침공할 경우 지원 가능한 공중화력은 AC-47 건쉽 3대와 A-1 스카이레이더 3대가 전부였다.

콘크린 대령은 보고서에서 시선을 떼지 않은 채 콧방귀를 꼈다. 그 의미는 헨드릭스 또한 알고 있었다. 이번 침공 작전을 주도한 CIA 쪽에서는 임무 완수 시 한국군 특수부대원들을 수리남에서 퇴출시키기 위해 민간용 CH-47 헬리콥터들을 이미 물색해 놓았지만 미 공군 측의 지원은 1960년대에 베트남의 전장에서 써먹은 후 폐기 직전에 파나마와 온두라스에 던져 주다시 피 한 AC-47 건쉽, A-1 지상공격기들이 전부였던 것이다.

베트남전 당시, 풋내기 그린베레 대원이었던 콘크린 대령은 그 지상공격기들이 전장에서 쓰이는 것을 직접 경험했었다. 그는 그 기종들은 1980년대의 최신 전폭기들이 당연히 가지고 있는 야간 지상공격 능력이 없기 때문에 먼 극동아시아에서 날아와 싸울 한국군 전사들이 야간 기습 작전 중에 오폭이나 오인사격을 받을 수 있는 확률이 매우 높다는 것 또한 잘 알고 있었다.

방 안에 있는 각 군 책임자들은 현 시점에서 이번 작전에 대해 어느 쪽이든 직접적으로 개입되고 싶지 않은 분위기를 감지하고도 남았다. 육해공군의 수장들은 펜타곤의 계급 체계에서 가장 꼭대기에 있는 것으로 많은 사람들이 오해하는 미 합참의 장(합참의장은 각 군 지휘부와 대통령 사이에서 업무 조율 권한만 있다)의 '명령에 따라' 이 기분 나쁜 작전에 굳이 개입될 필요가 없었음을 잘 알고 있었다.

따라서 이들은 이 작전이 훗날 외교, 정치적인 문제로 부각될 경우 의회의 청문회에 불려 나가는 경우를 피하고자 가능한 최소의 지원만을 암묵적으로 합의했다. 따라서 지금 이 자리에 앉아 있는 책임자들은 그러한 합의에 대해 각 군의 입장을 다시 한 번 피력하고 또 확인하고자 보내어진 노련한 실무자들이었다.

결국, 작전을 주도하는 CIA 쪽에서만 필요한 부분에 대해서 전폭적으로 지원했고 동시에 육해공군 쪽에서도 무언가를 자신들에게 던져 주기를 간절히 바라는 상황이었다.

비밀 작전들과 관련하여 펜타곤에서 연락관 업무를 오랫동안 수행했던 브랫 헨드릭스와 펜타곤에서 마당발이자 3군 참모들의 신뢰를 얻어 온 백악관의 안보고문 휘태커가 이 자리에 보내어진 것도 다 그러한 연유임을 역시 모두가 짐작하고 있었다.

휘태커와 의미 있는 시선을 교환한 헨드릭스의 나무 흔들기가 비로소 시작되었다. 그는 그가 흔들 나무에 어떤 열매들이 열려 있는지 잘 알고 있었다.

"아마, 이 자리에 계신 모든 분들께서 우리 회사(CIA)와 보조를 맞춰 지원해 주실 역량에 다소 난색을 표하실 줄 압니다. 하지만 우리나 여기 계신 안보고문 휘태커 씨는 이미 육군과 해군, 공군에서 라틴아메리카에서 이미 많은 활동을 하고 있음을 모든 분들께 환기시키고 싶습니다. 니카라과와 쿠바의 세력 확장을 위해서 이미 파나마나 온두라스에 구축한 군사거점이나 이곳에 포진한 3군 인력들은 이미 미합중국 군대가 현지 활동에 깊이 개입되어 있음을 우리 국민들은 물론 전 세계가 알고 있지 않습니까?"

헨드릭스가 지적한 점들은 모두 사실이었다. 1979년 공산화된 니카라과를 통한 쿠바, 소련의 라틴아메리카 사회주의화를 견제하고자 레이건 행정부는 공개적으로 니카라과 정권에 대한 반정부 게릴라부대(콘트라 반군) 활동을 지원했다.

이러한 활동은 군사작전 지원에 제한되지 않았다. 미군은 파나마, 온두라스와 같은 니카라과 주변국들에서 군사기지, 비행장, 항만 시설과 같은 기반을 건설, 운용하여 친미국가들의 정권 안정에 직간접적으로 기여하고 있었다. 이러한 전략에 미군 특수부대 병력과 정규군 병력이 동원되고 있는 것 또한 모든 미국인들과 전 세계가 알고 있는 사실이었다.

헨드릭스는 왜 그러한 대외 군사 활동의 범위에 각 군 지휘부가 수리남을 포함시키지 않는지 논리적으로 설득시키고자 했다. 그가 알기에 자신 앞에 앉아 있는 사람들 중 일부는 파나마와 온두라스 내 미군 투입 작전의 초안을 작성한 바 있었다. 심지어 콘크린 대령은 온두라스의 정규군들이 반정부 게릴라부대를 사냥하도록 훈련시키는 그린베레 작전팀들을 지휘하기도 했었다.

헨드릭스는 그들이 공감하는 표정을 보이는 듯하자 더욱 힘주어 말했다.

"수리남의 사안이 결국에는 우리 미합중국의 대쿠바, 대니카라과 외교정책과 동떨어진 이슈가 아니라는 사실은 여러분들께서도 익히 알고 계시지 않습니까? 파나마나 온두라스와 지리적인 거리를 두고 있지만 어쨌든 수리남이 우리의 골칫거리가 되는 것은 시간문제입니다. 크렘린궁에서 보드카를 마시는 놈들이나 카스트로 패거리도 우리가 파나마와 온두라스를 거점으로 지놈들을 견제해 오니 이렇게 수리남까지 기웃거리고 있는 건 펜타곤 내 모든 씽크 탱크에서도 인지하고 있으리라 생각합니다."

잠시 동안 그가 싱글턴 장군과 함께 패트릭 중령, 콘크린 대령을 응시했다. 그리고 그 순간 그는 자신이 상원, 하원 정보위원회에서 CIA의 해외 공작 활동 예산을 타내기 위해 교활하기그지없는 상원의원들, 하원의원들과 머리싸움을 하고 있는 듯하다 생각했다.

그러한 입장에서 본다면 CIA가 원하는 것을 모를 리 없는 그들이 이처럼 뻣뻣하게 앉아 있기만 하는 점에 대해 부아가 치밀어 올랐다. 그리고 그 자신도 모르게 목소리가 높아졌다.

"우리 CIA가 원하는 것이 무엇인지 여러분, 모두가 잘 알고 있지 않습니까? 작전을 펼칠 병력을 요구하는 것도 아닌데, 너무들 몸을 사리고 있으니 이것을 합동 작전이라고 부르기에도 민망할 지경입니다."

헨드릭스의 목소리가 고조되자마자 곁에 있던 싱글턴 장군이 그의 앞쪽으로 한 걸음 나아갔다. 그는 시가를 든 손을 쳐들고 있었고 헨드릭스는 그의 사인에 맞춰 입을 다물었다. 이어서 싱글턴이 미리 CIA 그리고 백악관 측과 조율된 용건을 차분하게 말하기 시작했다.

"CIA의 답답한 속내가 브랫의 입을 통해서 나왔으니 내가 여러분이라면 이러한 분위기를 각자의 직속상관에게 그대로 전달해 줬으면 좋겠소. 말이 나온 김에 나도 브랫이 말하고자 하는 내용의 연장선상에서 첨언하겠소. 이미 특수전 병력의 기습 작전에 대해서는 여러분들이 모두 계산기를 두드리거나 주사위를 굴려 본 경험이 있을 테니 현재의 항공자산이나 화력으로는 이번 작전 자체가 너무도 실패할 가능성이 높다는 것을 잘 알고 있으리라 확신하오. 솔직히 내가 오래전에 라오스나 캄보디아에서 임무를 수행할 때에도 이보다는 나은 지원을 받았던 것으로 기억합니다. 내 여러분에게 말을 돌리지 않고 말하겠소. 공군 쪽에서는 한국군 기습부대의 화력지원에 대해서 더욱 과감한 지원을 해주면 좋을 것 같소. 그리고 육군 쪽에서는 한국군 기습부대의 수리남 침투 전후 과정에서 현지에서 즉각적인 전투지원 방책에 대해서 일부분 책임을 떠맡아 주면 전체 작전에 큰 도움이 되지 않을까 싶소."

그 대목에서 콘크린 대령은 한 손을 슬쩍 들었고 싱글턴이 말을 멈추고 그를 주시했다.

"장군께서 현재 파나마와 수리남 사이의 거리를 간과하신 게 아니라면 결국에는 우리 미군 병력이 수리남 현지에 투입되는 것을 주문하시는 겁니다. 설마 그걸 원하시는 것은 아니겠죠?"

질문은 싱글턴과 헨드릭스에게 던져지는 것 같지만 콘크린 대령의 시선은 백악관의 안보고문 휘태커에게 향했다. 콘크린의 지적처럼 수리남과 현 시점에서 다수의 미군 특수부대 병력이 포진해 있는 파나마 사이에는 미군 전투병력 혹은 미군이 훈련시킨 친미군대의 지상군이 머무를 수 있는 중립지대 자체가 없었다.

휘태커는 싱글턴 장군과 헨드릭스를 향해 천천히 고개를 가로 저어 보였다. 사실, 헨드릭스와 싱글턴 당사자들이 모르는 사실이 있었다. 그 점은 휘태커가 이 자리에 참여한 이유가 레이건 대통령의 은밀한 직언에 따라 수리남 작전에 군 관계자들을 더욱더 적극적으로 개입시키려는 목적이 전부가 아니라는 것이었다.

휘태커는 그의 직속상관인 백악관 비서실장 제임스 베이커와 클래러지로부터 만약을 대비해 반대의 경우, 즉 CIA와 싱글턴 장군이 군 관계자들을 선동하여 수리남 작전에 너무 많은 미군 병력과 장비를 동원한다면 이러한 상황에 제동을 거는 것이 또한 그의 임무였다.

콘크린은 이들이 교감하는 것을 확인한 후 말을 이었다.

"파나마에서 수리남까지 우리 지상군 병력이 직접 개입할 수 있는 경우는 두 지역 간의 거리 문제로 인해 도로나 차량 이동이 불가능합니다. 결국에는 낙하산 강하 작전이나 헬기 강습 작전을 펼쳐야만 우리 특수부대 병력이나 현지의 전투 병력의 수리남 투입이 가능한 상황입니다. 하지만~"

그는 이제 의기양양한 표정으로 헨드릭스와 싱글턴을 응시하며 말했다.

"그러한 현지 군 전투 병력의 투입조차도 파나마나 온두라스 정부와 미리 협의가 되어야 하기 때문에 나는 CIA가 우리 육군보다는 공군 쪽이나 국무부 쪽의 문턱을 더 넘나들어야 하지 않나 생각합니다. 물론, 여기까지는 제 사견이 아니라 우리 쪽 장군들의 의견과 입장입니다."

헨드릭스의 시선이 공군 측 책임자 숀 패트릭 중령에게 향했다. 그는 회의적인 표정으로 마지못해 응답했다.

"우리 쪽 지휘부에 현 상황을 전달하고 협조를 구해 보겠지만 아무것도 약속할 수는 없습니다. 미안하오, 브랫."

잠깐 동안 방 안에 침묵이 흘렀다. 싱글턴은 표정 변화 없이 시가를 빨고 연기를 내뿜었지만 불편한 속내는 그도 마찬가지였다. 헨드릭스는 김빠진 표정으로 해군 측 대표인 래리 글로버(Larry Glover) 중령을 쳐다봤다.

수리남을 침공하는 방법들 중 해상을 통한 상륙작전 가능성은 진즉에 배제되었기 때문에 해군 쪽에서는 일찌감치 해상작전 담당 대신 수륙양용 전투를 담당하는 해군 제2특수전 그룹의 씰 팀 장교인 그를 이 자리에 참석시켰다.

그를 응시하면서 헨드릭스는 긴 한숨을 쉬었다. CIA의 역량만으로는 벅찬, 진흙탕 같은 이번 작전에 아무도 전투화를 더럽히고 싶지 않아 하는 분위기를 다시 확인하는 게 그가 할 수 있는 전부였다.

이후로 한 시간 가까이 헨드릭스와 싱글턴 장군은 3군 실무장교들과 각자의 입장 차이를 확인하면서 더 많은 병력과 장비를 동원해 달라는 똑같은 주문을 되풀이했다.

그 와중에 작은 소득이라면 소득인 게 하나 있었는데 그것은 베트남에서 씰 팀과 작전을 수행해 봤던 싱글턴 장군이 최근에 창설된 극비의 대테러부대 '씰 6팀(SEAL Team 6)'에게 앞으로 있을지 모르는 지원을 약속받았던 것이었다.

물론, 이 점에 대해서도 헨드릭스와 싱글턴이 모르는 사실이 있었다. 그것은 바로 고지식한 해군 장성들을 대표하는 글로버 중령이 씰 6팀을 기꺼이 동원해 주겠다고 약속한 것이 수리남 침공 작전을 위해서가 아니라는 사실이다.

그는 그의 교활한 해군제독들의 은밀한 지시에 따라, 최근에 제2특수전 그룹의 지휘 계통에서 빠져나가 합동특수전사령부(JSOC)의 지휘 계통으로 들어가고자 로비 중인, 눈엣가시 같은 신설부대 씰 6팀과 CIA가 함께 물을 먹어 보라는 속셈을 가지고 있었다는 것이었다.

비록 방 안에는 똑같은 군복을 입은 자들이 모여 있었지만 모두가 엉뚱한 곳을 쳐다보는 자리였다.

헨드릭스가 쓰디쓴 심정으로 각 군 책임자들이 확인해 줄 최종 사안들을 정리하고 나자 이제껏 말을 아꼈던 안보고문 휘태커가 입을 열었다.

"이 시점에서 별 의미가 없는 얘기겠지만……."

모두가 그를 응시하자 그는 또박또박 발음하며 말을 이어 갔다.

"작전의 기밀 유지를 위해서 CIA가 전체적인 주도권을 운영하는 점에 대해서는 이견이 없습니다만, 작전을 투입되는 한국 군 병력을 우리 쪽 군인들 직접 지휘할 수는 없는 거요? 우리 미군의 소수 정예 요원들이라도 한국인들과 함께 작전을 수행한다면 임무의 성공 여부와 별개로 위쪽 분들께서 다소 안심할 것 같은데 말입니다."

싱글턴은 답변을 헨드릭스에게 답변을 넘겼다.

"이미 그 부분에 대해서는 저희 쪽에서도 준비를 했습니다. 나중에 육군 쪽에 델타포스나 그린베레 병력에서 노련한 인원을 몇 명 요구하겠지만 현재는 우리 CIA에서 필요시 직접 작전에 참여할 수 있는 2명의 요원들을 확보했습니다. 두 사람 모두 중남미에서 지난 몇 년 동안 활동한 정예요원들입니다."

"그게 누구요?"

콘크린 대령이 버번 잔을 깨끗이 비우고는 심드렁하게 물었다. 헨드릭스는 각 군 책임자들에게 차례차례 시선을 보낸 뒤 대답했다.

"우리 쪽에서는 댄 크로포드(Dan Crawford)와 빌 오스본을 이번 작전의 적임자로 선택했습니다."

"빌 오스본? 빌 오스본 말이오?"

갑자기 콘크린이 한쪽 눈썹을 치켜세우며 되물었다. 헨드릭스가 고개를 끄덕여 보이자 그가 씩 웃으며 혼잣말을 하듯 말했다.

"그 망할 자식이 아직도 살아 있군."

헨드릭스가 그에게 시선을 보내자 콘크린 대령은 빈 버번 잔을 건배라도 하듯 쳐들어 보이며 대꾸했다.

"4년 전에 내 휘하의 인질 구출 팀과 오스본이 이란 시내에서 미국인 인질들을 구출할 뻔했었습니다. 다들 알다시피 비록 구출 작전이 실행되지는 않았지만."

그가 언급한 구출 작전은 80년 이란에서의 미 대사관 인질 구출 작전이었다. 헨드릭스 또한 익히 알고 있었듯이 오스본 소령은, 당시 미국이 가진 모든 정보력과 군사력을 동원한 극비 인질 구출 작전에 참여한 바가 있었다.

그는 델타포스가 미국대사관에서 인질들을 구출할 시점에, 이란 시내에 위치한 이란 외무부 건물에 억류된 미국인 인질들을 그린베레 작전팀과 함께 구출하도록 되어 있었다.

하지만 이 유례없을 구출 작전은 작전이 시작되지도 못한 채 이란의 사막 내 합류 지점에서 작전 항공기 간의 충돌사고로 시작도 하지 못하고 실패했다. 그리고 테헤란 시내에서 그린베레 작전팀을 기다리고 있던 오스본 소령은 결국 자력으로 이란을 빠져나와야 했다. 그는 천신만고 끝에 미 본토에 도착하자마자 무능한 펜타곤의 장군들과 참모들을 저주하면서 군복을 벗어 버렸다.

그런 그가 CIA의 중남미 담당 요원이 되어 활동하고 있다는 점은 콘크린 대령을 포함, 그를 아는 사람들에게는 다소 의외의 사실이었다.

모임이 끝나자 싱글턴과 안면이 있는 사람들을 제외하고 모두 산장을 나섰다. 헨드릭스는 싱글턴과 인사를 하고 허탈한 심정으로 자신의 차량 쪽으로 걸어 나갔다. 헨드릭스의 등 뒤에서는 캠벨 요원이 새트컴(위성 중계 무전기)으로 모임의 결과에 대해서 직속상관에게 보고하며 뒤따르고 있었다.

그러던 중 헨드릭스는 출발 준비 중인 휴이 헬리콥터의 후미 쪽에 서 있는 콘크린 대령을 발견했다. 작전 준비와 관련하여 서로 첨예하게 대립했지만 그래도 과거에 수차례 제3세계에서 마주친 인물이었기에 헨드릭스는 따로 인사를 하고 싶었다.

그는 캠벨에게 먼저 차량 쪽으로 가 있으라는 손짓을 하고 콘크린 쪽으로 향했다. 콘크린 대령은 헨드릭스에게 등을 보인 채 호수를 지켜보고 있었다.

"대령님?"

콘크린은 어깨 너머로 그를 발견하고는 들고 있던 위스키 플라스크(휴대용 용기)을 건네줬다. 헨드릭스는 그걸 건네받고 한 모금 마셨다. 그의 조심스러운 질문이 뒤따랐다.

"대령님은 이번 작전에 대해서 어떻게 생각하십니까?"

그의 질문에 콘크린 대령은 트렌치코트 깃을 세웠다. 그리고는 별장의 먼 뒤쪽에 있는 산 정상을 응시했다. 헨드릭스는 그런 그를 꼼짝 않고 응시했다. 그리고 잠시 후 그가 마지못해 입을 열었다.

"무슨 대답을 듣고 싶소?"

"대령님의 진심 어린 조언을 듣고 싶습니다."

"왜 한국인들이지? 우리 미군이 들어가고 싶지 않다면 그들도 마찬가지야. 베트남에서 그들도 피를 흘릴 만큼 흘렸다고. 그 정도면 한국전쟁 때 빚은 갚은 거야."

헨드릭스는 그의 표정만으로도 그가 이번 작전에 대해 얼마나 냉소적이고 비관적인지 파악하고도 남았다.

콘크린은 헨드릭스의 곁을 느린 걸음으로 지나쳐 가며 부탁을 하듯 말했다.

"제발 정치꾼들의 농간에 애꿎은 한국군들까지 다치지 않게 해 주게. 그들은 분명 용감한 전사들이지만 우리들처럼 죽고 싶지 않기는 마찬가지일 게야."

콘크린 대령은 뭔가 더 하고 싶은 말이 있는 듯한 표정을 잠시 지어 보였다. 그는 헨드릭스가 건네주는 플라스크를 돌려받은 뒤 고개를 한 번 끄덕여 보였다. 그리고는 뒤도 안 돌아보고 헬리콥터 쪽으로 걸어가 버렸다. 헨드릭스는 그의 뒷모습을 보면서 답답한 가슴의 무게를 가늠했다.

*   *   *

1983년 2월 15일 04시 23분 온두라스 북서쪽 산악 지대

북동쪽에서 바람이 불어오기 시작한 지 2시간 정도가 지나자 안개가 완전히 걷혔다. 오스본과 온두라스군 트랙커(Tracker: 수색, 추격을 위해 훈련받은 온두라스 육군 특수 병력)들이 기다렸던 타이밍이 이제 이들의 목전에 와 있게 됐다.

이들은 밤새 새벽이슬을 맞아 오면서 이들이 몸을 숨기고 있는 숲속에서 500여 미터 이상 떨어져 있는 온두라스 반군 게릴라들의 마을을 주시해 왔다.

지난 6개월 동안, 오스본과 2명의 CIA 요원, 2명의 델타포스 대원들이 이끌어 온 온두라스 반군들에 대한 제압 작전이 마무리 과정에 들어가는 중대한 시점이었기 때문에, 오스본과 트랙커 부대는 온두라스 정규군의 투입까지 거부하며 상황을 기다렸다.

반군의 병력은 250명이 넘었고 오스본과 트랙커, 온두라스군 특수부대 병력은 60명이 조금 넘는 상황으로서 자칫 잘못하면 이들이 반군에게 압도당할 수 있었다.

그럼에도 불구하고 오스본은 온두라스군 지원 병력이 헬리콥터들로 현장에 접근할 경우 반군들이 산지사방으로 흩어져 도주할 경우를 더욱 우려했다. 결국 오스본과 그의 대원들은 반군 캠프의 탈출로 일대에 기관총 사수들을 배치하고 이들이 저지할 수 없는 반군들은 직접 제압할 태세를 갖췄다.

오스본은 물론, 50여 명의 병력은 모두 말에 올라탄 채 공격 시점을 기다리고 있었다. 이들은 모두 3군데의 거점에 흩어져 대기하다가 일단, 반군들이 기관총 사격을 받지 않는 곳으로 이탈하면 즉각 말을 타고 기동하여 그들을 제압하는 전술을 실행할 예정이었다.

이미 이들 모든 병력이 오랜 기간 동안 말을 타고 온두라스의 산악 지대에서 반군 사냥 임무를 수행했기 때문에 오스본과 미군 군사고문들은 지금의 상황에 대해 전혀 우려하지 않았다.

오스본은 시계를 확인한 후 그의 우측을 살폈다. 뉴욕 양키즈의 야구 모자를 착용하고 있는 델타포스 대원과 미제 얼룩무늬 전투복을 착용하고 미제 M16 소총을 휴대한 온두라스 특수부대원들이 보였다.

다소 지치고 힘든 기색이 보였지만 오스본처럼 그들은 이번 작전이 어쩌면 반군 제압 작전의 마지막 단계임을 잘 알고 있었다.

오스본은 멀리에서 메아리쳐 오는 소리를 감지했다. 저음의, 마치 진동과도 같은 작은 소리가 들려왔다. 그는 다시 한 번 손목시계를 살핀 뒤 흡족한 듯 고개를 끄덕였다.

그의 행동을 주시하던 델타포스 대원 마틴 코브(Martin Cove) 상사는 야구 모자를 벗은 뒤, 모자 챙이 뒤쪽으로 가도록 모자를 거꾸로 썼다. 그리고는 안장 한쪽에 결속해 뒀던 묵직한 M72 대전차 로켓발사기를 꺼내 들었다.

오스본은 그와 그의 오른편에 횡대로 늘어서 있는 온두라스인 전사들을 향해 한 팔을 쳐들어 보였다. 그들의 시선이 차례차례 그에게 향했고 오스본은 곧 산 능선 너머에서 퍼지기 시작하는 아침 햇살 덕분에 결의에 찬 그들의 얼굴을 확인할 수 있었다.

코브 상사는 66밀리 로켓발사기의 뒤쪽을 잡아 뺐다. 그러자 아래쪽으로 고정되었던 로켓의 가늠자와 가늠쇠가 오뚝이처럼 일어났고 그는 그것들을 통해 반군 캠프 쪽을 주시했다. 그가 조준하는 표적은 캠프 남쪽, 바로 소련제 12.7밀리 대공기관총이 설치된 곳이었다.

"오소 원(Oso One), 오소 투다! 현재 오소 투, 표적 확보! 스탠바이 투 고우!"

오스본의 무전기에서 또 다른 델타포스 대원이 역시 북쪽 와지선 쪽에 설치된 두 번째 대공기관총 진지를 향해 66밀리 로켓발사기를 조준하고 있다는 보고가 들어왔다.

오스본은 더욱 가까워지는 엔진 소음을 몇 초 동안 들었다가 이내 무전기 송수화기를 누르고 소리쳤다.

"오소 투, 메시지 카피! 오소 투, 고우! 고우! 고우!"

그의 지시가 전파되자 기다렸다는 듯이 코브 상사가 로켓의 발사 버튼을 눌렀다.

"펑~!"

폭발음과 함께 노란 불꽃을 꼬리에 단 66밀리 대전차고폭탄이 캠프의 남쪽을 향해 뻗어 나갔고 거의 동시에 이들의 위치에, 우측 50~60미터 떨어진 수풀 속에서 또 한 발의 대전차 고폭탄이 북쪽을 향해 날아갔다.

2발의 로켓발사음이 캠프 일대에 메아리쳤고 반군들이 두리번거리기 시작할 때쯤 천둥소리가 울려 퍼졌다.

"쾅!"

"파아앙!"

잠에서 깨어 있던 양편의 군인들이 두리번거리던 시점에는 이미 대공기관총이 설치된 남쪽과 북쪽 진지에서 흙먼지 기둥이 높이 치솟아 있었다.

대공기관총 거점들이 확실히 파괴되었음을 확인한 델타포스 대원들의 보고가 무선망에 전파되고, 모든 기습부대원들이 휴대한 총기의 안전장치를 풀었다.

오스본은 좌우에 포진해 있는 대원들이 모두 사격 자세를 취하고 있음을 확인하고는 근처 상공을 살폈다. 그는 훨씬 더 가까워진 엔진 소리가 이제는 반군 게릴라 거점에서도 포착했다고 짐작하며 조급해하던 참이었다.

오스본의 기습부대의 위치에서, 어른의 가슴 높이까지 자란 풀 줄기들이 가득한 개활지대 건너에 있는 반군 캠프 쪽에서는 스페인어로 다급하게 상황을 전파하는 게 울려 퍼지고 있었다.

"타타타탕! 타타타타탕!"

캠프 동쪽 산기슭에서 미제 M60 기관총 총성이 터져 나왔고 이어서 AK 소총 총성이 산발적으로 들려왔다. 캠프 동쪽에서 반군 게릴라들이 현장을 이탈하려다가 온두라스군 기관총 매복조의 견제를 받는 것이었다.

그럼에도 불구하고 인근 상공에는 엔진 소리만 들릴 뿐, 이들의 기습 작전을 전격지원 할 A-1 대지공격기의 모습이 보이지 않았다. 만약 반군 게릴라들이 마을 안에 모여 있을 때 일격을 가해 기선을 제압하지 않는다면 250명의 게릴라들에 의해 오스본의 기습부대가 역습을 당할 수도 있는 상황이 이제 곧 결정될 찰나였다.

다급해진 코브 상사와 온두라스군 트랙커들이 오스본에게 시선을 보냈고 오스본은 그들에게 대기하라는 수신호를 만들어 보였다.

"타타타타타~!"

"탕! 타탕! 탕!"

불과 1분도 되지 않은 시간 동안에 반군들의 마을 일대에서 치열한 총성들이 뒤섞여 들렸고 마을 울타리 쪽에 수십 명의 게릴라들이 나타났다. 그들 모두 마을에서 빠져나와 오스본 일행의 눈앞에 펼쳐져 있는 잡풀 지대 안으로 은폐하려는 듯 보였다.

워낙 일대에 총성이 시끄럽게 들리자 오스본의 말과 다른 말들이 동요하기 시작했고 그는 입술을 지그시 깨물며 말고삐를 잡아당겼다.

"빌~! 적들이 이쪽으로 몰려오고 있습니다!"

오스본의 우측에 거리를 두고 있는 오소 투의 델타부대원이 급박하게 보고해 왔다.

만약 기습부대원들이 조급하게 말을 타고 개활지대로 달려 나가 마을에서 빠져나오는 게릴라들과 근거리에서 교전을 벌인다면 A-1 대지공격기는 지상에 대해 정밀한 공격을 가할 수가 없었다. 그렇다고 무작정 게릴라들이 개활지대를 횡단하여 기습부대원들이 숨죽이고 있는 숲으로 접근하게 내버려 둘 수도 없는 상황이었다.

모두가 겨우 뛰쳐나가고 싶은 충동을 억누르고 있는 상황에서도 오스본은 차분하게 주변 상공을 살피기만 했다.

"빌!"

곁에 있는 코브 상사가 저격용 조준경이 장착된 M16 소총을 개활지대 쪽을 향해 쳐들며 경고했다. 그가 경고하는 지점은 오스본 일행의 위치 10시 방향 150여 미터 거리였다. 그곳에서 최소 6~7명의 게릴라들이 풀 줄기들을 헤치고 이들 쪽으로 달려오고 있었다.

트랙커들이 그들을 향해 총구를 겨누고 있을 때에도 오스본의 시선은 한층 가까워진 엔진음의 출처를 찾고 있었다. 그리고 다음 순간 오스본이 이들의 3시 방향, 멀리에 있는 산 능선을 가리켰다.

"우우웅!"

요란한 프롭(프로펠러) 엔진음을 토해 내면서 2대의 지상 공격기들이 나타났다. 구식 프로펠러 공격기는 기수를 낮춰 지상으로 쏟아지는 햇살을 뚫고 하강했다. 그리고 곧 그들의 치명적인 화력 투사가 시작됐다.

"푸푸푸푸~!"

2대의 공격기들 주익에 장착된, 총 8정의 12.7밀리 기관총 사격이 시작되면서 개활지대 안으로 셀 수 없이 많은 예광탄들이 쏟아졌다. 그리고 그와 동시에 어른 키 높이로 갈색 흙기둥들 수십 개가 흙바닥에서 솟구치면서 오스본의 기습부대 앞에 나타났던 게릴라들을 순식간에 삼켜 버렸다.

흙먼지가 조각난 잡풀 조각들과 함께 사방으로 퍼지기도 전에 A-1 대지공격기들이 이번에는 마을 쪽으로 기수를 쳐들면서 쾌속으로 다가갔다.

온두라스군이 일제히 그 광경에 소총을 쳐들어 흔들며 환호했고 오스본은 짧은 한숨을 내쉬며 안도했다.

"쾅! 콰쾅!"

엄청난 폭발음과 함께 반군 마을 중심부에서 20~30미터 높이의 화염과 흙먼지가 뒤섞인 버섯구름이 피어올랐다.

기습부대원들이 대지공격기가 투하한 폭탄 폭발에 놀란 말들을 진정시키는 동안 오스본은 쌍안경으로 마을 쪽을 살폈다. 그는 이제는 까만 뭉게구름이 되었다가 흩어지는 폭발 궤적을 살피면서 코브 상사에게 큰 소리로 경고했다.

"마틴, WP탄이 투하되고 있다! 다른 조장들에게 전달하고 주의시켜!"

"라저~!"

오스본이 경고했던 WP탄은 백린탄을 뜻했다. 강력한 폭발 화약 외에 인 성분이 함께 폭탄 속에 채워져, 폭탄이 폭발할 때에는 폭발 반경 사방으로 불이 붙은 인을 화산재처럼 흩뿌렸다.

절망적인 상황은 불이 붙은 백린을 사람이 뒤집어쓰면서부터 시작된다. 무시무시한 인화성을 가진 백린은 사람의 피부를 뚫고 계속해서 몸속에서 타들어 가는 습성이 있었기 때문이었다.

이미 WP탄의 위력을 알고 있는 온두라스군들은 오스본과 그들의 미군 군사고문들이 경고하지 않아도 어떻게 대처해야 하는지 잘 알고 있었다. 그들은 오스본의 명령이 무엇이든지 간에 절대로 A-1기들의 폭격이 이루어지는 마을 안이나 근처로는 자신들이 접근하면 안 된다는 것을 이미 짐작하던 중이었다.

"쾅! 쾅!"

2차로 2발의 WP 폭탄들이 마을 북쪽에 투하되어 폭발했다. 오스본은 쌍안경을 통해 분수의 물줄기들처럼 허공 높이 치솟았다가 지상으로 낙하하는, 백린 파편들의 하얀 꼬리들을 볼 수 있었다.

A-1기들이 마을을 중심으로 선회하며 지상으로 12.7밀리 기관총 공격을 가하면서 이제 상황이 새로운 단계로 넘어갔다. 마을을 에워싸고 있는 기관총 매복조들이 다시 격렬한 사격을 시작하면서 M60 기관총 총성이 쩌렁쩌렁 메아리쳐 왔다.

이들의 10시 방향에서 또다시 5~6명의 게릴라들이 불특정한 방향으로 AK 소총 사격을 가하면서 나타났다. 곧이어 2시 방향과 4시 방향에서도 얼룩무늬 위장복 차림의 게릴라들이 불쑥불쑥 나타났다. 이들은 모두 숲을 향해 달려오고 있었다.

A-1 대지공격기들의 공격이 마을에 집중되어 있는 상황에서 이제 오스본의 기병부대가 움직일 시점이었다.

마침내 오스본이 무전기를 안장 한쪽에 꽂아 넣고 몸통에 엇걸어 멘 CAR15의 권총 손잡이를 잡았다. 오스본은 심호흡을 한 후 코브 상사를 향해 고개를 크게 끄덕여 보였다.

그러자 그가 온두라스군들을 향해 한 팔을 쳐들며 스페인어로 소리쳤다.

"전 대원, 교전에 대비하라! 전 대원, 교전에 대비하라!"

학수고대하던 결전의 순간이 다가오자 온두라스군 특수부대원들과 트랙커들이 비장한 표정으로 엄폐, 은폐 지점에서 각 조장 쪽으로 말을 몰고 갔다. 전체 병력들 중 12명은 코브 상사 쪽으로 그리고 10명은 오스본 쪽으로 집결하여 그들의 이동 명령을 기다렸다.

기습부대원들이 이동 준비를 마치고 2명의 미국인 군사고문은 개활지 내의 상황을 살폈다. 그리고 곧 코브 상사의 기습조가 이들의 대기 지점 2시 방향을 향해 이동하기 시작했다.

M16 소총을 우측 옆구리에 낀 코브 상사가 말고삐를 잡아당겨 우측 2시 방향으로 달려 나갔고 M16 소총이나 M3 카빈소총을 쳐든 온두라스군들이 그의 뒤를 따라 나갔다. 이들의 말들이 질주를 시작하면서 키 큰 잡풀 줄기들이 좌우로 쓰러졌고 이들이 나아가면서 개활지대에는 좁은 길이 만들어지기 시작했다.

일련의 기병대를 지켜보던 오스본 또한 서서히 게릴라들의 숫자가 늘어가는 10시 방향의 지점을 향해 방향을 잡고 역시 말의 옆구리를 양발로 차며 속도를 재촉했다. 그러자 갈색 말이 차츰 앞으로 나아가다가 이내 달리기 시작했다.

그와 그를 따르는 온두라스군 병력이 숲을 빠져나오자마자 잡풀 밭 안에 가득한 습기와 벌레들이 그들의 얼굴을 부딪치기 시작했다.

오스본은 굳이 어깨 너머로 그를 따르는 기습부대원들이 좌우로 횡대를 이루는 것을 확인할 필요가 없었다. 우측 끝과 좌측 끝에 자리를 잡은 온두라스군 특수부대원들이 자신의 위치가 확보되었다고 소리쳐 왔고 이들은 이제 좌우 30여 미터 너비로 잡풀 밭을 헤치고 전진했다.

풀 줄기들을 뚫고 접근해 오는 오스본 일행의 출현에 게릴라들이 혼비백산하여 도주하기 시작했다.

"탕! 탕! 탕!"

게릴라들 중 일부가 엄폐한 채 오스본을 향해 단발 사격을 가했다. 그러나 오스본과 온두라스군은 응사하지 않고 그들을 향해 더 빠른 속도로 전진해 나갔다.

오스본은 그의 정면, 30~40미터 거리에서 2명의 반군 게릴라들을 발견했다. 그는 그 즉시 CAR15를 쳐들고 그들을 향해 지향사격을 시작했다. 그와 다른 대원들은 말고삐를 쥐고 있는 왼손등 위에 소총의 앞부분을 올려두고 익숙하게 사격했다.

"타탕! 타타탕!"

"타타타탕! 타타탕!"

정확한 사격은 불가능했지만 십수 명이 한곳에 집중시키는 총탄들의 양으로 제압은 가능했다. 오스본의 사격과 때맞춰 그의 좌우에 있는 병사들이 제압사격에 참여했고 게릴라들의 몸이 총탄에 터지면서 쓰러졌다.

잡풀 바닥은 다소 질퍽하고 울퉁불퉁하기조차 했지만 오랜 기간 동안 게릴라 사냥 작전에서 활동한 기습부대의 말들은 빠른 속도를 유지했다. 그 덕분에 오스본과 그의 대원들은 이들의 제압 사격에 쓰러진 게릴라들의 위치를 눈 깜짝할 사이에 지나쳐 마을 쪽으로 되돌아가는 6~7명의 게릴라들을 뒤쫓았다.

그들 중 3명이 도주를 중단하고 앉아쏴 자세로 견제 사격을 시작했다. 30여 미터 거리를 두고 있는 그들에게 사격 자세를 취하면서 오스본은 좌우를 슬쩍 봤다. 그와 10여 명의 트랙커들이 풀 줄기들을 가르면서 나아가는 게 흡사 짙푸른 대양의 수면을 가르며 나아가는 쾌속선들 같다고 생각했다.

곧 게릴라들에 대한 그의 사격이 시작되었다. 오랜 기간에 걸쳐 숙련된 솜씨로 그는 방아쇠를 아주 짧게 끊어 당겼다가 풀어주기를 반복했다. 그때마다 5.56밀리 소총탄이 풀 줄기들을 뚫고 게릴라들에게 날아갔다.

오스본과 다른 대원들이 쏟아 부은 총탄에 2명의 적군들이 쓰러졌지만 나머지 한 명이 이들에게 등을 보인 채 달리기 시작했다. 그는 소총의 빈 탄창을 빼내고 새 탄창을 끼워 넣으려고 했지만 달리면서 그 과정이 제대로 이어지지 않았다.

이때, 온두라스군 트랙커들 중 가장 유능한 라미레즈 하사가 어느새 오스본의 우측에 불쑥 나타나 그를 추월했다. 그는 이러한 근접 전투 시, 20~30발의 탄환이 장전된 자동소총보다 45구경 M1911A1 권총 한 정과 커다란 정글도를 휘두르며 다녀서 미군 군사고문들은 그를 '커스터 장군'이라 불러 줬었다.

그런 그가 총기에 새 탄창을 끼워 넣으려 애쓰는 게릴라를 향해 최대 속도로 질주해 나갔다.

그가 파악한 대충의 상황은 게릴라가 장탄 과정을 끝내기 전에 라미네즈가 정글도로 그를 내리칠 것 같았다. 그렇지만 현실은 달랐다. 예상보다 더 수월하게 장탄을 마친 게릴라는 갑자기 몸을 빙 돌려 라미네즈에게 소총 사격을 가했다.

라미테즈를 명중시키지 못한 7.62밀리 AK 소총탄들이 오스본의 우측 측면으로 지나쳐 갔고 그는 다른 대원들에게 경고하며 자세를 낮췄다. 그런 뒤 말고삐를 힘껏 잡아당겨서 방향을 바꿨다.

말이 다시 속도를 내기 시작하면서 오스본은 자신의 귀에 들리는 거친 숨소리가 자신의 것인지 말의 것인지 구분할 수 없었다.

"아아아~!"

오스본의 전방 15~16미터 정도 거리에서, 라미네즈가 쳐들고 있던 정글도를 게릴라를 향해 휘둘렀다. 그러자 게릴라의 한 쪽 손목이 날아가는 것이 오스본의 눈에 보였다. 2~3초 전만 하더라도 게릴라는 AK47 소총을 들고 있었는데 그의 소총이 보이지 않아 오스본이 의아해하려던 참이었다.

그 다음 순간 라미네즈가 소리쳤다.

"수류탄! 수류탄이다!"

경고와 함께 오스본은 말고삐를 몸 쪽으로 힘껏 당겼다. 그러자 그의 말이 질주를 중단하면서 그의 몸이 앞쪽으로 급격하게 쏠렸다. 그런 그가 겨우 중심을 잡고 방향을 바꾸려는 찰나 그의 후방으로 누군가의 말이 부딪쳤다.

그 바람에 오스본의 말이 놀라서 앞발들을 높이 쳐들었고 그때 전방에서 수류탄이 폭발했다.

"콰앙!"

폭발과 함께 잡풀 줄기들과 축축한 흙이 파편이 되어 이들을 덮쳤다. 오스본이 가까스로 날뛰는 말을 진정시키고 나서야 그는 자신의 7~8미터 앞쪽에서 수류탄이 폭발한 것을 알아 차렸다.

게다가 오스본 만큼 운이 좋지 못했던 2명의 트랙커들은 수류탄 파편에 맞아 쓰러져 있었다. 그들의 말들 중 한 마리는 이미 이들의 후방으로 달려가 버렸고, 다른 한 마리는 고삐를 쥐고 있던 주인과 함께 풀 바닥에 쓰러져 있었다.

오스본은 그들을 살필 겨를도 없이 다시 전방으로 나아갔다.

그의 말이 수류탄 폭발에 놀라서인지 그가 잡아주는 방향으로 가지 않으려는 듯 신경질적으로 반응했지만 그가 거칠게 옆구리를 발로 차자 차츰 진정했다.

오스본은 그의 좌우로 트랙커들이 모여드는 것을 확인하며 소리쳤다.

"다들 흩어 지지 말고 대형을 유지하라!"

노련한 트랙커들은 동요 없이 다시 횡대를 이루었고 이들은 다시 속도를 내기 시작했다. 수류탄 폭발 지점을 지나면서 오스본은 수류탄을 투척하려다 라미레즈의 정글도에 공격당한 게릴라를 발견했다. 굵은 풀 줄기들을 뭉개고 쓰러져 있는 게릴라의 모습의 그의 눈에 들어왔다.

그 순간 오스본은 아주 오래전 크리스마스 때, 뉴욕 맨하탄의 블루밍데일(Bloomingdale's) 백화점에서 보았던 아동복 코너의 마네킹을 떠올렸다. 죽은, 피투성이 게릴라는 열대여섯 정도의 소년이었기 때문이었다.

오스본은 심호흡을 하면서 자신의 CAR15 탄창 안에 몇 발 정도의 총탄이 남아 있을지 계산해 봤다. 동시에 앞서 갔던 라미네즈의 행방이 궁금했고 또 잠시 전 제압당한 3명의 게릴라들 외에 또 다른 4명의 존재를 걱정했다.

그러던 중 별안간 그와 트랙커들의 전방에서 풀 줄기들이 더 이상 보이지 않는 개활지대가 나왔다. 이 재는 바닥에 물이 고여 있었고 말이 달리는 속도가 자연 느려졌다. 오스본은 고삐를 당겨서 속도를 더 늦추다가 말을 정지시켰다. 다른 대원들이 그의 조치를 뒤따랐다.

이 지대는 어젯밤 이들 기습부대가 반군 마을을 정찰했었을 때 보았던 마을을 둘러싸고 있는 마른 개울 지대로, 마을 울타리에서는 60여 미터 정도 떨어진 곳에 위치해 있었다.

오스본은 A-1 대지공격기들에게, 물줄기들이 거의 보이지 않는 축축한 개울 지대까지를 지상 공격 한계선으로 설정해 줬기 때문에 그와 트랙커들도 이 질퍽한 지대 안에 진입을 삼가야 했다.

이들이 도주하던 게릴라들과 정신없이 추격과 총격전을 치루는 동안, 마을은 A-1 공격기들이 수차례 쏟아 낸 항공폭탄과 로켓탄 공격에 쑥대밭이 되어 있었다.

오스본은 마을 쪽에서 바람을 타고 흘러오는 백린 냄새를 맡는 순간 등골이 오싹해지는 것을 느꼈다. 그는 고개를 돌려 후방에 정렬해 있는 온두라스군들을 살폈다. 그와 함께 있는 병력은 이제 6명이 전부였다.

그는 가쁜 숨을 달래며 주변 상황을 파악하고자 애썼다. 현재의 시점에서 만약 다른 곳으로 이동하여 게릴라들을 제압해야 한다면 그의 기습조는 전방 대신 좌우 어느 한쪽 방향으로 진행해야 하는 상황이었다.

오스본은 무전기를 쳐들고 다른 기습조를 호출했다.

"오소 투! 오소 쓰리! 여기는 오소 원!"

그 사이 이들의 머리 위로 A-1 공격기가 눈 깜짝할 사이에 지나가서 고도를 높이기 시작했다. 지상의 표적에 대해 사격을 가하고 지나친 후에 2차 공격을 위해 한 바퀴 빙 도는 패턴이었다.

그 광경을 보면서 오스본은 혹시라도 A-1 공격기가 자신과 트랙커들을 게릴라들로 오인하고 중기관총 사격을 가하지 않을까라는 비교적 현실적인 걱정을 하기 시작했다. 아무리 교육과 훈련을 잘 받은 군인들이라도 실전에서는 서로에게 총질을 하기가 다반사인 중남미 전쟁터, 그것도 반군 캠프 바로 바깥에 있는 공격 한계선 근처에서는 매우 현실적인 우려였다. 그의 목소리가 더욱더 신경질적으로 바뀌었다.

"오소 투, 오소 쓰리! 여기는 오소 원!"

"오소 쓰리, 고우!"

마침내, 델타포스 대원의 응답이 들려왔지만 오스본은 시선을 허공에 떠 있는 A-1기에 고정한 채 입을 다물고 있었다.

"웅~!"

엔진의 출력을 높이는지 프롭 엔진음이 일대 상공에 울려 퍼지면서 A-1가 오스본 일행이 대기하는 지점을 향해 기수를 향한 채 날아왔다. 오스본은 공격기의 기수가 정확히 자신들의 위치 쪽을 향하고 있는지 확인하려 애썼지만 그게 가능할지는 본인도 몰랐다.

"오소 쓰리, 고우~!"

이번에는 델타포스 대원의 목소리가 오스본의 반응을 재촉했다.

그 잠깐 사이 스카이레이더기는 더욱 고도를 낮춘 채 지상을 향해 하강하고 있었다. 이들의 위치에서 직선거리로 200여 미터도 되지 않는 상공에서 엔진음을 고조시키며 접근하자 오스본은 순간, 트랙커들을 대피시켜야 할지 고민했다.

하지만 그러한 행동이 오히려 A-1 공격기의 조종사의 오해를 야기할 수 있다 판단하고는 그는 CAR15를 번쩍 쳐들고 흔들기 시작했다. 그러며 다른 대원들에게 소리쳤다.

"모두, 손을 흔들어 줘! 빨리~!"

상황을 파악한 트랙커들이 소총을 쳐들고 흔들기 시작했다. 오스본은 숨을 참고 온몸에 힘이 들어간 채 대지공격기를 주시했다.

그리고 다음 순간 50~60미터 정도까지 하강했던 A-1기가 요란한 프롭 엔진음을 쏟아내면서 이들의 위치를 지나쳐 갔다.

오스본의 등줄기에서 시작된 찌릿찌릿한 전기가 목덜미까지 올라와 양어깨로 쫙 퍼졌다. 대지공격기는 이들 지점을 통과하면서 기수를 살짝 쳐들었고 그 모습을 보며 오스본은 자신의 걱정이 기우가 아니었음을 깨달았다.

"후~!"

오스본은 분명히 A-1 공격기의 기수가 자신들의 위치로 향한 채 하강했음을 확신하며 안도의 한숨을 내쉬었다. 그러나 방금 전부터 무전기에서 시끄럽게 새어 나오던 말을 그가 알아듣는 순간 다시 상황이 급박하게 돌아가기 시작했다.

"그쪽으로 픽업 트럭이 도주하고 있다! 오소 원, 그쪽으로 픽업 트럭이 도주 중이다!"

"탕! 탕! 탕!"

"타타탕! 탕!"

델타포스 대원의 경고가 오스본에 의해 접수되는 찰나, 이미 트랙커들이 이들의 위치 우측에서 마른 개울 바닥을 타고 다가오는 픽업 트럭을 향해 사격을 가했다.

오스본 또한 총기를 쳐들고 그쪽으로 말머리를 돌리게 했지만 트럭이 가까워지면서 그는 양발로 말의 옆구리를 힘껏 찼다. 그가 본 것은 트럭의 뒤쪽 적재칸에서 이들을 향해 RPD 기관총을 난사하는 반군 게릴라들이었다.

오스본의 말이 풀 줄기들 속으로 다시 뛰어 들어갈 때 운 없던 트랙커 2명이 반군의 기관총탄에 쓰러졌다. 설상가상으로 주인을 잃은 말 한 마리가 놀라서 뒤쪽 풀숲이 아닌 앞쪽 개울 바닥 쪽으로 달려 나갔다가 픽업 트럭에 치이고 말았다.

그리고 그때 사방으로 총탄들을 내뿜다시피 했던 트럭이 멈췄다.

오스본과 남아 있는 트랙커들은 민첩하게 말에서 내려와 급제동한 트럭을 향해 M16 소총과 M3 카빈소총을 쳐들었다. 그 직후, 양측이 10여 미터도 안 되는 거리를 두고 난사하기 시작했던 것이다.

"타타타타~!"

"탕! 탕! 타탕! 탕!"

각기 다른 총기들이 각기 다른 구경의 인마살상용 총탄들을 서로를 향해 쏟아냈다.

오스본은 CAR15가 몇 발 발사하고 잠잠해지자 탄창을 교환하는 것 대신 신속하게 총기를 권총으로 교체하여 연발 사격을 가했다.

적재칸에 탑승해 있던 3명 중 2명이 오스본 일행의 제압사격에 나가떨어졌지만 RPD 기관총을 가진 자는 계속해서 사격을 가했다. 그때 오스본은 트럭의 운전자가 시동을 다시 걸려고 애쓰는 광경을 확인했고 그는 남아 있는 권총탄을 운전석 쪽으로 날려 보냈다.

"탕! 탕!"

그가 두 번째로 날려 보낸 총탄에 운전석에 있는 게릴라의 머리가 터졌고 그의 권총 슬라이드가 후퇴 고정되었다. 오스본은 빈 권총 탄창을 새것으로 교체하는 대신에 다시 몸통에 엇걸어 매고 있는 CAR15로 무기를 전환했다. 그리고 번개같이 새 탄창을 교체하고 실탄을 장전하며 총기를 쳐들 때 그의 눈앞에서 생각지도 못한 광경이 벌어졌다.

"퍽, 퍽, 퍼퍼퍽, 퍽!"

트럭의 뒤쪽에서 2미터 가까운 높이로 흙기둥, 수십 개가 뒤어 올라오더니 적재칸에서 불꽃과 연기가 사방으로 퍼졌다. 항공기용 12.7밀리 철갑탄들이 트럭에 명중했고 기관총으로 격렬하게 저항하던 반군 게릴라의 모습이 눈 깜짝할 사이에 사라졌다. 오스본은 이렇게 적과 가까운 거리에서 대치 중인데 공격기들이 이곳을 향해 중기관총탄을 발사하고 있다는 사실을 믿을 수 없었다.

"슛~, 슛!"

오스본은 소리만으로도 트럭 쪽으로 날아드는 로켓탄 비행음을 감지했다. 그는 경고로 하지 못한 채 왼쪽 뒤에 있는 트랙커들을 향해 몸을 날렸다.

너무도 급박한 상황이라 그는 고개를 쳐들어 A-1 공격기의 위치를 확인할 겨를도 없었고, 세 사람의 몸이 풀 바닥으로 채 떨어지기도 전에 엄청난 폭발음과 열기가 일대를 휩쓸었다.

"콰앙! 쾅!"

오스본이 겨우 정신을 차리고 몸을 일으켰을 때에는 이미 델타포스 대원들이 이끄는 다른 기습조들이 현장에 합류한 뒤였다.

오스본과 살아남은 3명의 트랙커들의 말들은 일대 어딘가로 도망가 버렸고 그는 차라리 그 점을 다행으로 여겼다. A-1 공격기의 로켓탄들이 작렬했던 픽업 트럭이 종잇장처럼 찢겨서 널브러져 있을 정도로 교전 현장이 난장판이었기 때문이었다.

오스본은 온두라스군들이 주변을 살피는 것을 주시하며 반쯤 먹은 양쪽 귀를 뚫어 보고자 양손으로 귓구멍을 눌렀다 떼기를 반복했다. 곧 코브 상사가 말에 내려 말고삐로 말을 끌고 그에게 다가왔다.

그를 향해 오스본이 물었다. 그는 자신이 귀가 먹어서 소리를 지르고 있다는 것을 알고 있었지만 개의치 않았다.

"마을 쪽은 어때?"

"오소 투가 인솔하는 병력이 통제하고 있습니다. 민간인들이 대부분이라서 별 어려움이 없을 듯합니다. 조금 있으면 온두라스군 병력이 헬기로 도착합니다."

코브 상사 역시 오스본에게 소리쳐 답해 줬다. 오스본은 그를 향해 고개를 끄덕이며 엄지손가락을 쳐들어 보였다.

그런데 그가 주변을 두리번거리면서 오스본에게 더 가까이 다가왔다. 오스본이 선글라스를 벗어 들고 얼굴의 땀을 훔치자 코브 상사가 그에게 뭔가를 건네줬다.

오스본이 그가 건네준 쪽지를 펴보자 누군가 볼펜으로 흘려 쓴 알파벳 글자들이 보였다. 스페인어가 아닌 영어로 쓰인 내용이었기 때문에 오스본은 코브 상사가 자신에게 새로운 임무나 정보를 건네주는 줄 알고 있었다. 쪽지에 적힌 내용은 무선 교신 시 사용할 콜사인과 교신을 위한 약정된 주파수, 그리고 다음 교신 시간이 적혀 있었다.

"언제 받은 거지?"

오스본의 물음에 그가 고개를 내저었다. 오스본은 그의 표정이 심상치 않음을 감지하고 다시 쪽지를 펼쳐 봤다. 쪽지에 있는 콜사인 '에스페란자'는 오스본의 기습부대의 것이 아니었지만 다음 교신 시간과 주파수를 암호화하여 쓴 숫자들의 패턴은 미군 특수부대원들의 방식과 유사했다.

코브 상사는 고갯짓으로 2.75인치 로켓탄에 완파된 트럭 쪽을 가리켰다. 트럭에 탑승하여 도주하다가 오스본 일행과 맞닥뜨린 게릴라들의 시신들이 개울 바닥에 수습되어 있었는데 그는 그곳으로 오스본을 이끌었다.

마을 근처 상공에서 온두라스군 지원 병력을 싣고 오는 UH-1 휴이 헬기들의 비행음이 가까워지고 있었다.

두 사람이 게릴라들의 시신들 앞에 서자 코브 상사가 그들 중 얼룩무늬 전투복 대신 진한 카키색 군복을 입은 자를 검지로 가리켰다.

오스본은 그가 RPD 기관총으로 자신과 트랙커들을 혼쭐나게 만들었던 자였음을 알아봤다.

"저자의 주머니 속에서 나온 겁니다. 그리고 이것도."

코브 상사는 오스본에게 지포 라이터 하나를 건네줬다. 흔히 볼 수 있는 라이터였음에도 라이터 한쪽에 붙어 있는 장식이 그의 눈에 띠었다.

수공예로 만들어져 부착된 라이터의 장식은 그리즐리의 형상을 가지고 있었다. 그에게 낯이 익은 장식인 것 같아서 곰곰이 생각해 보던 오스본의 숨이 곧 탁 막혀 버렸다.

그 라이터 장식은 파나마에 주둔하는 미 육군 특수부대, 그린 베레 대원들이 애용하던 기지 근처 술집의 간판에 있는 것과 똑같은 것이었기 때문이었다.

1983년 2월 16일 11시 36분 경기도 가평

불과 두어 시간 전에 김영천은 거의 10년 만에 군복을 입은 사람들을 보았다. 그를 버스 터미널에서 맞이한 사람은 오세웅 대령의 부관장교인 최정구였고 두 사람은 무뚝뚝한 인사를 나누자마자 극비의 훈련장으로 이동하기 시작했다.

2시간 넘게 구불구불한 숲길과 산길을 이동하는 내내 김영천의 머릿속은 실로 오래간만에 복잡 미묘한 생각들에 사로잡혀 있었다.

피비린내 나는 과거, 그리고 아들과 아내에 대한 사무친 그리움, 자신이 다시 발을 딛게 되는 세계에 대한 경계심이 꼬리에 꼬리를 물고 돌았다. 그는 그 많은 생각들로 혼란스러워하다가 결국에 그의 마음을 아들의 존재에 묶어 두었다.

생면부지의 아들만 한국 땅으로 데려올 수 있다면 그는 무슨 일이든 할 수 있다고 여겼다. 며칠 전만 하더라도 김영천은 처음 알게 된 아들의 존재에 실감하지 못하고 받아들이지도 못했지만 이제 완전히 다른 사람이 되어 있었다.

김영천은 자신이 아비로서의 본능에 이끌려서 무엇이든 할 수 있다는 각오가 되어 있음을 당연하게 여겼지만 한편으로는 그런 각오를 이용하는 자들이 구역질 나는 놈들이라 원망하기도 했다.

어쨌든, 그는 이제 자신의 결정을 번복할 수 있는 무언가가 생기기 않는 한 목숨을 걸고 전투에 참가하는 것을 기정사실화 했다.

"이제 거의 다 왔소! 저기, 언덕을 넘어가면 부대가 보입니다."

최정구 소령이 김영천에게 존대도 아니고 반말도 아닌 애매한 말투로 말했다. 두 시간 만에 그가 처음으로 입을 열었던 순간이기도 했고 김영천 또한 그때서야 왜 특전사 소속인 최정구 소령과 그의 운전병이 얼룩무늬 특전복 차림이 아닌 국방색 군복 차림인지 궁금해했다. 심지어 이들이 이동하는 차량 또한 그가 예상했던 군용 지프가 아닌 일반 승용차였다.

김영천은 두 사람의 어깨 너머로 보이는 전방을 주시했다. 높은 산 능선이 도로의 좌우, 전방에 있었다. 은밀한 작전 준비를 위한 훈련 장소가 이곳으로 선정되었음을 그도 직감할 수 있는 분위기였다.

앞쪽으로 몸을 기울였던 그가 다시 좌석으로 몸을 원위치시킬 때 그때 그에게 매우 낯익은 노래가 라디오에서 흘러나왔다. 긴가민가하던 그는 자신도 모르게 운전병에게 큰 소리로 말했다.

"운전병, 그거 볼륨 좀 높여 줄 수 있나?"

"예?"

갑작스러운 그의 주문에 운전병이 아닌 최정구가 대꾸했다. 김영천은 이번에는 조금 더 조심스러운 톤으로 말했다.

"지금 라디오에서 나오는 그 노래를 듣고 싶은데~."

김영천은 그가 고개를 돌리지는 않았지만 백미러를 통해 자신을 응시하는 것을 알아볼 수 있었다. 곧 최 소령이 볼륨을 높이고 김영천은 10년 만에 자신이 즐겨 들었던 노래를 듣게 되었다.

라디오의 음악프로에서 틀어 주던 노래는 클리프 리처드(Cliff Richard)의 '얼리 인 더 모닝(Early in the morning)'이었다.

김영천 일행이 도착한 곳은 오래 전에 폐쇄된 육군 항공대의 기지였다. 한국군과 미군이 함께 운영했던 덕에 기지 전체는 제법 규모가 컸고, 김영천은 기지 안쪽에 있는 지휘부로 향하는 동안 그가 기대했었던, 후배 특전대원들을 볼 수 있었다.

그는 이미 정문을 통과하기 전부터 일대에서 총성이 들리는 것을 들었다. 작게 들려오는 것만으로도 그는 그것이 M16 소총의 총성임을 확신했다. 간간이 권총탄이 발사되는 소리도 들려왔지만 연발로 들리는 것을 보아, 그 소리는 9밀리탄을 쓰는 기관단총 총성이라 짐작했다.

이들의 차량이 헬기 이착륙장 근처로 진입하자 100여 명은 족히 되어 보이는 병력들이 곳곳에서 각기 다른 훈련에 바삐 움직이고 있었다. 그들은 모두 계급장은 없는 국방색(카키색) 군복 차림에 M16 소총을 휴대하고 있었다. 그들 대부분이 20~30대 대원처럼 보였다.

그들을 보는 김영천의 마음이 착잡해지기 시작했다. 다시 손에 피비린내 나는 전쟁터에 제 발로 걸어가는 자신의 숙명이 원망스러웠기 때문이었다.

그들의 민첩한 움직임에서 눈을 떼지 못하던 그를 향해 최정구가 나지막이 말을 걸어 왔다.

"김 중사님도 예전에 감을 찾으려면 몸도 좀 만들고 교육도 받아야 할 겁니다. 얘네들은 모두 중사급 이상의 베테랑들입니다. 월남에 갔다 온 인원은 전체 병력 중에 10%도 안 되지만 그래도 이 젊은 애들도 모두 한가락씩 하는 애들로 충원했습니다."

김영천은 그의 말투에서 그가 텃세를 부리고 있는 듯한 느낌을 받았지만 혈기왕성한 한창 때처럼 그를 손봐 줘야겠다는 생각은 하지 않았다. 아직 그런 대응을 하기에는 자신이 너무 산속에 오래 살았다는 생각만 들 뿐이었다.

부대의 지휘통제실은 100평은 넘어 보이는 반지하 벙커에 위치해 있었다. 최정구와 김영천이 차 밖으로 나오자 K1기관단총을 휴대한 경계병들이 최 소령에게 거수경례를 했다.

최정구가 출입문의 손잡이를 잡고 문을 열려다가 갑자기 동작을 멈췄다. 그는 어깨 너머로 김영천을 바라보며 조심스럽게 말했다.

"김 중사님, 이 출입문을 열고 들어가면 이제 모든 결정을 거스를 수 없습니다. 알고 계십니까?"

김영천은 그가 묻는 질문이 오세웅 대령의 지시에 따른 것이라 느꼈다. 일면식도 없는, 행정장교처럼 생긴 최정구가 자신에게 진지한 질문을 할 것 같지 않았던 것도 이유지만 무엇보다도 전역한 지 10년도 넘은 자신이 이 위험한 선택을 한 것에 대해 오세웅 대령 또한 확신이 필요할 거라 여겼다.

김영천은 건성으로 고개를 두어 번 끄덕이며 대꾸했다.

"나는 내가 무슨 일을 하는지 알고 하는 사람이니 그런 걱정 말고, 출입문이나 여시오."

최 소령은 기대했던 대답을 들었다는 표정을 짓고는 출입문을 열었다. 대부분의 벙커 안에서 맡을 수 있는 습기와 냉기가 두 사람을 맞이했다.

"어서 와, 김 중사."

통신장비와 상황판, 지도가 각 벽면에 설치된 통제실 한가운데에서 오세웅 대령이 김영천을 반겼다. 김영천은 최정구 소령의 행동을 따라 그를 향해 거수경례를 함께하려다가 어색해서 말았다.

그런 김영천을 보고 오 대령이 너털웃음을 지으며 말했다.

"어떻게 해야 할지 헛갈리나보다, 김 중사? 옛날 중대장이니 인사는 해 줘야겠는데 전역한 지는 10년이 넘어서 거수경례하기에는 오른손이 너무 무겁고."

말을 마치자마자 오세웅은 김영천에게 악수를 청했다. 두 사람이 악수를 하며 시선을 교환할 때, 통제실 한쪽 구석에서 일을 보고 있던 두 명의 민간인들이 그들에게 다가왔다.

"어이, 영천이~!"

머리칼이 구석구석 희끗하지만 건장한 체격인 남자가 김영천에게 인사를 건네 왔다. 김영천의 시선이 그들에게 향하고 곧 실로 오래간만에 그의 입에서 함박웃음이 터져 나왔다.

"오래간만이다, 규식이. 노시천 상사님도 있었네."

김영천은 10년이 넘는 세월에도 불구하고 1969년 월남에 함께 파병되었던 특전부대 동기 이규식과 선임하사관(선임부사관) 노시천을 알아봤다.

"안 죽고 살아 있었구만, 김영천이. 야, 반갑다, 인마. 이놈은 나이도 안 먹나 늙지도 않고 그대로네."

"노 상사님도 10년 전이나 지금이나 똑같습니다."

"뭘~. 그런 거짓말을 다. 말이라도 고맙다, 하하."

세 사람은 서로 악수를 나누며 반갑게 인사했고 그들을 오세웅 대령이 지켜봤다.

오세웅은 이들 세 명의 특전대원들과 함께 1969~1971년 월남에서 많은 임무를 수행했었다. 어릴 때 선교사들에게 영어를 배워, 영어로 의사소통이 가능했던 김영천은 일찌감치 미군 특수부대와의 연합 정찰팀에서 활동했지만 노시천과 이규식은 현지 맹호부대나 백마부대에 배속된 공수지구대(소규모로 각 보병사단에 배속된 특전사 파병 병력)에서 수많은 정찰 임무들을 수행했었다.

"니미, 안 죽고 살아있으니 다들 이렇게 다시 보는구만. 정말 오래간만이다, 영천이."

노시천이 그의 가까운 특전부대 후임, 김영천의 한쪽 어깨를 잡고 거칠게 흔들며 반가워했다. 김영천의 그의 손 위에 자신의 손을 올려놓고 고개를 연신 끄덕였다. 너무도 오랫동안 잊고 살았던 사람의 냄새와 체온을 감지하는 그의 눈시울이 뜨거워지고 있었다.

마찬가지로 눈시울이 붉어진 노시천이 자신의 감정을 겨우 추스르며 말했다.

"영천이, 너 중대장님 보고 나서 이따, 부대 식당에 가 봐. 거기에 늙은 호랭이들이 몇 놈 더 퍼질러 있을 거다. 가서 반갑다고 쪼인트(정강이) 몇 대씩 까 줘."

"네, 노 상사님."

김영천은 두 사람의 손을 놓아주지 못하고 겨우 인사를 마무리했다. 그리고 나서 그는 오세웅 대령과 통제실의 한쪽 테이블에 자리를 잡았다.

감동적인 재회의 분위기가 채 가시지 않았지만 김영천은 오세웅의 표정을 보고 어떤 표정을 지어야 할지 금방 파악했다.

"자~."

오 대령이 김영천에게 박카스 한 병을 쓱 밀어 줬다. 그리고 김영천이 그것의 뚜껑을 돌려 따려고 할 때 바로 용건을 말했다.

"김 중사, 중남미 알지?"

"예."

"그곳 라틴아메리카 국가들 중에 수리남이라는 국가가 있어. 오래전에 네덜란드 식민지였다가 독립한 작은 나라인데, 바다를 끼고 있는 나라치고는 지하자원이 약간 있고 여러 국가들의 대양 어업 기지들을 구축했어. 그런데 그것 빼고는 먹고살기도 그저 그런 나라야."

"우리가 작전을 수행하는 국가가 그곳입니까?"

"응. 나라 자체는 뭐 대단한 이권이 있는 것은 아니고 소련 놈들하고 그놈들 사주를 받는 쿠바 놈들이 얼씬대기 시작했다. 지금 통치를 하는 놈이 쿠데타로 정권을 잡은, 육군 상사 출신 군

바리인데 미국 놈들 엉덩이 대신 소련 놈들 엉덩이를 빨아 주려고 한다네. 양키 새끼들이 그 꼴을 그냥 못 보겠나 봐. 니카라과가 공산화된 이후로 히스테리에 걸려서."

오 대령은 김영천이 자신의 설명을 이해하는지 살피면서 말했다. 그는 김영천이 제대로 이해했는지 확인하고자 질문 하나를 던졌다.

"김 중사, 너 신문하고 방송 같은 거 끊은 지 얼마나 됐어? 너, 미국 대통령이 혹시 아직도 린든 존슨이나 리처드 닉슨으로 알고 있는 거 아냐?"

김영천은 대답 대신 멋쩍은 듯 미소를 지었다. 그러자 오세웅의 표정이 일순간 심각해졌다.

"야, 정말이야. 이거 중요해. 세상 돌아가는 것은 파악하고 있는 거야?"

김영천은 미소를 지으며 대답했다.

"제가 까막눈입니까? 산에서 가끔 접촉하는 사람들하고 얘기도 좀 했고 신문 쪼가리도 불쏘시개로 쓰기 전에 조금씩 봤습니다. 79년에 니카라과가 공산화된 것도 알고 지금 미국 대통령이 지미 카터 때보다 아주 호전적인 인물인 것도 알고 있습니다."

오세웅은 그때서야 심각한 표정을 풀고 고개를 끄덕였다.

"아마, 다른 전역한 인원들이 다 알려주겠지만 정신 바짝 차리고 몸부터 만들어. 일단 사격 좀 하고 그 다음에는 강하(낙하산 강하)하고 시가전 교육이야. 전체 병력이 100여 명이 조금 넘는

데 그중에 월남 갔다 온 인원은 10명이 조금 넘어. 나머지 애들은 우리 소싯적에 월남에서처럼 실전을 겪은 애들이 없어서 어쩔지 몰라."

"네, 중대장님."

"궁금한 것 있으면 나하고 다른 전역한 인원들에게 물어보고 오늘부터 당장 논산훈련소에 다시 입대했다 생각하고 빨리빨리 다른 인원들 수준을 따라잡아야 해."

"걱정 마십시오."

"그럼, 식당에 가서 다른 전우들하고 인사 좀 하고 짐 풀어. 오늘 밤에 우리 같이 한잔하게. 나도 김 중사하고 풀어 놓을 이야기보따리가 한 트럭이다."

"감사합니다, 중대장님."

김영천은 자리에서 일어서서 그에게 거수경례를 했다. 그러자 오세웅도 자리에서 일어나 그에게 답례했다. 김영천은 통제실 내부를 천천히 훑어보면서 출입문 쪽으로 향했다. 그리고 그가 출입문 문고리를 잡을 때, 급히 그의 걸음을 따라잡은 최정구 소령이 무언가를 건네줬다.

묵직한 검정색 가방이었는데, 김영천은 영문을 모르고 그것을 받아들었다. 그가 지퍼를 열어 안을 살피자 가방 바닥에 이스라엘제 우지 기관단총과 M1911A1 권총이 놓여 있었다.

김영천은 가방을 든 채 어깨 너머로 오세웅 대령을 응시했다. 그러자 그가 큰 소리로 말했다.

"인사 끝나기 무섭게 총기부터 주는 거는 우리가 시간이 얼마 없다는 것을 의미하는 거야. 실탄 사격을 내일부터 하고 오늘 저녁부터 그것들을 손에 좀 익혀 놔. M16이나 AK 소총 계열이 아니라서 애 좀 먹을 거야. 서두르라구."

아무렇지도 않은 듯 말을 마치고 그는 책상 위에 있던 무언가로 시선을 옮겼다. 김영천은 어리둥절한 표정으로 그와 앞에 서 있는 최정구를 번갈아 보다가 이내 출입문을 나섰다.

김영천이 자신의 총기가 든 가방을 가지고 식당에 들어가자 이미 소식을 들은 그의 전우들이 그를 반겼다.

"왔어?"

"어이, 김영천이~!"

식당 한쪽의 테이블에서 5명의 군복 차림의 사내들이 그를 반겼다. 김영천은 그들에게 다가가며 생각지도 못했던 기쁨을 느꼈다.

전역과 동시에 의도적으로 연락을 끊고 살았던 월남전의 전우들이 그와 함께 이번 작전에 투입된다고 하니, 그는 한편으로는 깊은 안도감을 느꼈고, 다른 한편으로는 살아서 아들을 만날 수도 있겠다는 그의 기대감이 고조되기도 했었기 때문이다.

"잘들 지냈습니까?"

김영천의 인사말에 의자에 앉아 있던 그들이 벌떡 일어나 그에게 다가왔다. 그들은 모두 바깥에서 그가 봤던 특전대원들처럼 국방색 군복 차림이었지만 휴대하고 있는 총기가 M16 소총이 아닌 김영천의 가방 속에 있는 것과 같은 9밀리 우지 기관단총이었다.

가장 먼저 김영천에게 악수를 청한 사람은 김영천의 한 기수 후배 박신호였다.

"우리 강산이 한 번 바뀌고 만나게 되는군요."

"그래, 박 중사. 잘 살았어?"

두 사람 사이로 한때 김영천의 하사 시절 천적, 이준호 예비역 상사가 끼어들었다.

"야, 고참을 보면 인사를 먼저 해야 되는 거 아냐?"

그는 김영천의 다른 한 손을 두 손으로 감싸 잡고 반가워했다.

시끌벅적한 인사를 나눈 뒤, 김영천이 테이블 앞 의자에 앉았고 곧 박신호가 커피를 한 잔 가져와 그의 앞에 놓아 줬다.

"다들 어떻게 지냈습니까?"

김영천이 커피 잔을 들고 묻자 박신호, 이준호가 약속이라도 한 듯 함께 씁쓸한 미소를 지었다.

"나는 강력계 형사 하다가 때려치우고 이번 일에 끼어들었다. 이번 작전이 잘 풀리면 재입대할 수 있는 방법을 찾아서 말뚝 박으려고."

김영천은 10여 년 전에도 정의감이 넘치지만 늘 다혈질이 문제였던 이준호의 대답에 웃으면서 고개를 끄덕였다. 그리고 그가 좋아하고 아꼈던 후임 박신호에게 시선을 보냈다. 그러나 그는 대답 대신 커피 잔 안에 있는 소주를 쭉 들이켰다.

그 모습을 보며 이준호가 대신 설명해줬다.

"야, 영천이 너는 어땠는지 모르겠다만 우리 박 중사가 좀 사는 게 곡절이 있었다. 박 중사 전쟁 끝나고 귀국해서 복싱 체육관을 차려서 그럭저럭 먹고 살았는데, 재작년에 마누라가 도망쳐 버렸단다."

그 말에 김영천이 미소를 거두고 박신호를 응시하며 말했다.

"고생 많았겠다, 신호."

"아닙니다."

"그래도 제수씨나 찾으러 다니지 왜 이런 위험한 일에 뛰어들었어?"

"아, 씨팔. 2년 가까이 이놈의 여편네를 찾으러 사방을 뛰어다녔더니 복싱 체육관에 관원들도 하나둘 떨어져 버리고 나중에는 내 3살짜리 딸내미하고.라면 하나로 하루끼니를 때우게 됐습니다. 쯧~. 어떡합니까? 빚쟁이들이 내 복싱 체육관도 빼앗아 가고 산 입에 거미줄을 칠 수 없으니. 딱 때맞춰 우리 중대장(오세웅 대령)이 날 찾아와서 일거리를 줍디다."

그 말을 마치고 박신호는 다시 커피 잔 안에 소주를 가득 따랐다. 김영천의 시선이 이준호에게 가자 그도 안타까운 표정을 만들어 보였다.

김영천은 잠시 말없이 커피를 몇 모금 마신 뒤 30평은 되어 보이는 식당 안을 둘러보며 말했다.

"아까 지통실에서 규식이하고 노 상사님 만났는데, 우리 말고 예비역들이 또 있습니까?"

그 말에 이준호가 들고 있는 생고구마 껍질을 대검으로 깎아 내면서 대꾸했다.

"어~. 월남 갔다 온 제1유격단(현 제3공수특전여단) 출신도 몇 명 있어. 그리고 말이다. 아까 얘기해 줄까 말까 했는데."

김영천의 시선이 그에게 향하자, 고구마를 깎는 쪽에 시선을 둔 채 이준호가 뭔가 어렵게 말을 이었다.

"이번 작전에 창수도 참가한다."

김영천은 그 대목에 자신도 모르게 미간을 찡그렸다.

김창수는 제2유격단(현 제5공수특전여단) 출신으로 월남에 김영천과 함께 파병된 특전대원들 중 한 명이지만 김영천과는 매우 심각한 앙숙 관계였다.

김영천은 자신이 한미 연합 정찰팀으로 파견 가기 전 반년을 김창수와 함께 임무를 수행했는데 그는 베트콩 포로들을 수시로 학대하고 작전 중에 조우한 월남 민간인들을 위험에 처하게 하는 경우가 많았다. 6.25 당시 김창수의 많은 친척, 인척들이 북괴군들에 의해 총살된 가족사로 인해 그는 파병 후, '빨갱이'로 불리는 베트콩, 월맹군을 무자비하게 죽이는 데 앞장섰고 김영천은 늘 그와 부딪쳤다.

심지어 정글 속 동굴 안에서 베트콩 첩자를 추적하던 중 김창수가 투척한 수류탄에 박신호가 부상을 당하면서 두 사람은 주먹다짐을 벌이고 서로가 총구를 겨누는 사건까지 있었다.

김영천은 10년이 넘는 현재에도 김창수의 이름만으로 치를 떨었다. 그의 분위기를 살피던 박신호가 조심스럽게 말을 건넸다.

"김 중사님, 과거는 다 과거입니다. 다 털어 버리고 잘 지내십시오. 이번 작전 꽤나 위험한데 기댈 수 있는 게 전우들밖에 없잖습니까."

그 말에 김영천이 짧은 한숨을 쉬고 답했다.

"네가 월남에서 그 새끼 때문에 수류탄 파편을 등짝에 뒤집어쓸 때, 내가 그 새끼를 동굴 안에서 쏴 죽였어야 해. 눈앞에 빨갱이가 있으면 정신 못 차리는 짐승을 어떻게 믿고 내 등 뒤를 맡기겠냐?"

김영천이 말을 마치고 커피 잔 속 커피를 모두 마셔 버렸다. 그때 다 깎은 고구마를 한 입 베어 문 이준호가 대검으로 식당 출입문을 가리켰다. 그리고 웅얼거리듯 말했다.

"양반은 아니구만. 지 얘기하니까 나타나네."

그가 말을 마치기가 무섭게 누군가 식당 출입문을 휙 열어젖혔다. 그리고는 전투화발로 바닥을 굴리듯 뚜벅거리는 소리를 내며 들어왔다. 이들과 똑같은 군복 차림에 역시 우지 기관단총을 휴대한 김창수가 김영천이 앉아 있는 곳의 우측, 취사 공간 쪽으로 향했다.

그는 들어오는 순간, 김영천과 눈이 마주쳤지만 아무 말도 하지 않고 시선을 거두고 자기 할 일을 하는 듯 보였다. 그가 취사 공간에 들어가서 뜨거운 물을 찾아 마시는 동안 이준호가 작은 목소리로 속삭였다.

"김창수, 저놈은 현역이야. 계급이 이제 육군 준위란다. 저놈 박 통(박정희 대통령) 경호하는 666부대까지 가서 경력 좀 잘 쌓은 모양이더라. 쌍놈의 새끼가 너는 물론이고 나까지 우습게보고 인사를 생략해. 싸가지 없는 놈."

김영천이 못마땅한 표정으로 취사 공간 쪽을 쳐다보자 박신호가 설명을 보탰다.

"우리 중대장도 김창수 중사, 아니 준위 못마땅해하는데, 현역에서 차출한 폭파 전문가가 해상 훈련하다가 다쳐서 김 준위 님을 데려왔답니다."

세 사람은 잠시 말없이 취사 공간 쪽을 주시했다. 조금 있자, 뜨거운 물과 약간의 음식을 챙겨 먹은 김창수 준위가 모습을 보였다. 그는 김영천을 몇 초 동안 응시하고는 다시 식당 출입문 쪽으로 향했다. 그는 출입문을 통해 나가면서 문을 쾅 소리가 날 만큼 힘껏 닫아 버렸다.

"에헤이~, 저 쌍놈의 새끼."

이준호가 심드렁하게 한마디 던지고는 고구마를 베어 물었다. 김영천은 김창수가 멀어져가는 모습을 출입문 유리창을 통해 지켜보면서 고개를 내저었다.

*　　*　　*

1983년 2월 20일 08시 51분 수리남 연안 항구

"뿌우웅~!"

항구가 가까워지자 이철재가 전방의 소형 선박들에게 자신의
존재를 알리고자 뱃고동을 울렸다. 인근 해역에서 잡은 어획량
으로 겨우 먹고사는 수리남 어민들의 소형 보트들이 좌우로 길
을 터줬다.

"너무 빠르다. 천천히 접안해."

"네, 중대장님."

키를 잡고 있던 이철재 준위가 스로틀 레버를 당겨서 감속했
다. 채강호 소령과 그의 3명의 공작팀이 탑승한 중형급 화물선
은 작은 보트들로 번잡한 항구 안으로 조심스럽게 진입해 나아
갔다.

전방을 주시하던 채강호는 이철재가 볼 수 있도록 2시 방향을
검지로 가리켰다. 그곳은 수리남의 초계정 2척이 접안하고 있는
곳이었다. 연료를 주입하고 있는 한 척에는 AK 소총을 휴대한
수리남군이 선미 쪽에 서 있었는데 그는 채강호 일행의 선박이
응시하고 있었다.

채강호는 다른 곳을 보는 척하면서 그쪽 방향을 경계했다.

조타실을 빠져나온 그의 시선은 이들 선박의 국적기를 달아두

는 마스트로 향했다. 그곳에는 태극기가 아닌 일본기가 일본 해양 선적회사기와 함께 펄럭이고 있었다.

내려쬐는 강한 햇살에 그의 미간이 저절로 찡그려졌다. 그렇지만 그는 2주 만에 다시 찾은 이곳 항구의 냄새가 자신을 반겨주는 것 같다고 느꼈다.

옹기종기 모여 정박된 어선들에서 나는 경유 냄새와 생선 손질 과정에서 나오는 비린내가 그로 하여금 고향인 속초를 생각나게 했기 때문이었다.

이들의 선박 좌우에는 비슷한 배수량의 어업선과 화물선이 정박되어 있었고, 별다른 특이 사항이 없자 채강호 소령은 조타실 쪽을 향해 고개를 크게 끄덕여 보였다.

잠시 후, 이철재와 김동욱이 항만 사무소로 입항신고를 하러 간 사이, 채강호는 뱃머리 쪽에서 항구 안 동태를 살폈다.

수리남의 국민 구성원은 인도계와 인도네시아계와 같은 인종이 50% 이상, 크레올이 30% 그리고 나머지가 아프리카계와 중국(화교), 백인들로 구성되어 있기에 항구 안은 그러한 인종구성을 그대로 보여주고 있는 듯했다.

항구 지역은 그중에서도 까만 피부의 크레올과 인도계 사람들로 북적거렸고 종종 현지 중국인이나 원양 어업에 종사하는 일본인으로 보이는 사람들도 눈에 띄었다.

채강호는 자신의 비밀공작팀이 그들 속에 동화되도록 계획했다. 그리고 자신과 공작원들이 이곳 수리남을 근거지로 활동하는 원양어업 선단의 한국인 선원들과 조우하는 일을 방지하고자 3주 전에 한국 정부를 통해 은밀히 손을 써 놓았다.

그로 인해 이 시기 쯤 수리남 항구 주변에 체류할 200여 명 정도의 선원들이 일정을 바꿔 다른 인접국에 모항을 정하거나 혹은 대양으로 조업을 나가게 되었다. 이 모든 과정들이 수리남 군부 인물들의 눈에 띄지 않게 공을 들이는 것도 채강호 소령의 임무들 중 하나였다.

물론, 그러한 조치가 있기 한참 전 처음으로 채강호가 수리남 침공 계획에 대해 임무를 부여받을 때 그는 당연히 수리남 항구에 200~300명의 국군 특수부대원들을 입항시켜서 상륙 후, 대통령궁으로 고속침투를 실행하는 계획을 건의한 바 있었다.

때마침, 특전사의 고급간부들도 1979년 12월 소련군 특수부대가 민간인 관광객들로 위장하여 아프간 국제공항에 도착, 전광석화처럼 아프간 대통령궁을 기습한 사건에 충격을 받았다. 그 때문에 처음에는 채강호의 아이디어가 매우 현실성이 있는 것으로 받아들여졌었다.

채강호는 별도의 침투 루트나 방식이 필요하지 않고 늘상 수리남 항구를 드나드는 한국인 원양어업 선원들로 위장한 기습부대가 수리남군의 허를 찌를 수 있을 것을 확신했다.

하지만 그의 의견이 비밀 작전 지휘부에 올라가기 직전, 항구 일대와 항구에서 수도 파리마리보로 향하는 도로 곳곳에 수리남군이 임시 주둔지와 검문소를 설치함으로써 무용지물이 되었다.

그 즈음해서 그는 항구와 수리남 국제공항 근처에서 쿠바군으로 보이는 자들을 수시로 볼 수 있었고 수리남이 쿠바, 소련 측과 밀월관계를 맺으면서 국가 내 모든 경계가 강화되는 분위기를 감지하기도 했다.

그로 인해, 국군 기습부대가 항구에서부터 전투를 벌이면서 수리남의 수도로 진군하는 것은 이미 작전의 실패나 마찬가지라는 것이 채강호를 비롯한 모든 관련자들의 결론이었다.

채 소령이 아마 처음 자신의 생각처럼 일이 진행될 수 있다면 얼마나 좋았을까 하는 상상하며 한숨을 내쉴 때, 이철재 준위와 김동욱 상사가 AK 소총을 어깨에 멘 수리남군들을 앞세우고 화물선 쪽으로 다가왔다.

두 군인들 중 까만 피부의 크레올 인종인 부사관(하사관)은 짙은 녹색의, 잔뜩 주름이 잡힌 군복 차림이었지만 채강호도 익히 알고 있는 항구 담당자였다.

그는 화물선 선수 앞쪽에서 걸음을 멈춘 뒤, 이철재와 뭐라 대화를 나누었다. 그리고는 뱃머리에 서 있는 채강호를 향해 한 손을 쳐들고는 히죽 웃었다. 채강호가 서 있는 곳에서도 보일 만큼 하얀 앞니를 모두 드러낸 그의 미소는 이철재가 대신 찔러 준 미국 달러에 대한 화답의 표현이었다.

채 소령이 그를 향해 한 손을 들어 보이며 고개를 크게 끄덕이자 그는 선박에 오르지도 않고 입항허가증과 통행증을 이철재에게 건네주고 가 버렸다.

채강호와 그의 공작팀은 이미 6번 정도 이곳 항구를 드나들면서 수리남군 간부, 항만 담당 관리들과 얼굴을 익혀 놓았지만 오늘은 선박 안에 숨겨 들어온 통신장비와 카메라, 총기 때문에 모두 초긴장을 한 상태였다.

채강호 소령은 현지 어민들 사이로 멀어져 가는 수리남 군인들을 응시하며 허리 뒤쪽에 넣어둔 9밀리 PPK 소음권총을 디코킹시켰다.

"중대장님, 하선 준비할까요?"

뒤에 서 있던 최성영 준위가 채강호에게 조심스럽게 물어 왔다. 그는 이철재와 김동욱이 배로 승선하는 것을 지켜보며 대답했다.

"일단, 김 상사를 데리고 통신장비만 점검하고, 장비 챙겨서 하선하는 것은 해가 떨어지면 진행해."

"네, 알겠습니다. 어이, 동욱이!"

최성영은 막 배 위에 오른 김동욱을 호출하며 기관실 쪽으로 걸음을 옮겼다. 두 사람이 기관실로 내려가고 이철재가 채강호 곁으로 다가와 섰다.

"항구 안에 특이 사항은 없습니다, 중대장님. 아까 그놈들이 100달러만 더 주면 다음 입항 허가서들을 미리 쥐어주겠답니다."

"그래서?"

"60달러를 줬더니 입항 허가서 20장하고 통행증 10장을 몰래 찔러줬습니다."

채강호는 시선은 항구 안으로 고정한 채 슬쩍 미소를 지었다. 이철재는 그의 직속상관이 자신의 조치에 만족했음을 확인하고 다른 팀원들 쪽으로 걸음을 옮겼다.

채 소령은 이철재의 뒷모습을 바라봤다. 이철재를 비롯한 최성영 준위와 김동욱 상사는 얼마 남지 않은 그의 공작팀 고참대원들이었다. 그들은 모두 국군 정보사령부의 대북 공작부대 출신으로서 모두 몇 번씩 북한 땅을 밟아 본 정예요원들이었고 이후, 채강호의 공작팀에 합류한 뒤에는 6년 가까이 앙골라, 콩고, 남아프리카 공화국에서 극비임무를 수행해 온 인원들이었다.

이들의 임무는 제3세계에 대한 북괴군의 군사훈련, 각종 무기의 수출을 감시하거나 저지하는 것이었다. 정보사 작전 지휘부가 사용하는 말이 감시, 저지지 사실상 이들은 제3세계의 낯선 땅에서 북괴군 특수부대원들, 공작원들과 비공식 전투를 치러 왔다.

최초 12명의 정예요원들로 구성되었던 채강호의 공작팀은 이제 그를 포함해 5명이 전부였다. 몇 년 전 앙골라에서는 북한군 특수8군단 소속의 군사고문단과 그들이 훈련시킨 수백 명의 앙골라 반군부대에게 5명의 요원들이 희생됐고 6개월 전 서독에서는 북괴 측의 미제 500MD 헬리콥터들의 밀수를 막는 과정에서 북괴 공작원들과 슈타지(동독의 비밀경찰) 요원들에게 2명 역시 목숨을 잃었다.

채강호는 이번 수리남 임무를 부여받은 뒤, 어쩌면 자신을 포함한 요원들, 공작팀이 전멸할지도 모르겠다 생각한 적이 있었다. 그런 그의 마음을 더욱 무겁게 하는 사실은 이철재, 최성영, 김동욱 그리고 이들보다 먼저 수리남에 들어와 있는 황석현 준위 또한 그러한 가능성을 알고도 이번 임무에 함께하고자 지원했다는 점이었다.

그는 한국 땅에서는 아무도 알지도 못하는 전쟁을 중남미와 아프리카, 유럽에서 치르는 동안 어쩌면 현실 감각을 잊지 않았나 싶을 정도로, 모두가 담담하게 이번 임무를 받아들였던 것이다.

이어지는 생각에 기분이 씁쓸해진 채강호는 심호흡을 한 후, 주변을 둘러봤다. 그런 뒤 동료들이 채비를 하고 있는 곳으로 향했다.

*　　　*　　　*

1983년 2월 20일 17시 07분 파나마, 파나마 시티 내, 미군기지 캠프 앤더슨(Camp Anderson)

오스본과 그의 동료 댄 크로포드는 2달에 한 번 정도 이곳 파나마 시티에 들렀다. 그들은 파나마 주재 미 대사관에서 그들의

CIA 직속상관인 브랫 헨드릭스를 만나 현지 상황에 대한 보고와 새로운 임무나 정보를 부여받곤 했었다.

그러나 오늘은 이들의 회합이 에어컨이 완전 가동되는 깨끗한, 대사관 건물 대신 미 육군 병사들과 헬기, 차량이 분주히 오가는 미군 기지에서 이루어졌다. 에어컨 대신 천장에 고정된 대형 팬이 돌고 있는 사무실에서 두 사람은 딱딱한 의자에 앉아 헨드릭스를 기다리던 참이었다.

오스본은 말없이 시가를 피고 있었고 크로포드는 그런 동료를 무심한 표정으로 바라보거나, 1층 창밖으로 누군가 지나가면 그곳으로 시선을 보내곤 했다.

오스본은 시가를 입에 문 채 천장에 붙어 있는 대형 팬을 올려다봤다. 완전히 360도를 돌 때쯤에 삐걱거리는 소리가 나고 있었는데 그는 그 소리가 거슬린다고 생각했다. 그의 시선이 다시 원위치 되고 그가 시가 연기를 천천히 내뿜었다. 그러자 연기는 물론, 미세한 먼지 입자들이 유영하는 게 그의 눈에 보였다.

이들의 지루한 10분 정도의 대기시간을 종료시킬 사람이 출입문을 덜컥 열고 들어왔다.

"빌, 댄, 미안하게 됐어. 조금 늦었네."

헨드릭스가 손수건으로 목을 닦으며 창가 쪽 자신의 책상으로 걸어왔고 두 사람은 자리에서 일어났다. 오스본과 크로포드는 헨드릭스를 뒤따라 들어와 사무실 한쪽에 있는 소파에 향하는 낯선 사내를 슬쩍 봤다.

그가 자리에 앉을 때쯤, 헨드릭스 또한 책상 앞자리에 앉으면서 두 사람의 주의를 끌어왔다.

"앉지."

두 사람이 의자에 앉자 헨드릭스가 들고 왔던 서류철을 폈다. 그리고 두 사람 귀에 매우 익숙한 사무적인 말투로 말했다.

"온두라스에서의 작전은 위에서 매우 만족하고들 있어. 고생 많았어. 그쪽 지역의 반군 제압 프로그램은 지난주부터 '레드'에서 '옐로우'로 조정되었으니 당분간은 우리가 신경 쓸 필요가 없어. 내일쯤이면 육군 특수부대 고문단이 해당 지역으로 들어가서 델타포스 대원들과 임무 교대를 할 거야. 자네들도 함께 철수하는 것으로 생각해. 정말 애썼어. 예상보다 작전이 일찍 끝나게 되어서 온두라스 국방장관까지 자네들에게 훈장을 수여하겠다고 타전해 왔던데."

그가 미소를 머금고 오스본과 크로포드를 쳐다봤다. 크로포드는 오스본에게 잠시 시선을 보냈다가 다시 거둬들인 뒤 대꾸했다.

"그쪽 사람들 분위기가 우호적이라면, 우리에게 훈장을 주는 것 대신에 작전 내내 희생이 컸던 '트랙커' 부대원들을 모두 하사관으로 진급시키고 더 많은 수당을 지급하도록 설득해 줄 수 있습니까?"

헨드릭스는 고개를 크게 끄덕이며 웃어 보였다.

"두 사람이 원한다면 내가 할 수 있는 한 최대한 지원해 보겠네."

그는 서류철을 덮고 의자의 등받이로 몸을 기댔다. 세 사람은 잠깐 동안 말없이 서로의 분위기를 살폈다. 오스본은 시가를 든 채 곁눈질로 사무실 한쪽에 조용히 앉아 있는 50~60대는 되어 보이는 사람을 힐끗 봤다. 그런 뒤 헨드릭스를 정면으로 바라보며 조용히 말했다.

"우리에게 또 새로운 임무를 주실 겁니까?"

"혹시 이번 임무 후로 휴식이 필요한가?"

오스본은 먼저 크로포드의 의향을 살폈다. 그는 오스본과 마주보며 양어깨를 으쓱해 보였다. 오스본은 시가를 재떨이 위에 비벼 끄면서 대답했다.

"말씀하십시오, 지국장님."

헨드릭스는 온두라스 작전에 대한 서류철 아래에 있던 또 다른 서류철을 꺼내 펼쳐 들었다. 그리고 그것을 두 요원들 쪽으로 밀어 보냈다. 펼쳐져 있는 서류철 안에는 수리남의 지도와 두툼한 관련 문서들이 아래에 가득 쌓여 있었다. 헨드릭스의 설명이 곧 뒤따랐다.

"목표는 수리남이야. 일련의 군사작전이 이루어져서 그쪽 쿠데타 정부를 전복시킬 거야."

오스본이 지도를 쳐들어 크로포드와 함께 보면서 물었다.

"우리 미군 병력이 투입되는 겁니까? 아니면 현지 반정부군을 훈련시켜서 앞세우는 겁니까?"

"둘 다 아냐."

헨드릭스의 대꾸에 오스본이 들고 있는 지도 너머로 그를 쳐다봤다. 헨드릭스는 손수건으로 그의 목 주변을 조심스럽게 닦으면서 말을 이었다.

"특히, 내가 오스본 소령을 이번 임무에 꼭 넣어 달라고 했던 이유하고도 관련되어 있지. 우리 쪽은 수리남에서의 군사작전과 관련된 모든 준비와 지원 그리고 만약의 경우, 파나마와 온두라스 공군의 항공전력 지원 조율이 전부야. 현지에서 직접 타격 작전을 수행하는 병력은 한국군 특수부대원들이 될 거야."

오스본의 한쪽 눈썹이 치켜 올라갔다. 그는 그 표정으로 서류철 안에 서류 몇 장을 꺼내 들고 훑어보기 시작했다.

"두 사람의 임무는 그 안에 자세히 언급되어 있으니 검토하도록 하고. 일단, 요약하자면 수리남에 대한 군사작전 실행 때까지만 우리 회사(CIA)가 전체 작전을 주도할 거야. 수리남 정부 전복 작전이 성공한다면 그 이후에는 국무부와 펜타곤에서 개입할 테지만 그때까지는 순전히 우리들의 역량이 작전의 승패를 가늠하게 될 거라구. 펜타곤에서 이번 작전에 개입되는 것을 꺼려하고 있는 눈치야. 어떤 상황인지 알겠지?"

크로포드는 서류철의 문서 몇 페이지를 보더니 꺼림칙한 눈치를 오스본에게 보냈다. 그러나 오스본은 특유의 무뚝뚝한 표정을 유지하고 있었고 헨드릭스는 그에게서 별다른 말이 나오지 않자 임무를 수령하는 것으로 간주했다.

"질문 없으면 일단, 이번 임무를 두 사람이 주도하는 것으로 여기겠네. 가능하면 오늘이든 내일이든 온두라스와 엘살바도르 공군 측과 접촉하는 것부터 일에 착수하기를 바라."

크로포드가 서류철을 챙겨서 일어나고 오스본 또한 재떨이에 올려 둔 시가를 집어들 때, 헨드릭스가 그를 잡았다.

"댄, 잠시 빌과 이야기할 게 있는데."

크로포드는 대략 무슨 내용의 대화가 두 사람 사이에 오갈지 짐작하고 말없이 출입문 쪽으로 향했다. 그리고 그가 출입문을 나서서 문을 완전히 닫고 나서야 헨드릭스가 오스본에게 말했다.

"내게 제출한 이번 작전 보고서에 반군 지휘부 요원들 중에 미군이 있다고 했던 부분 있지?"

오스본은 짐짓 심각한 표정으로 헨드릭스를 주시했다. 헨드릭스는 잠시 동안 입을 다물고 그의 책상 위에 시선을 두다가 이내 오스본을 응시했다. 오스본은 그의 표정만으로도 어떤 대답이 나올지 유추해 볼 수 있었다.

헨드릭스는 조심스럽게 말을 이어 갔다.

"내가 직접 제7특수전 그룹과 랭글리(CIA 본부)에 확인해 봤어. 자네가 보내준 콜사인과 암호화된 무선주파수 번호까지 확인했는데 우리 미군 특수부대원이 맞아. 이게 그 요원의 신원이야."

헨드릭스가 자켓 주머니 속에서 메모지 한 장을 꺼내 그에게 건네줬다. 오스본이 받은 메모지 안에는 '제7특수전 그룹 ODA 325팀, 에스테반 토레스 중사' 라는 내용이 있었다.

오스본은 긴 한숨을 내쉬었다. 그리고 차츰 냉소적인 표정을 만들어 보이기 시작하더니 곧 감정이 고조된 톤으로 헨드릭스에게 물었다.

"나와 댄 그리고 2명의 델타포스 대원들이 6개월이 넘게 투입된 작전입니다. 우리만으로 충분치 않았다면 이 개죽음당한 그린베레 대원의 존재에 대해서라도 사전에 언질이 있어야 하지 않았습니까? 더군다나, 우리 쪽 병력도 아니고 반군 게릴라 부대 안에 심어 놓았다면 더더욱 우리에게 말을 해 줬어야 하지 않습니까? 대체 어떤 개자식들이 이따위로 일을 벌여 놓은 겁니까?"

헨드릭스는 손수건으로 진땀을 닦으면서 차분하게 답했다.

"나도 오늘 오전에서야 확인한 사실이야. 그리고 더 자세히 캐고 들어갈 수 없는 사안이라는 답변을 들었어. 랭글리에서는 이곳에 있는 우리가 볼 수 없는, 더 큰 그림이 있고 그 그림의 다른 한쪽 구석을 우리가 보게 된 것에 불과하니 더 시끄럽게 하지 말고 닥치고 있으라는 거야."

"지국장님이 자세히 알 수 없는 사안이라고 무턱대고 그 새끼들 말만 듣고 넘어갈 수 없지 않습니까? 만약 랭글리(CIA 본부)와 E링(미국방성 특수작전 담당 부서)에 퍼질러 앉아 있는 멍청이들이 1년 전에 이 불쌍한 그린베레 녀석을 저쪽 반군 쪽에 잠입시켰다가 이 녀석의 존재를 까맣게 잊어버린 거라고는 생각지 않습니까?"

오스본은 말을 마치기도 전에 자리에서 벌떡 일어섰다. 그는 뒤도 돌아보지 않고 출입문으로 향했지만 그때 구석에서 내내 침묵을 지키던 사내가 일어났다. 그러자 오스본도 발걸음을 멈추고 그를 향해 섰다.

낯선 인물은 오스본에게 천천히 다가와서 오른손을 내밀었다. 그때가 돼서야 오스본은 그 수수께끼 같았던 사내의 정체를 알아봤다.

"당신을 오래전에 베트남에서 본 적이 있습니다."

싱글턴 장군은 오스본이 어리둥절한 표정으로 자신을 향해 손가락을 가리킬 때, 그의 오른손을 자신이 채어 잡아 악수를 나눴다. 그런 뒤 입가에 미소를 띠고 말했다.

"소령, 내가 이번 수리남 작전의 준비를 책임지게 됐네. 자네와 크로포드를 직접 보고 싶어서 오늘 이 자리에 왔고."

오스본은 싱글턴 장군에게 고정되어 있던 시선을 헨드릭스에게 보냈다. 그는 말없이 두 사람을 지켜보고 있었다.

악수를 마치고 헨드릭스는 다시 출입문으로 향했다. 분노와 혼란은 다소 가신 모습이었지만 잭 싱글턴의 출현에 다소 어리둥절해 보였다.

그러 그를 헨드릭스가 차분한 목소리로 불러 세웠다.

"빌?"

오스본은 출입문으로 향하던 걸음을 멈췄다. 그가 돌아보자 헨드릭스가 턱을 슬쩍 쳐들었다.

"어쨌든, 이번 새 임무는 맡는 거지?"

그의 질문에 오스본의 시선이 손에 들고 있는 메모지로 향했다. 물끄러미 메모지 안을 들여다보던 그의 시선이 잠시 후 싱글턴 그 다음, 헨드릭스에게 향했다.

오스본은 헨드릭스를 향해 고개를 두어 번 끄덕여 보였고 헨드릭스 또한 안도하는 심정으로 고개를 끄덕여 보였다.

오스본이 사무실 밖으로 나가자 싱글턴 장군이 출입문 쪽을 응시하며 말했다.

"자네의 정예요원이 이제 이 게임에 신물을 내려 하는 것 같지는 않나?"

그 질문에 헨드릭스는 짧은 한숨을 내쉬고는 답했다.

"그게 어디 오스본 소령 한 사람뿐이겠습니까?"

헨드릭스는 대답과 함께 의자에 털썩 앉았다. 그리고는 의자 등받이에 몸을 기댄 채 천장을 응시했다. 그는 곧 그가 오랜 시간을 이곳에서 보냈음에도 불구하고 천장에서 돌고 있는 팬이 삐걱거리는 소리를 내고 있음을 이제서야 처음 발견했다는 것을 깨달았다.

지국장의 사무실을 나선 오스본과 크로포드는 기지 근처의 그리즐리 바로 향했다. 두 사람이 술집에 자리를 잡은 시간이 늦은 저녁이기에 하루 일과를 마친 그린베레 대원들과 기지의 타병과 미군들로 술집 안은 북적였다.

오스본은 테이블에 주문했던 버드와이저를 7병 정도를 아무 말도 없이 마시고 나서 슬슬 취기가 오르는지 불도 붙이지 않은 시가를 입에 물고 의자 등받이로 몸을 기울였다.

그는 약간 충혈된 두 눈으로 바 테이블 쪽과 당구대 쪽에서 웃고 떠들고 있는 그린베레 대원들을 빤히 응시했다.

잠시 뒤, 그를 말없이 지켜보던 크로포드가 조심스럽게 그를 불렀다.

"빌."

오스본의 시선이 그에게 향하자 크로포드는 그리즐리 형상이 붙어 있는 지포라이터로 그의 시가에 불을 붙여줬다. 그의 질문이 이어졌다.

"지부장하고 말을 마치고 나서…… 이 라이터(그리즐리 술집의 라이터)의 주인에 대해서 이야기 나눴지?"

오스본이 시가를 문 채 긴 숨을 들이쉬었다가 길게 내뿜었다. 시가 연기가 이들의 테이블 근처에 자욱하게 떠 있을 때쯤 그가 크로포드에게 대꾸했다.

"지국장이 확인했는데 우리가 폭사시킨 이 라이터의 주인은 제7특수전 그룹의 그린베레 대원이 맞아. 바로 저기서 저들하고 어울렸을지도 모르는, 우리 미군이야."

오스본이 시가로 바 테이블 쪽에 있는 그린베레 대원들을 가리켰다. 그는 그들에게 시가를 흔들어 대며 말을 이어 갔다.

"어쩌면, 우리가 죽인 이 병사는 일과가 끝날 때마다 저 바에서 아니, 지금 우리가 앉아 있는 이 테이블에서 동료들과 한 잔 걸치고 저 당구대에서 게임을 했을지도 모르지."

오스본은 혼란스러운 마음에 버드와이저를 길게 한 모금 들이켰다. 크로포드는 잔을 반쯤 채우고 있는 스카치위스키를 한 모금 마셨다. 그리고 오스본과 함께 그린베레 대원들을 말없이 응시했다.

잠시 뒤 오스본이 힘없이 말했다.

"지휘부에 있는 개자식들은 이 그린베레 대원이, 우리가 온두라스 정부군과 합동작전을 펼치기 전에 반군 게릴라부대 쪽에 잠입된 것만 확인해 주고 나머지는 나 몰라라 하고 있다."

"반군 게릴라들의 포섭이 임무였던 거야?"

"포섭인지 아니면 그 게릴라 새끼들을 우리 미 육군 특수부대 교범대로 훈련시키러 간 것인지는 누가 알겠어."

오스본은 시가를 한 모금 빨아 연기를 내뿜고 바로 이어서 버드와이저 한 병을 다시 비웠다. 그런 뒤 그가 더욱더 냉소적인 말투로 크로포드에게 말했다.

"내가 군복을 벗어던지고 이놈의 CIA라는 음침하고 기분 나쁜 놈들의 조직에 합류한 이유는, 별의별 엿 같은 임무를 수행할 때 적어도 내가 최종 결정을 할 수 있다든지 아니면 내가 내

현장의 직권을 최대한 활용하여 뭔가 다른 선택을 할 수 있을 거라 믿어서였어. 댄, 자네는 어때?"

그의 질문에 크로포드는 너털웃음을 짓고는 위스키를 한 모금 마셨다. 취기가 느껴지는 오스본의 넋두리는 계속되었다.

"그런데 별로 달라진 게 없어. 내가 CIA 급여 명부에 올라온 뒤로 달라진 거라고는 내가 죽을 수 있는 방법을 선택할 수 있다는 것 아니면 이 라틴아메리카인들을 언제 어떻게 내 재량에 따라 죽일 수 있는가 그따위밖에 없더군. 월남에 있었을 때나 이란에 있었을 때나 미합중국 군대의 개자식들이 나를 전쟁의 개처럼 부려먹을 때와 별로 달라진 게 없단 말이야. 지랄 같게도."

크로포드는 마지막 남은 위스키 한 모금을 마시고는 빈 잔을 든 채 그를 응시했다.

그는 오스본이 1980년 이란의 미 대사관 인질 구출 작전 당시, 콜사인 '에스콰이어(Esquire)'를 가졌던 전설적인 그린베레 장교 딕 메도우스(Dick Meadows)와 함께 이란의 수도, 테헤란 시내에 잠입했었음을 알고 있었다. 그리고 테헤란 외곽의 사막지대에 도착했던 델타포스, 레인저 부대가 헬기와 수송기의 충돌 사고 직후 현장에서 퇴출한 후, 연락이 닿지 않았던 오스본이 이란 외무부 건물 근처 대기 지점에 내버려졌던 사실도 알고 있었다.

오스본은 뒤늦게 상황을 파악하고 자력으로 수백 킬로미터의 거리를 걸어서 시리아로 탈출했다. 그는 그때의 사건 이후로 월남전부터 느껴 왔던 미 육군의 특수작전 운영 능력에 심각한 염증을 느끼고 군복을 벗었던 것으로 알려져 있었다.

그러나 그는 업무 담당지역인 중남미에서 CIA의 준군사작전 전문가로 활동하며 군 시절 못지않은 업적을 쌓아 갔다. 친미 군사세력을 양성하여 반미국가들을 전복 혹은 견제하는 그린베레 부대원으로서의 경험이 작용한 바도 있지만 무엇보다도 그를 뛰어난 요원으로 만들었던 것은 지상에서의 전투 시, 각종 전폭기나 전술공격기의 지상공격과 야전 포병부대의 화력을 적재적소에 끌어다 쓰는 그의 입체적인 전장 운영 감각이었다.

미군 SOG의 주 활동 무대인 캄보디아, 라오스에서의 오랫동안 활동했던 그의 군 경력을 아는 자들에게는 그리 특별한 업적이 아니겠지만 주먹구구식의 전투들이 끊임없이 이어지던 니카라과 공산군과 반니카라과 세력 간의 전투에서 오스본이 이끄는 CIA 공작팀의 역할은 때때로 전세를 뒤집기도 했다.

댄 크로포드는 이렇게 전 세계의 전쟁터와 분쟁 지역을 돌며, 30대 후반을 바라보는 역전의 용사 빌 오스본과 약간 다른 삶을 살아온 인물이었다. 그는 오스본보다 다소 적은 나이로 인해 지금껏 월남전에 참전한 적은 없었다. 그러나 그는 1979년부터 중남미에서 임무를 수행하기 전까지 북아프리카와 중앙아프리카에서 활동했었다.

그리고 오스본과 마찬가지로 수많은 죽음을 목격하고 또 그

죽음들과 직간접적으로 관련이 있는 비밀공작들을 주도했었다. 크로포드는 소비에트 위성국가들로부터 무기를 구매하고 또 소비에트 군사고문이 몇 명 주둔한다는 이유만으로 미합중국의 국익에 중대한 위협이 된다는, 아프리카의 작은 국가를 전복시킨 적이 있었다.

그는 대부분의 아프리카 국가들이 그러하듯 정권을 독차지한 부족과 대립하는 다른 부족들을 찾아 자금과 무기를 지원하고 결국, 그들로 하여금 정권 자체를 붕괴시키는 공작의 달인이었다. 그리고 그 정권 전복의 과정에서 서로 다른 부족들이 서로를 수천, 수만 명씩 학살하는 것을 방관하고 방조했었다.

크로포드 자신은 이러한 모든 비극적인, 일련의 사건들이 자신의 판단이나 선택이 아닌 CIA 지휘부의 명령에 따른 것으로 치부하며 스스로에게 최면을 걸었던 시절이 있었다.

그렇지만 그는 자신도 모르게 이러한 국가 전복 공작에서 보기 드문 자질을 발견했고 상부에서는 그를 훗날 CIA 내에서 요직에 앉힐 생각으로 여러 대륙, 대양을 넘나들도록 배치해 왔다. 크로포드 본인 또한 그러한 사실을 익히 알고 있었기에 그는 모든 열정과 에너지를 자신의 업무에 쏟아 왔다.

오스본과 헨드릭스가 모르는, 중대한 사실 하나는 빌 오스본의 최근 1년 동안의 행동과 상부에 올린 보고서로 인해 그가 요주의 인물로 찍혔고 그런 그를 감시, 견제하기 위해서 크로포드가 오스본의 동료로 투입되었던 것이었다.

사실, 직급도 크로포드가 오스본보다 높았고 그보다 훨씬 더 많은 기밀, 정보에 접촉 가능한 위치였다.

크로포드가 보기에 그는 매우 뛰어난 준군사작전의 명수인 것은 분명했다. 하지만 그의 칼날이 무뎌지거나 종종 깨져서 떨어져 가는 부분들이 생기는 것은 요 몇 년 사이에 확인할 수 있었다.

간혹 크로포드 또한 산악, 정글에서의 대규모 게릴라, 대게릴라전 분야에서는 최고인 오스본의 경력과 역량 때문에 그를 망가지기 직전까지라도 이용하려는 상부의 은밀한 결정에 대해 구역질 난다고 여겼고 또 그를 인간적으로 동정했다.

그럼에도 불구하고 크로포드는 자신에게 부여된 임무를 충실히 실행해 왔다. 필요할 때 오스본의 진짜 동료 요원 역할을 완벽히 수행하면서도 은밀하게 또 하나의 임무를 수행해 온 것이다.

그는 이따금씩 CIA라는 조직구조에서 피라미드의 꼭대기로 향하고 싶은 야망을 가진 자신과 달리 임무에 대해 순수한 열정을 쏟아 붙는 오스본을 존경하기도 했지만 그러한 감정은 딱 거기까지였다.

"별 이변이 없다면 말이야."

오스본은 뜸을 들이듯 말을 마치지 않고 빈 버드와이저 병을 만지작거렸다. 크로포드가 그에게 막 병뚜껑을 딴 새 버드와이저 병을 건네주자 그가 하던 말을 마저 했다.

"이 염병할 수리남인지 뭔지 하는 라틴아메리카의 촌구석에서 임무를 마치면 난 몬태나의 목장으로 돌아가서 내 은퇴 생활을 보낼까 생각 중이야. 아마 그리하지 않으면 나도 이제 내게 하나 남은 9번째 목숨(고양이는 9개의 목숨을 가지고 있다는 비유)이 별 의미도 없는 '미스터 레이건'의 편집증 때문에 거덜나 버릴 것만 같아."

그 말을 마치고 오스본은 새 버드와이저 병을 쳐들었다. 크로포드가 알 듯 모를 듯한 표정으로 위스키 잔을 들어 건배를 해주자 그는 맥주를 길게 한 모금 마셨다.

〈다음 권에 계속〉

부록 차례

1. 등장인물

1. 김영천

베트남전에 참전한 제1유격단(현 제3공수특전여단) 소속의 특전부대원. 유년 시절 마을에 있던 미국인 선교사들의 교회에서 배웠던 영어 실력 덕분에 베트남전에서 태동했던 한미 연합 특전대의 극비 임무들에 투입되었다.

그는 과묵하고 유순한 성격이지만 전투 상황에서는 비범한 행동과 생존 능력을 발휘했고 그 때문에 많은 동료 특수부대원들에게서 신망과 믿음을 얻었다.

김영천은 베트남 파병 전부터 일본의 오키나와에 주둔하는 미군 제1특수전 그룹에 파견되어 '고공강하'와 같은 고등 특수전 교육을 받았고 베트남전에 파견된 뒤에는 당시의 한국군 특전대원들 중 극소수가 선발되었던 '리콘도 스쿨'에서 특수 정찰 프로그램을 이수했다.

그러한 과정 내내 김영천은 그의 그린베레 군사고문단 팀장인 빌 오스본 대위와 가까워졌고, 베트남에서는 그의 특수 정찰팀에 합류하여 함께 임무를 수행하기에 이른다.

그러나 미군 정찰팀과 위험천만한 임무들을 수행하면서 수많은 죽음을 목격하고 자신도 죽음의 위기에 처하면서 심신이 지쳐 가던 중, 어느 날 김영천과 오스본의 정찰팀이 북베트남군의 매복에 걸려들기 직전, 매복 상황을 경고해 주고 자신과 동료들의 목숨을 구해 준 베트남 여인 '비엔'을 만나 사랑에 빠진다.

하지만 김영천은 베트남에서의 근무가 끝나 갈 즈음 빌 오스본과 호치민 루트에서 북한군 군사고문단을 생포하는 작전을 수행하던 도중 중상을 입고 후송되었다. 그 때문에 베트남에 비엔과 당시에는 존재도 몰랐던 아들 '로안'을 데려오지 못한 채 베트남은 패망을 맞이하고, 이것에서 비롯된 엄청난 상실감과 전쟁터에서 겪었던 깊은 고통들로 인해 속세를 등지고 설악산에 은둔한다.

그런 그에게 어느 날 과거의 상관 오세웅 대령이 아들을 데려올 수 있는 방법을 가지고 나타난다.

2. 윌리엄(빌) 오스본(William Osborne) 대위

미 육군 웨스트포인트 사관학교 출신의 직업군인, 101공수부대에서 근무 중 제1특수전 그룹으로 옮겨, 동남아에서 그린베레 MTT 일원으로 활동했다. 그는 한국군 특수부대원들을 선호하여 일본과 한국을 오가며 주로 한국군 유격단 병력의 특수전 교육에 몰두했었는데 그 과정에서 김영천을 비범한 군인으로 알아보고 가까워진다.

베트남전이 발발하고 제5특수전 그룹의 일원으로 전쟁에 참가한 오스본은 MACV-SOG의 특수정찰 프로그램에 투입되고 우연하게도 공수지구대의 일원으로 파견된 김영천과 조우했다. 그는 김영천을 특정하여 지목, 자신의 정찰팀 RT 시카고로 데려왔고 그와 함께 수십 번의 극비 임무를 수행했지만 김영천의 마지막 임무였던 북한군 군사고문 생포 작전에서 부상당한 뒤 미 본토로 후송된다.

그러나 오스본은 자신이 부상당했던 직후, 교전 현장에 남아있던 RT 시카고 팀원들 대부분이 작전 지휘부의 뒤늦은 대응에 대부분 살아 돌아오지 못했다는 사실을 알고 군복을 벗었다.

이후, 그는 CIA 공작원이 되어 전 세계에서 가장 위험한 분쟁, 위험지역을 자원하여 찾아다녔고, 그러던 중 비밀공작 및 준군사작전 임무를 수행하다가 다시 한 번 김영천, 그리고 그의 동료들과 조우한다.

오스본이 미합중국의 국익을 위해서는 그 어떤 비윤리적 판단과 행동도 마다하지 않는 CIA 요원, 본연의 임무를 수행할지 아니면 고립무원의 땅에 투입된 김영천과 한국군 특수부대를 지킬지 두고 볼 일이다.

3. 오세웅 대령

무인 가문의 혈통을 지닌, 육군사관학교 출신의 특전부대 장교, 제1유격단(현 제3공수특전여단)에서 군 경력을 시작하여 김영천 그리고 일부 특전부대원들과 함께 그린베레의 MTT 활동에 한국군 측 인원으로 참가해 왔다.

오세웅과 김영천의 각별한 전우애는 두 사람의 베트남전 참전 이전, 국내에서 북괴군 무장 공비 토벌 작전에서 죽을 고비를 함께 넘겼던 시기부터 시작되었다.

이후 두 사람이 함께 베트남전에 투입되어 미군 특수부대와의 연합 작전들을 수행하는 동안 더욱 돈독해졌다. 그는 베트남 패망 직전까지 부상으로 인해 한국으로 후송된 김영천의 아내와 아들을 태국으로 빼내 오고자 애썼지만 결국에는 실패하고 이를 김영천에 대한 마음의 빚으로 안고 살아온다.

오세웅은 전후(戰後) 1979~1980년 격동과 고통의 시기에도 정치 군인이 되기보다는 우직한 야전군인으로 군 경력을 이어 가던 중 절체절명의 작전을 부여 받고 다시 김영천을 찾게 된다.

4. 댄 크로포드(Dan Crawford)

CIA의 제3세계 반혁명 전담 공작원, 전투 현장에서 전세를 결정하고자 분투하는 빌 오스본과 달리 댄 크로포드는 공작 대상에 대해 회유, 포섭, 협박을 동원해 직접적인 공작 활동(군사작전 혹은 준군사작전)이 있기 전의 사전 포석 단계를 완성하는 데 유능하다.

크로포드는 베트남전에는 직접적으로 참전하지 않았지만 1970년대 중반부터 극동 아시아에서 다양한 공작 임무를 수행했다. 그리고 1970년대 말부터 중남미를 무대로 임무를 수행하던 중 빌 오스본과 함께 호흡을 맞추게 되지만 그는 철저하게 미합중국의 국익을 위해서 영혼 없는 공작원이 되어 주어진 임무를 수행해 온다.

특히, 오스본의 일거수일투족을 감시, 상부에 보고하는 임무를 가지고 있지만 마음 한편에서는 오스본의 신념과 철학에 공감하며 그를 연민 어린 눈빛으로 지켜보기도 한다.

5. 잭 싱글턴(Jack Singleton) 장군

17세 때 군에 입대, 평생을 전쟁터에서 보낸 직업군인, 제2차 대전 당시 OSS 요원으로 동남아 곳곳의 대일본 공작 분야에서 활동했으며 한국전쟁에서는 북한군의 주력 전력인 T-34 전차의 파괴 작전에 큰 공을 세운 바 있었다.

그는 베트남전 당시 MACV-SOG에 배속된 그린베레 중령이었는 데, 주로 호치민 루트 내의 미군 특수부대 정찰팀의 작전에 관여했었 고 남베트남의 패색이 짙어질 즈음, 대대적인 미군 포로 구출작전인 '브라이트 스타' 작전에 깊이 관여했었다.

그러나 베트남전 후, 특수전 병과의 장교라는 족쇄 때문에 가까스 로 소장으로 진급 후 한직을 떠돌다가 결국에는 씁쓸하게 자진 전역 했다.

그는 은퇴 후, 워싱턴 외곽의 산장에서 송어 낚시와 사냥을 하며 소 일하다 레이건 정권이 출범한 후 시작된 특수전 전력의 재건과 제3세 계에서의 특수작전에 대한 비공식 자문위원회의 수장으로 발탁된다.

싱글턴 장군은 레이건 대통령과 마찬가지로 도미노 이론의 추종자 이지만 그는 한편으로는 전투 현장에서의 생존에 더 큰 가치를 두고 있는 현실주의자이기도 하다. '매직 호크' 작전을 진행하며 그는 자 신의 원칙에 대한 시험을 받게 된다.

6. 이준호 상사

김영천과 함께 제1유격단에서 군 생활을 하면서 그린베레의 MTT 활동에 참여했던 예비역 특전부대원. 큰 체구에 걸맞게 M60, RPD, RPK와 같은 경기관총과 M2 중기관총까지 모든 종류의 공용화기를 뛰어나게 다루는 능력을 가졌다.

그는 술을 좋아하고 호탕한 성격을 가졌기 때문에 많은 동료들에게서 신뢰를 받는 고참 대원이지만 월남에서 귀국 후, 강력계 형사가 되면서 그의 많은 부분이 어둡게 바뀌었다. 정의감에 불타는 성격 때문에 현실과 이상 사이에서 괴로워했고, 자신들의 이익을 위해 자신을 이용하는 권력자, 상급자들에 대한 적개심을 가지고 있다.

7. 김창수 준위

제2유격단(현 제5공수특전여단) 출신의 특전부대원, 그는 유격단 시절부터 폭파 임무에 대해서는, 최고의 능력을 가지고 있었던 유능한 군인이었지만 한국전쟁 당시, 경찰관이었던 부친, 숙부를 비롯한 대부분의 가족이 빨치산에 의해 희생당했던 비극을 경험했다.

그 뿌리 깊은 상처와 적개심으로 인해, 그는 베트남에 파견되기 전 투입된 대부분의 북괴군 무장 공비 토벌 작전에서 무모할 정도로 몸을 아끼지 않고 활동했고, 특히 부상당한 공비들조차도 동료들이 도착하기 전에 숨을 끊어 놓곤 했다. 그러한 습관은 김창수가 제1유격단 소속의 공수지구대에 합류, 베트남의 투입된 뒤에도 이어졌는데, 적지 종심 작전을 펼치던 중 김창수의 무모한 판단과 행동에 동료들이 부상을 당하는 일이 생기면서 김영천과 대립하게 됐다.

그러나 그 또한 전후에 전투 현장에서의 충격과 고통을 잊고자 애쓰면서, 힘겹게 직업군인 생활을 유지한다. 그러던 중 '매직 호크' 작전이 김창수에게 어떤 새로운 계기를 제공한다.

8. 최정구 소령

1970년대 말에 창설된 국군 최초의 대테러부대 606부대 출신의 정예 특전부대 장교, 수차례의 북괴군 무장 공비 토벌 작전에 참가해 뛰어난 야전 작전 능력을 인정받았던 것을 계기로 606부대에 차출되었다.

그는 606부대에서 델타포스의 대테러 전술을 이수했던 몇 안 되는 엘리트였었고 그를 눈여겨봤던 오세웅 대령은 606부대 부대장에서 특전사령부로 자리를 옮길 때 그를 데려갔다.

사관학교 출신의 직업군인답게, 그는 임무와 작전 위주로 모든 것을 이해했지만 380부대에서 월남전에 참전했던 선배 대원들과 수리남 침공 준비를 하면서 그의 원칙에서 한 걸음 물러나게 된다.

9. 채강호 소령

국군 정부사령부의 해외 공작부대 524전대의 공작조장, 그는 일찍이 뛰어난 어학 실력을 지닌 한미연합 특전대의 통역장교였지만 정보사 공작 책임자의 눈에 띄어 해외 공작 분야에 몸담게 되었다.

1970년대 초부터 유럽과 아프리카, 중남미에서 북괴군 군사고문단 활동과 북한제 무기 수출을 감지, 추적, 견제하는 임무를 수행해 왔다.

그 과정에서 북한 공작원들과 쿠바정보부 쪽에 그의 존재가 알려지고 그는 북괴군 해외 공작조의 제거 대상 1순위가 되었다.

채강호는 해외에서 북괴군이 세력을 확장시키는 것이 결국에는 대한민국의 안보까지 위협할 거라는 강박증을 가질 정도로 투철한 소명의식을 가지고 있다. 그러나 사지에서 자신의 부하들이 죽고 다치는 것을 볼 때에는 더없이 고통스러워하는 인간적인 공작팀 지휘관이기도 하다.

1970년대 말, 채강호는 앙골라에서 북괴군 특수부대와 그들이 훈련시킨 현지 군 병력에 대부분의 팀원들을 잃고 해외 공작능력과 지원이 제한되어 있는 상황에 좌절한다.

그러던 중, 국군의 수리남 침공 작전에 자원하게 되면서 그와 몇 명 남아 있지 않은, 그의 공작조원들은 생애 최악의 임무를 맞닥뜨리게 된다.

10. 최태관 중좌

북한군의 최정예 정찰병 부대인 124군부대 출신의 군관, 그는 베트남전에 파견되기 이전에 이미 대남 침투 임무를 수차례 성공적으로 수행했고, 그 명성 덕분에 일본을 침공하기 위해 창설된 157특별부대의 창설 요원이 되었다.

이후, 124군부대 소속으로 베트남에 파견 뒤, 호치민 루트를 담당한 북베트남군에게 미군 특수부대 추적 능력을 구축하고 국군 포로를 심문, 북한으로 호송하는 데 깊이 관여했다.

그러나 1971년 1월 호치민 루트 내의 은거지에서 김영천과 빌 오스본의 정찰팀에게 자신의 거점을 피습, 부하들까지 모두 잃고 생포당했다. 그는 이후에, 심문 장소에서 베트콩 대부대의 기습 덕분에 천신만고 끝에 탈출했지만 그 이후부터 그의 군 생활은 내리막길을 걷게 됐다.

그렇지만 그는 결국 북괴군의 해외 혁명 수출 사업(특수부대 군사고문단 활동)에서 자신의 장기를 발휘하여 다시 승승장구하고 쿠바, 니카라과를 거쳐 가이아나까지 특수부대 고문단 파견대를 이끌고 갔다가 다시 한 번 자신도 모르게 김영천, 오세웅과 대적하게 된다.

11. 로널드 레이건(Ronald Reagan) 대통령

미국의 제40대 대통령. 한때 여러 편의 영화를 찍었던 영화배우였으며 영화배우 협회의 협회장으로 활동하기도 했다. 그는 처음에는 민주당을 지지하다가 훗날 공화당을 지지하게 되면서 정계에 진출, 캘리포니아 주지사를 거쳐 공화당 대통령 후보까지 오르게 되었다.

1981년 1월 미합중국 대통령으로 취임한 그는 대내적으로는 조세 감면과 사회복지 지출을 억제하는 '레이거노믹스'를, 대외적으로는 '팍스 아메리카나'를 추진했다.

정치적, 외교적으로 강력한 미국의 재건을 위해서 그의 정권은 군대, 정보기관, 핵무기 체계를 재건 및 증강했고, 유럽, 아시아, 아프리카, 중남미 등 전 세계에서 소련을 비롯한 친소 국가들과 빈번하게 대립했다.

레이건 정권은 소련을 비롯한 바르샤바 조약군과의 충돌을 대비하여 유럽에서는 핵무기를 비롯한 최첨단 무기 체계와 재래식 전쟁을 치를 수 있는 병력 구축에 힘썼지만 중남미, 아시아, 중동, 아프리카와 같은 제3세계에서는 '저강도 전쟁' 전략을 통해서 사회주의의 확산을 강력하게 견제했다. 저강도 전쟁 전략은 레이건 행정부 시절 '실험 개념'에서 '실행 전략'으로 전환되는 시기를 거쳐 냉전 체계가 붕괴된 1990년대에도 '수정된 실행 전략'으로 명맥을 이어져 왔다. 심지어 탈이데올로기의 수준을 떠나 아예 각국의 이해관계가 얽혀 있는 혼란의 시기인 오늘날에도 미합중국의 제3세계 대처 전략의 본질로 이어져 오고 있다.

이렇게 레이건은 집권 초기, 중반 내내 '반공의 투사'이자 '반공의 화신'이라는 평가를 받았을 만큼 군비 증강 가속화와 제3세계 내 공산주의의 확산 저지에 사활을 걸었지만 이후에 그는 1986년 미하일 고르바초프 소련 당 서기장과 핵 군축 협상을 타결함으로써 동서 냉전의 전환기를 만들어 내는 데 공헌하기도 했다.

그렇지만 결국, 그의 정권에 심각한 타격을 입힌 것은 그가 그렇게 집요하게 지키려 했던 중남미의 최전선, 니카라과와 관련된 '이란 콘트라 스캔들'이었다. 이 스캔들은 당시 미국의 적성국이었던 이란에 불법적으로 미제 무기를 수출, 이 수출 대금으로 니카라과 공산 정권과 무장 투쟁 중이던 '콘트라' 반군을 지원하는 것과 관련되어 있었다. 이 스캔들의 모든 사항은 불법적으로 이루어졌던 것이다.

어쨌든, 레이건 대통령은 냉전의 절정기에 가장 '강력한 미국'을 건설하고자 했고 그러한 그의 업적과 노력은 오늘날에도 직간접적으로 미합중국의 대외적인 위상에 영향을 끼치고 있음은 분명하다.

12. 조지 슐츠(George Pratt Shultz) 국무장관

학자, 기업가 출신의 미 행정부의 관료인 조지 슐츠는 1968년 미 행정부의 노동부장관, 이후에 재무장관을 지닌 바 있었다. 1982년 레이건 행정부의 국무장관이 되기 이전에 이미 그의 전임 국무장관 알렉산더 M. 헤이그가 권력욕이 있고 호전적이었던 것과 달리 조지 슐츠는 '스핑크스'라는 별명을 가질 정도로 감정을 드러내지 않는 인물이었다.

이러한 성향은 국무장관으로서의 그의 업무 실행에서도 이어졌고,

이 때문에 레이건 대통령의 강경 기조에 함께 호흡을 맞춰 갔던 미 국방부장관 캐스퍼 와인버거와 CIA 국장 빌 케이시와의 대립 관계를 야기하기도 했다.

슐츠 장관은 그의 재임 기간 동안에 이스라엘과 레바논 사이의 평화 협상, 니카라과의 내전 해결을 위한 중재에도 큰 기여를 했으며, 미소 간의 군축 협의안의 기안을 쓰고 서명을 하기도 하는 등 레이건 행정부 내에서 그의 역할은 매우 중요했다.

슐츠 장관은 중남미에서, 특히 수리남과 니카라과의 상황에 대해서는 레이건 대통령과 빌 케이시 국장, 와인버거 국방장관의 입장에 공식적으로 반대했었고, 그러한 점이 향후 사태 해결에 균형추 역할을 했다고 볼 수도 있었다.

13. 윌리엄 케이시(William Casey) 국장

레이건 대통령의 총애를 받았던 CIA 국장인 윌리엄 케이시는 일찍이 2차 세계대전 당시 OSS(전략사무국, 비밀공작 및 특수작전을 전담했던 CIA의 전신) 소속으로 활동하였고 이후, 정계에 몸담았다.

케이시는 1980년 당시 레이건 대통령 후보의 선거 참모장을 거쳐, 대통령 당선 이후 CIA 국장으로 임명되었다. 그는 레이건 행정부가 냉전을 치를 때, 가장 날카로운 창끝 역할을 한 인물로서 대소련 붕괴 전략, 중동 분쟁 지역 중재, 아시아와 중남미 내 사회주의 확산 거부 등 그 외에도 재건된 CIA의 공작 역량을 이용하여 전 세계에서 반소, 친미 이념의 전파에 힘썼다.

1987년 이란 콘트라 스캔들에 대한 의회 조사위원회 활동으로 사건과 관련된 레이건 대통령의 충복들이 혼쭐이 났던 시점에도 케이시 국장은 레이건 대통령을 보호하기 위해서 끝까지 입을 다물었고, 결국 윌리엄 웹스터(William Webster) 당시 FBI 국장에게 CIA 국장 자리를 물려줬다.

수리남 사태에 대한 그의 제안은 수단, 방법을 가리지 않고 미국의 국익에 위협이 되는 대상을 제거하고자 했던 케이시 국장과 레이건 대통령의 강박증이 반영된 결과가 아닌가 싶다.

2. 작품의 실제 정치적, 군사적 배경

2-1. 수리남 사태의 전말

라틴아메리카 대륙의 북동쪽, 카리브해 연안의 작은 국가 수리남은 1975년 네덜란드로부터의 오랜 식민 통치를 청산하고 '네덜란드령 가이아나'에서 '수리남'으로 국명을 바꾸며 독립했다.

수리남은 보크사이트와 금, 철광석과 같은 광물이 풍부했고 나라 자체의 지리적 여건 덕분에 우리나라를 비롯한 많은 국가들의 원양어업 전진기지들이 구축되어 있었다.

하지만 그러한 조건들을 제외하고 전 국토의 80%가 정글과 울창한 삼림지대로 구성되어 있었기 때문에 인도계(37%), 크레올(31%), 인도네시아계(15%), 아프리카계(10%), 그리고 소수의 네덜란드인과 화교 등의 인종으로 구성된 국민들은 경제적으로 그리 풍족한 삶을 누리지는 못했다.

무엇보다도 1980년 수리남군 육군 상사 데시 부테르세 세력이 쿠데타를 통해 정권을 잡은 뒤, 이후 불안한 정국을 통제하고자 정적들과 반정부 시민들을 무자비하게 탄압하면서 수리남의 상황은 대내외적으로 불안감을 가중시켰다.

특히 오랜 식민 지배 이후에도 수리남과 다양한 이해관계로 얽혀 있던 네덜란드가 수리남에 남아 있는 자국민들과 자산 때문에 부테르세 정부를 경계했다. 이에 대해 미국에게 손을 써 줄 수 있는지 요청했지만, 미 레이건 행정부로 하여금 부테르세 정권을 잠재적인 위협 요소로 인식하게 만든 것은 사실 수리남과 소련, 쿠바의 접촉이었다.

1982년 11월 부테르세는 소련, 쿠바와 접촉한 뒤 소련에 군사, 경제원조가 가능한지 요청했었고 이는 수리남이 레이건 행정부의 집권 직전에 사회주의화된 이란과 니카라과의 뒤를 이어 새로운 친소 국가가 될지도 모른다는 우려를 만들어 냈다.

결국 소련과 쿠바는 대규모 경제, 군사원조 프로그램에 대해 수리남과 함께 협상을 시작하기에 이르게 되면서 레이건 행정부는 촉각을 더욱더 곤두세우게 되었다.

사실, 미 행정부는 미국의 코앞에서 또 다른 사회주의 국가가 만들어진다는 단순한 우려 때문에 수리남을 주시한 것이 아니었다. 수리남이 쿠바, 니카라과와 같이 친소 사회주의 국가가 되어 소련과 쿠바에게 대서양 전역을 무대로 활동할, 군사 거점을 제공하게 된다면 소련 해군은 대서양 전체에서 미 해군의 잠수함 전력(핵미사일 발사 임무를 수행하는 전략잠수함)을 탐지, 견제할 수 있게 되고, 미국 경제에 밀접한 영향을 끼치는 베네수엘라 원유 수입선을 위협당할 수 있다는 분석이 대두되면서 수리남 사태가 중요한 국면을 맞게 되었던 것이었다. 심지어, 당시 미국과 최악의 관계를 유지하던 리비아의 카다피 정권과 수리남의 부테르세 정권이 어떠한 형태로는 서방권에 심각한 위협이 되는 테러리즘을 지원하는 데 연루되어 있다는 분석 그리고 수리남 내, 미국 기업의 공장(ALCOA)에서 일하는 많은 미국인들이 자칫 잘못하면 부테르세 정권의 인질이 될 수 있다는 분석이 나오면서 수리남 사태는 최절정을 맞이했다.

물론 레이건 대통령은 이러한 구체적인 위협들의 인식 이전에 미국의 앞마당인 수리남이 니카라과에 이어서 공산화될 수 있다는 가능성에 이미 강박증을 가지고 있었다.

외교적인 해결책이 진행되는 동안, 다소 호전적인 해결 방안으로 네덜란드 군대가 자국민 및 자국의 자신을 보호하고자 수리남으로 향했다. 미국은 이들을 쿠바와 같은 친소 국가들의 대응으로부터 보호하는 방안을 만들기도 했지만 네덜란드가 한발 물러서는 바람에 무산되었다.

결국 이러한 문제 해결을 위해서 국무부조차 난감하고 무력한 모습을 보이자, 레이건의 정치적 조력자들은 델타포스와 씰 6팀과 같은 특수전 병력을 파리마리보에 투입하는, 일련의 군사작전 실행안을 조심스럽게 내놓았다. 하지만 미 국방부는 소극적인 태도를 보였고, 의회에서는 그 의도 자체부터 위험한 발상이라며 펄쩍 뛰었다.

그런 상황에서 윌리엄 케이시, 당시 CIA 국장은 CIA만의 방식으로 해결할 수 있는 방안 하나를 내놓았는데, 그의 제안은 모두를 깜짝 놀라게 했었다.

수리남 사태를 해결할 그의 계획은 다른 부처들이 난감해했던 군사적인 해결책이라서 레이건 대통령과 그의 핵심 참모진들을 놀라게 한 것이 아니었다. 그들이 놀란 이유는 수리남 정부를 전복시킬 군사작전의 실행 주체가 미군이나 CIA 혹은 이들의 훈련을 받은 수리남 현지인 전력이 아닌 한국군 특수부대였기 때문이었다.

1993년 조지 슐츠 당시 미 국무장관의 자서전 '혼돈과 승리(Turmoil And Triumph)'에서 그리고 2012년 CIA의 역사를 다룬 팀 와이너(Tim Weiner)의 저서 '잿더미의 유산(Legacy of ashes)'에서 언급된 내용에 따르면, 윌리엄 케이시 국장은 55~175명 정도의 한국군 특수부대 병력을 베네수엘라의 발진기지에서 수리남의 수도 파리마리보에 투입, 무력으로 부테르세 정권을 전복시키자는 계획을 레이건 대통령에 건넸다.

그러나 CIA를 포함한 국무부 관계자들 간의 이후의 접촉들을 통해서, 조지 슐츠 국무장관은 케이시 국장의 이러한 계획에 현지인처럼 보이지 않는 한국인들을 현지에 보내, 현지인들이 부테르세의 폭정에 못 이겨 봉기한 것처럼 상황을 만드는 것이 불가능하다고 반론하였고, 그 결과 케이시 국장의 계획은 얼마간 표류하다가 폐기되고 말았다. (그러나 조지 슐츠 장관의 반대 이유들 중 하나인 '인종' 문제에 있어서 한국군 특수부대원들이 동양인이라서 수리남 현지에서 군사작전을 실행할 수 없는 상황은 아니었으리라 유추된다. 1980년대 초 당시에 이미 수리남에는 대한민국과 일본의 어업 전진기지가 있었고 다수의 화교들이 거주하고 있었기 때문에 동양인의 얼굴이 그리 새롭지도 않은 상황이었다. 최소한 일련의 동양인들이 파리마리보에 은밀하게 잠입하는 것은 당시의 여건에서 충분히 가능했으리라 짐작된다.)

하지만 미군이나 한국군 특수전부대 전력을 수리남에 투입, 부테르세 정권을 무너뜨리는 방안에 대해서는 이후로도 많은 풍문들이 돌았었다.

온라인과 오프라인의 정치, 외교, 군사 분야에 대한 많은 전문가들과 조직들의 보고서에 미국의 마이애미를 발진기지로 하는 일련의 미국인 용병들이 수리남의 침공 준비를 했다는 설부터 아예, 최초 군사 계획안처럼 (그러나 이 풍문에서는 이 계획이 실행 직전 단계까지 간 것으로 보고 있다) 미 펜타곤이 직접 개입하여 '델타포스'와 '씰 6팀'과 같은 미군 특수부대 병력이 파리마리보에서 군사작전을 수행할 최종 단계까지 진행했었다는 설까지 다양한 풍문들이 돌았다.

물론, 우리나라에서도 수리남 작전과 관련된 국군 특수부대에 대한 부분은 확인할 수 없는 사실들만 있을 뿐이다.

1982~1983년 당시의 국내외 정세를 감안한다면 수리남에서 임무를 수행할 수 있는 군 전력은 특전사가 가장 유력했는데, 이는 이미 베트남전 당시 미군과 다양한 특수작전을 수행했던 특전부대의 역량과 이후로도 일본의 오키나와에 주둔한 미 육군 제1특수전그룹 소속의 그린베레와 꾸준한 교류가 있었다는 점에서 많은 설득력이 있는 편이었다.

그렇지만 설령 이들 특전부대가 수리남 침공 작전에 투입될 병력으로 결정되었을지라도 어느 정도 규모의 병력이, 어느 정도까지 작전과 관련된 준비를 했는지에 대해서는 알려진 바가 없다.

그러나 케이시 국장이 한국군 특수부대 55~175명으로 특정하여 침공 계획을 백악관의 대통령 집무실에서 언급했다는 사실은 이미 CIA와 한국 정부 사이에서 상당한 수준의 접촉이 있었을 거라 짐작할 수 있다.

게다가 CIA가 원했던 수리남 침공 작전은 대통령과 중요 요인들을 위해 타이핑된 보고서나 메모 안에만 존재했던 것이 아니었다. 수리남 침공 준비의 일환으로 일련의 미군 특수전 부대가 수리남에 잠입, 은밀하게 정찰 임무를 수행한 것은 실제 사건이었다.

그 극비 임무는 델타포스의 의해 실행되었고, 정찰 임무 자체가 수리남의 침공 작전을 위한 것이었다고 델타포스의 예비역 상사 에릭 해니(Eric Haney: '델타포스'의 활약상을 그린 미드 '유닛'의 자문 및 제작자로 잘 알려져 있다)가 2004년 '맥심(Maxim)' 지와의 인터뷰에서 밝힌 바 있었다.

이와 관련하여 우리 국군의 특전대 병력 또한 델타포스와 마찬가지로, 어느 정도의 침공 작전 준비를 했을지도 모를 일이라 미루어 짐작할 수 있다.

어쨌든, 수리남의 수도 한복판에서 특수부대를 이용한 제3세계 정부 전복 계획은 결국 미 국무부와 대통령의 실무진들의 반대에 부딪쳐 한동안 표류했었다.

그러던 중 수리남 사태는 1983년 4월 말 레이건 대통령의 측근들 중 한 명이자 중남미 외교 문제들을 스포트라이트 밖에서 조율, 해결하던 인물 빌 클락(William P. Clark)에 의해 극적으로 해결되기에 이르렀다.

빌 클락은 다방면으로 부테르세 정권에 압력을 행사하고자, 레이건 대통령의 전용기 '에이포스 원'을 타고 브라질, 베네수엘라와 같은 수리남 인접국들을 돌면서 수리남을 회유하고 압박을 가하도록 애썼고, 결국 브라질의 중재로 부테르세 정권에게 소련과 쿠바가 제공하는 것보다 더 나은 원조 패키지를 약속하면서 합의를 봤던 것이다. 당연히 그 이후에, 수리남은 소련과 쿠바의 경제, 군사 지원을 거부하고 미국과의 대립각을 세우지 않도록 정책 기조를 바꾸게 되었다.

그렇지만 그 당시, 클락과 클래러지가 브라질, 베네수엘라와 어떠한 협의를 했었고 또 수리남에게 '채찍' 대신에 어떤 '당근'을 제공했는지는 실무자 당사자들이 오늘날까지 함구하고 있기 때문에 알려진 바가 없다.

어쨌든, 부테르세 정권은 이후로도 1987년까지 수리남을 통치했다가 권력을 선거를 통해 선출된 민간 정부에 이양했다. 그러나 1990년에 또다시 쿠데타를 통해 정권을 잡았다가 1992년에 물러난 뒤, 2010년 수리남 의원들에 의해 세 번째로 대통령으로 선출되기도 하는 등 21세기인 오늘날까지도 수리남 통치에 영향력을 행사하고 있다한다.

2-2. 레이건 행정부와 저강도 전쟁

베트남전에서의 패배 이후, 1970년대에서 1980년까지 미국은 제3세계에서의 분쟁과 내전에 직접적으로 개입하는 것을 거의 불문율로 삼아 왔고 자연스럽게 미합중국 군대의 규모와 군비 축소 그리고 CIA와 같은 정보기관들의 해외 공작 역량의 축소가 뒤따랐다.

그러나 이러한 상황은 우연찮게도 1979년 이란의 회교 혁명 세력이 이란의 미 대사관 직원 60여 명을 인질로 삼고 부패한 과거 통치세력 '샤 팔레비' 왕족의 소환을 요구하는 초유의 인질극 사태와 맞물리면서 일대 전환을 맞이하게 됐다.

당시 미국은 이란 혁명 세력에 억류된 미국인 인질들을 구출할 수 있는 정보력과 군사작전 능력도 부족했고 심지어 교섭 능력조차도 형편없을 정도로 무력했다. 카터 행정부는 부랴부랴 한시적으로 인질 사태를 담당할 군부, CIA, 국무부 씽크탱크를 조직, 가동했고 펜타곤에서는 창설된 지 얼마 되지 않았던 대테러부대 델타포스, 미 육군의 특수전부대 그린베레와 레인저 그리고 해군, 공군의 항공 전력으로 태스크포스를 급조하여 운영했다. 그러나 델타포스를 중심으로 하는 이들 구출부대는 구출 작전을 실행하지도 못하고 작전 헬기와 급유기의 충돌사고 직후, 현장에서 빠져나옴으로써 카터 행정부는 위기 대처 능력에 치명타를 맞게 되었다.

이러한 사건 직후, 드라마틱하게 1981년 출범한 레이건 행정부는 그 태생부터 전임 대통령들이 고사시켜 놓다시피 한 군과 CIA를 재건하고 그것들을 배경으로 '팍스 아메리카나(Pax Americana)'를 실현시킬 담대한 밑그림을 가지고 있었다.

물론 새로운 정부가 아무리 핵탄두 미사일과 같은 최첨단 무기 체계를 포함한 군 전력을 증강시키더라도 미합중국 군대가 제3세계의 전쟁에 대규모로 직접 개입하는 것은 레이건 행정부에게조차도 여전히 부담스러운 문제였다. 설상가상으로 레이건 대통령의 집권 시기 전후로 중남미와 아시아, 아프리카에서 몇몇 국가들이 '제3세계 민중운동'의 물결에 휩쓸렸고, 그러한 상황을 캐스퍼 와인버거 국방장관과 같은 레이건 행정부의 수뇌부는 '자유 세계 안보에 가장 직접적인 위협'이라 언급할 정도로 경계했었다.

그러한 이유 때문에 레이건 행정부는 이른바 '저강도 전쟁(Low Intensity Conflict)'에 대한 전략을 세우고 이에 대해 정책적, 군사적 지원을 아끼지 않게 되었는데, 그 결과 레이건 행정부의 출범과 함께 점진적으로 재건된 미 육해공군, 해병대의 특수부대 전력과 한층 확장되고 심화된 CIA의 공작 역량은 저강도 전쟁의 주요한 실행 주체가 되었다.

물론 이 저강도 전쟁 전략은 다짜고짜 특수부대와 같은 전력을 투입하는 소규모의 제한적인 군사개입을 의미하지는 않았다. 저강도 전쟁의 상위 개념은 사회주의의 영향을 받게 될 친미 국가 내지 중립 국가에 대한 경제, 군사원조를 제공함으로써 사전 포섭, 우방 관계 유지를 주요한 목표로 하고 있고, 가장 하위 개념으로써 제한된 수준의 군사력 사용(미군 심리전부대, 특수전부대의 군사고문단 활동 및 제3세계에서의 그들 전력에 의한 대테러 대비, 대응 활동)을 명시하고 있다.

그러나 니카라과나 수리남과 같이 미국의 앞마당이나 마찬가지였던 중남미 국가들이 미국의 외교적, 경제적 회유와 지원에도 불구하고 친소 노선을 지향하거나 친소 반정부 세력에 의해 위협받는 경우가 빈번해지면서 '도미노 이론'의 신봉자 레이건 대통령은 저강도 전쟁의 단계 중 미군 특수전부대와 CIA를 활용하는 최종 단계에 자주 의존했다.

그는 엘살바도르, 온두라스, 과테말라, 콜롬비아, 코스타리카, 그레나다와 같은 일부 국가들에게 현지 정권들의 윤리적 결함과 상관없이, 친미 정부의 존속만을 위해 정부군, 때로는 반정부군에게 필요한 무기와 군사훈련 프로그램을 제공했다. 간단히 말해서, 레이건 행정부는 현지 국민의 민심과 상관없이 사회주의화 혹은 사회주의와 관련이 없더라도 친미 노선에서 탈퇴하여 독립, 자주 노선을 추구하려하는 모든 제3세계 국가들을 저강도 전쟁 전략을 통해서 견제해 왔던 것이다.

특히 이러한 미국의 간섭과 개입, 공작은 레이건 대통령이 집권했던 1980년대 때 최고조에 달했고 많은 중남미 국가에서 그러한 것들에서 비롯된 부작용들이 현지인들을 고통과 절망에 빠뜨리기도 했다. 미국의 지원을 받는, 극단적인 우익 정부 혹은 반정부 세력 사이에서 현지인들이 탄압당했고 막 싹트려던 현지 방식의 민주주의가 미국의 정책 기조에 맞지 않는다면 그대로 짓밟는 경우도 적지 않았다.

결론적으로 레이건 행정부는 결국 제3세계에서의 미국의 영향력과 입지를 유지하기 위해 저강도 전쟁을 채택함으로써 중남미의 현지 우호 세력들을 이용한 철저한 '대리전'을 집권 내내 치렀고, 그 결과 친소 국가들 그리고 친소와 별개지만 반미 색채를 띤 정부의 탄생을 저지하는 데 미합중국 대통령으로서의 그의 통치 능력을 상당 부분 집중시켰다고 말할 수 있겠다.

또한 레이건 행정부 시기에 자리 잡은 저강도 전쟁 전략은 레이건 통치 시절 동안 충실히 이를 학습하고 훈련받았던 조지 부시의 차기 행정부로 그대로 이어져 갔고, 규모와 강도에 차이가 있지만 오늘날 미국의 제3세계 정책에도 그 명맥을 이어 가고 있다. 그리고 한 가지 더 짚고 넘어갈 것은 바로 저강도 전쟁의 핵심 요소로 재건되고 육성되었던 미군의 특수전 전력과 CIA의 공작 역량은 오늘날 미국의 전 세계에서의 군사, 정보활동의 토대가 되었음 또한 부인할 수가 없다는 점이다.

2-3. 냉전 시기의 미군 특수부대의 중남미 활동

미군 특수부대 전력은 냉전이 절정기인 1950~1990년대에는 물론 심지어 냉전 당시와는 다른 임무를 수행하는 오늘날에도 미국의 해외 군사력 투사의 측면에서 매우 중요한 위치를 차지한다. 특히 냉전 당시 제3세계에서의 이들 특수전 전력은 해당 국가의 안보, 안전, 질서의 유지에 기여할 수 있었고 때로는 그 반대의 맥락에서 혼란, 분열의 유지에 크게 기여할 수 있는 실행 주체이기도 했었다.

1960년대에 미 육군 특수전 그룹, '그린베레'와 미 해군의 UDT는 CIA와 함께 볼리비아에서 체 게바라와 그의 게릴라 부대를 추적, 제거하는 데 관여했다. 그리고 1980년대 엘살바도르와 온두라스, 니카라과, 콜롬비아, 필리핀에서는 역시 이들 미군 특수부대 전력이 정부군의 편에서, 때로는 반정부군의 편에서 대게릴라전과 게릴라전 역량을 구축해 줬고 가끔은 은밀하게 전투에 직접 참여하기도 했었다. 이 시기에 가장 눈에 띄는 활동을 했던 전력은 그린베레와 정예 대테러부대 델타포스였다.

그린베레의 경우, 1950년대 말에 창설된 직후부터 미국의 우방국들의 게릴라, 대게릴라 전력의 양성에 전문화되어 있었기 때문에 베트남전쟁의 초기부터 베트남은 물론, 캄보디아와 라오스 같은 인접국에서 임무를 수행해 왔다. 그러한 전력은 1980년대에 중남미의 혼란스러운 전투 지역에서 더욱더 빛을 발했는데, 중남미 대부분의 분쟁 지역에서 그린베레는 수많은 MTT(Mobile Training Team:제3세계 현지에 투입되는 특수전 훈련팀) 활동을 수행했다.

이들의 주요한 임무는 구소련, 쿠바 그리고 니카라과와 같은 사회주의 세력에 친미 국가 내지 친미 반정부 세력이 전복되지 않는 것이었으며 엘살바도르, 온두라스, 과테말라, 파나마와 같은 국가들에게서 그린베레의 임무 수행은 미국의 국익에 밀접한 관계를 가지고 있었다고 평가 받기도 했다.

그에 반해, 그린베레의 친미 세력에 대한 군사고문 활동 임무 면에서는 유사한 활동을 했던 전력으로 델타포스가 있었다. 미 육군의 최정예 대테러부대 '델타포스'는 1977년 찰리 베퀴드 대령에 의해 창설된 후 비록 최초의 실전인 1980년 이란 미 대사관 인질 구출 작전에 투입될 뻔하지만 구출 시도 자체가 무산되면서 부대의 전력을 평가받지 못했었다. 그러나 그 이후, 중남미는 물론, 아시아, 아프리카, 유럽 등 전 세계에서 이어졌던 다양한 인질 구출 및 테러 시도 저지를 위한 수많은 작전에 참여하여 대테러 분야에서의 독보적인 명성을 갖게 되었다.

델타포스는 라틴아메리카에서 그린베레와 마찬가지로 간간이 현지 친미 세력의 군사훈련 임무를 수행했지만 은밀하게 현지 정부군이나 게릴라 부대와 함께 직접 군사작전을 실행하기도 했다. 물론 델타포스는 자신들이 훈련시켰던 병력들과 직접 전투를 치렀으며 그들이 참여한 작전들은 성공 여부와 관계없이 대부분 기밀에 붙여졌었다. 델타포스는 또한 그들의 주특기인 현지에서 대테러 작전 상황에서도 활약했는데 이는 주로 반정부 세력들에 의한 암살과 폭탄 테러, 인질극에 관련된 것이었다.

어쨌든 미국이 의도했든 그렇지 않았든 냉전 시기의 라틴아메리카는 크게는 저강도 전쟁 전략을, 작게는 특수전 전력과 CIA의 공작 역량을 위한 실험 전장이었음은 분명한 듯하다. 1950년대 말부터 극동 아시아와 라틴아메리카에서 시작되었던 저강도 전쟁의 태동은 1970년대 다소 소극적인 확장의 시기를 거쳐, 1980년대에 중남미 지역에서 완성된 것으로 볼 수 있다. 그리고 이제 21세기에 미국이 군사력을 투사하는 세계의 긴장 지역에는 무인정찰기나 무인공격기뿐만 아니라, 여전히 이들 저강도 전쟁의 주역들인 그린베레와 델타포스, 씰 팀과 미 공군 특수전항공단, 160특수전항공연대가 전쟁의 향방을 가늠하고 있다.

대표적인 예로, 2001년 아프가니스탄에서 그리고 2003년 이라크에서 시작된 미국의 대테러 전쟁에서 그린베레와 같은 특수전부대는 정규군 전력이 엄두도 낼 수 없는 다양한 중요 임무들을 사전에 완수하여, 미국과 영국, 호주, 캐나다, 대한민국 군 병력으로 구성된 다국적군이 비교적 안전하고 유리하게 지상전을 시작할 수 있는 초석을 다진 바 있었다. 당시 미 행정부 내 보수 강경파를 대표하던 국방장관 도널드 럼스펠드는 이러한 특수부대들이 투입되어 수행되어진 전장 형태를 '전환적인 전쟁'이라 평가할 정도였다.

2-4. 베트남전 당시 국군 특수부대와 북한군 특수부대의 활동

베트남전 동안, 국군과 북한군이 모두 특수부대 전력을 투입한 바 있었다. 국군은 제1보병사단 맹호부대와 제9보병사단 백마부대와 같은 최일선 전투부대에 '공수지구대'라는 명칭으로 특전사 병력을 파견했었다. 당시 제1유격단(현 제3공수특전여단)과 제2유격단(현 제5공수특전여단)에서 차출된 소수의 장교, 부사관들은 국내와 현지에서의 집중적인 추가 훈련을 받은 뒤 국군 보병부대를 위한 정찰, 수색, 직접 타격 작전과 같은 위험천만한 임무들을 수행해 왔다.

이 시기에 공수지구대의 활동과 관련하여 주목할 것이 하나 있는데, 그것은 이들 특전사 병력이 최초로 미 육군 특수전부대 그린베레와 함께 합동작전을 펼치게 되었다는 점이다.

당시에는 제1유격단으로 불리었던 국군 특수전 병력은 1958년 말 오키나와의 미 육군 제1특수전 그룹의 MTT 12A에 의해 공수교육을 포함한 기본적인 특수전 훈련을 받은 인원들에 의해 창설되었고 이후로 계속해서 미 육군 제1특수전 그룹과 제77특수부대와 교류했었지만 실전에서 함께 임무를 수행하기는 베트남전이 처음이었다.

공수지구대의 일부 특전요원들은 그린베레와 미 각 보병사단에 배속되었던 장거리정찰대 LRRP, LRP에 소수 규모로 파견되어 함께 특수정찰 임무를 수행했었다. 이를 위해서 일부 국군 특전대원들은

MACV-SOG가 운영하는 특수정찰 훈련 프로그램인 '리콘도 스쿨 (Recondo School)'에서 필요한 훈련을 이수하고 각각의 그린베레 정찰팀과 LRPP, LRP 정찰팀 인원들과 실전을 통해 많은 경험을 축적했다. 이는 훗날 국군의 비정규전 능력의 발전에 많은 기여를 했고 당시로써도 이들 공수지구대 요원들의 특수전 능력은 그린베레를 비롯한 많은 미군들에게 인정받는 계기가 되기도 했었다.

한편, 북한군은 공군 조종사들과 심리전부대, 특수전부대를 북베트남군 쪽에 파견했다. 북한군의 미그기 조종사들이 북베트남군 조종사들과 함께 미 공군과 공중전을 펼쳤던 것은 이미 잘 알려져 있던 사실이지만, 북한군 심리전 요원들과 특수전 요원들이 (당시 특수8군단으로 추측되는) 북베트남군에게 미군에 대적할 수 있는 자신들만의 역량을 전수했다는 점은 잘 알려지지 않았다. 물론, 북베트남군의 전쟁 수행 능력을 돕기 위해서 중국 또한 군사고문단을 파견해서 운용했다고 미군 지휘부도 인지하고 있었기 때문에 북한군 특수전, 심리전 부대의 존재가 크게 놀랍지도 않았을 것이다.

그렇지만 이 북한군 특수 병력의 존재가 우리 국군에게 골칫거리로 인식되었던 계기는 바로 베트남 전장에서 실종되거나 생포된 국군 포로들이 북베트남으로 보내어져, 바로 이들에 의해 다시 북한으로 보내졌다는 사실이었다. 그 시기 즈음에 북한의 선전 매체에 북한으로 넘어갔다고 소개되었던 국군들 중 일부는 베트남에서 실종 혹은 전사 처리 되었던 인원이라는 것이 밝혀졌었다.

2-5. AC-47, AC-130 건쉽의 유래와 지상 공격 전술

현대적 건쉽(Gunship)의 기원은 2차 세계대전 당시, 미군의 B-25 폭격기에 10여 정 이상의 12.7밀리 중기관총들을 장착하여 일본군의 해상 수송선박을 격침시켰던 것으로 거슬러 갈 수 있다.

이 초기 건쉽들은 1950년 발발한 한국전쟁에서도 B-26 폭격기에 유사한 무장을 갖춰 운용되었고, 1960년대 베트남전쟁에서야 오늘날의 건쉽에 가장 근접한 수준의 무장 형태, 지상 공격 전술에 근접하게 됐다.

이 시기에 개발된 건쉽은 중기관총을 항공기의 기수 부분이 아닌 동체 좌측 측면에 집중 배치하여, 지상에 쏟아 낼 화력을 더 특정 지역, 특정 표적에 집중시키는 방법을 채택했다. 그 결과 탄생한 최초의 건쉽은 C-47 수송기를 개조한 FC-47D 스푸키(Spooky)였는데, 이 기체는 7.62밀리 미니건(미니발칸) 3기를 기체 좌측 면에 장착하여 분당 최대 18,000여 발의 지상 공격 능력을 가지고 있었다.

이후 AC-47기로 기체 명칭을 바꾼 건쉽 모델은 미니건 대신에 M1919 7.62밀리 기관총 10정을 장착하여 역시 가공할 지상 공격 능력을 발휘하기도 했다. 미니건과 M1919 기관총을 장착한 건쉽들은 모두 50여 대가 1965년 베트남전에 투입되었는데 이 공격기들 중 일부는 북베트남에서 남베트남으로 이어져 있는 북베트남군의 보급선 '호치민 루트'에서 적 보급 차량과 호위 병력을 파괴, 제압하는 데 주력했었다.

초기에는 이 무시무시한 지상 공격기들에게 북베트남군이 상당한 피해를 입었지만, 이후에 AC-47기의 존재와 화력과 운용전술을 파악한 북베트남군이 호치민 루트에 압도적인 대공망을 구축하여 전세가 뒤바뀌게 됐다.

그 결과 19기의 AC-47D기들이 격추되면서 1966년 미 공군은 속

지상에 주기 중인 AC-47기. 사진 정중앙에 미니건들이 보인다.

도와 생존성을 보강한 AC-130기를 개발하기에 이르렀다. 이 기체는 당시 최신형 수송기인 C-130에 7.62밀리 미니건 4기와 20밀라 발칸포 4기를 무장시켰고, 당시 최첨단 기술이 집약된 FLIR와 각종 적외선 탐지 장비를 갖춰 훨씬 더 가공할 공격 능력을 갖추게 됐다.

특히 AC-130기는 단순한 기체 생존력과 화력의 보강에만 집중한 것이 아니라 야간 작전과 관련된 관측, 탐지 장비 그리고 사격 통제 장치를 탑재하여 기존 AC-47D가 기내에 적재한 탄약만큼 조명탄의 적재량에 따라 야간 작전 시간과 범위가 제한받았던 단점을 극복하기에 이르렀다.

AC-130기는 이후에 40밀리 보포스 포와 105밀리 유탄포를 장착하여 AC-130H기로 진화한 뒤, 베트남전을 포함한 냉전 시기에 미군이 참가한 대부분의 분쟁, 전장터에서 활약했다.

그렇지만, AC-47부터 시작되어 AC-130H, AC-130U까지 이어

지상을 향해 쏟아지는 AC-47기의 미니건 사격 궤적

진 이 거대한 지상 공격기의 태생적 한계는 이 기체들이 모두 속도와 생존성이 확보된 고속의 고정익기가 아니라는 점이었는데, 이로 인해 건쉽들은 이 기체들이 처음 전장에서 운용되었던 초창기부터 오늘날까지 주간이 아닌 야간에 지상 공격임무를 수행해 왔다.

무엇보다도 이 건쉽들은 적지 종심 작전을 수행하는 미군과 미 동맹국 특수부대원들에게 없어서는 안 될 존재였고 이러한 사실은 오늘날 아프가니스탄과 이라크에서도 유효했다.

AC-47과 AC-130 건쉽들의 지상 공격 전술은 주로 지상의 점표적 혹은 광역화된 표적 위치 지대를 중심으로 각종 무기가 장착된 기체 좌측을 표적 쪽으로 향한 채, 원을 그리면서 몇 초 간의 사격을 가하는 것인데, 적 병력이나 거점이 훨씬 더 강력한 화력 제압을 요구하는 경우에는 2대의 건쉽이 약간의 고도 차이를 두고 역시 원을 그리는 비행 패턴으로 지상에 공격을 가했다.

물론 지상의 아군 병력은 건쉽들과 실시간으로 교신 상태를 유지하고 때에 따라서는 스트로브나 적외선 스트로브로 오폭, 오인 사격을 예방했다. 때에 따라서는 아군 병력이 적 저항 거점과 차량화, 기계화 전력과 거리를 둔 상태에서 레이저 표적 지시를 활용하여 공습을 유도하는 경우도 빈번했다.

　　초음속 전폭기들이 동원되는 현대의 전장에서 여전히 프롭 엔진을 장착한 채 가공할 공격 능력을 발휘하는 건쉽들의 존재가 여전히 필수 불가결한 존재라는 것은 매우 흥미로운 사실이기도 하다.

3. 무기 체계

3-1. 개인화기 및 공용화기

1. M16 소총(AR15)

강력한 타격력과 뛰어난 명중률을 지닌 7.62밀리 소총들의 단점인 무게, 반동을 보완한 M16(혹은 AR15)은 플라스틱 소재를 채택하여 무게를 줄였고 5.56밀리 총탄을 사용, 병  사 개인당 실탄 휴대량을 증가시켰다. 도미니카 공화국 내 실전 상황에서 미 해군 특수부대(씰 팀)가 처음 사용했고 이후 베트남전에서 대부분의 미군들에 의해 사용되면서 미군의 제식 소총이 되었다. 오늘날에도 M16의 최종 진화형인 M16A4와 M4A1 그리고 다양한 파생형이 일선에서 운용되고 있다.

2. CAR15

베트남에서 처음 사용된 CAR15모델

1968년부터 보급된 XM177E2모델

1990년대 초까지 일부 미군 특수부대원들에 의해 사용된 콜트 코만도 733모델

M16 소총의 총열과 개머리판을 축소한 다양한 M16 카빈 모델들을 일컬어 CAR15라고 한다.

미군 특수부대원들은 이 CAR15 중 1968년부터 지급된 XM177E1/E2 모델들을 애용했으며, 이 모델들은 베트남전 후 1980년대까지 일부 운용한 바 있다.

CAR15는 1990년 대 이르러 M16 카빈의 최종 진화형인 M4/M4A1으로 교체됐다.

3. 칼 구스타프(Carl Gustav) M45B 기관단총

M45B는 미군 특수부대원들이 '스위디시 K'라고 불렸던 스웨덴제 9밀리 기관단총이다. 베트남전 당시 CIA를 통해 일

부 미군 특수부대원들에게 보급되어 운용됐다. 연사 기능이 있는 이 기관단총은 36발짜리 탄창을 사용하고 있으며, 중단거리에서의 교전에 노출되는 특수부대원들에게 유용한 화기였다.

4. M76 기관단총

M76은 스미스 앤 웨슨 (Smith & Wessen)사에서 개발한 9밀리 기관단총으로 베트남에서 활동 중인 미군 특수부대원들의 기관단총 '스위디시

K'를 참고로 개발되었다. 스미스 앤 웨슨 사는 휴대가 간편하고 안정된 단발/연발 사격 능력이 있는 이 M76을 미군은 물론, 경찰당국에게 보급하려 했지만 미 해군 씰 팀을 제외하고는 아무도 채택하지 않았다. 스위디시 K보다는 고장률이 적었기 때문에 씰 대원들이 다수 운용했지만 1980년 초반부터 일선에서 물러나기 시작했다.

5. 우지(UZI) 기관단총

이스라엘제 9밀리 기관단총, 현대의 베스트셀링 기관단총인 HK사의 MP5 이전에 전 세계적으로 운용된 중단거리 전투용 총기이다. 오픈볼트식이지

만 명중률이 뛰어나고 잔고장이 없기 때문에 1000만 정 이상이 생산

되어 전 세계에서 운용되었다.

6. MAC10(MAC M10) 기관권총

MAC10은 9밀리 권총탄을 사용하는 미제 기관단총으로 1970년대 씰 팀이 미군 최초로 일부 채택했다. 36발의 대용량 탄창을 권총 손잡이 아래에 장착하는 방식으로 이스라엘제 걸작 기관단총 우지와 비슷하지만 씰 대원들은 이 MAC10의 형편없는 명중률 때문에 별로 좋아하지는 않았다. 하지만 MAC10에 소음기를 장착한 경우에는 그럭저럭 지근 거리의 표적 공격에 위력을 발휘했었다. MAC10은 CQB전투를 중요시하는 씰 6팀 대원들도 운용한 바 있었다. 사실 이 MAC10은 비슷한 모델인 MAC11과 함께 씰 대원들보다 미국 내 마약 거래상들에게 더욱 사랑받았던 기관권총이었다.

7. AK47 소총

공산권 국가들의 대표적인 제식 돌격소총. 러시아에서 처음 개발 사용되었지만 이후 중국, 북한을 비롯한 대부분의 공산권 국가에서 라이센스로 생산하여 운용되었다. AK47 소총의 최초 개발년도인 1947년부터

21세기인 오늘날 까지 널리 사용되고 있으며 파생형, 진화형인 AKM 과 AK74가 있다. 다소 정밀한 관리가 필요했던 M16 계열의 소총들과 달리 AK 소총들은 뛰어난 야전 운용성을 가지고 있었다.

8. M21 저격소총

M21은 스프링필드(Spring-field Armory)사에서 제조된 7.62밀리 저격소총이다. 이 저격소총은 강력한 타격력을 지닌

M14 소총을 개조하여 제작된 뒤 1971년 미 육군에 의해 채용, 1980 년대까지도 델타포스와 같은 특수전부대에서 운용되었다.

9. M60 기관총

서방권의 대표적인 7.62밀리 경기관총. 최소 2인 이상의 병력이 운용하는 게 원칙인 공용화기였지만 압도적인 화력을 필요로 하는 특수부대에서는 개인화기로 운용되기도 했다. M60은 베트남전에서 미 육해공군, 해병대에 의해 다양하게 운용되었고, 현재에도 다양한 파생형으로 진화하여 씰 팀과

M60기본모델

씰 팀이 운용하는 M60E4모델

같은 특수전부대에서 사용되고 있다.

10. RPK47 기관총

　　서방권의 M60 기관총에 비견되는 공산권 군대의 7.62밀리 경기관총. 40발 탄창이나 75연발 드럼탄창으로 급탄되며 AKM 자동소총을 기본모델로 한 파생형이 있다. AK 소총이 5.45밀리 고속탄을 사용하는 AK74로 진화할 때, 동일한 탄을 사용하는 RPK74 경기관총이 개발, 운용되었다. 총신이 길고 무게가 무거워 반동이 적은 편이라서 명중률도 꽤 높다. 그러나 총신 교환이 쉽지 않은 단점을 가지고 있다.

11. RPD 기관총

　　구소련군이 2차 세계대전 말에 양산, 배치했던 경기관총으로 이후 개발, 배치된 AK47과 동일한 7.62밀리탄을 사용했다. 최초 개발, 생산했었던 구소련보다 이 경기관총을 대량 공여 받은 공산권 국가들과 라이센스 생산을 했던 중국과 북한에서 주로 운용되었다. 쉽지 않은 급탄 과정과 AK47의 운용 확대로 인해 이후 RPK47 경기관총에게 분대 지원 화기의 자리를 넘겨줬다.

12. M2 중기관총

미 육해공, 해병대에서 다양
한 용도로 운용되는 12.7밀리
중기관총. 개인화기들의 소구
경탄보다 월등한 유효사거리와
강력한 파괴력을 자랑한다. 베

트남전 당시부터 일부 특수부대원들은 M2기관총에 고배율스코프를
장착하여 원거리 저격에 사용하기도 했으며 이에 대한 전술적 효과
역시 인정받은 바 있다.

13. M1911A1

M1911A1은 M9(M92F베레타)이
미군의 제식 권총이 되기 전까지 수
십 년 동안 미군의 제식 권총으로
운용되어 왔으며 처음 제작된 연도
가 1911년이다.

이 45구경 권총의 개발 의도가
38구경 권총들보다 더욱 강력한 타격력으로 적군을 한 방에 쓰러뜨리
고자 하는 것이었기 때문에 당연히 상당한 타격력과 동시에 강한 발
사 반동을 가지고 있다. 임무를 위한 가공과 개조를 거쳐 21세기인
현재에도 델타포스와 같은 특수부대원들의 부무장으로 운용되고 있
다.

14. 하이파워(Hi Power)

1935년 벨기에의 FN사가 최초로 생산했던 9밀리 자동권총. 당시로써는 획기적으로 13발짜리 탄창을 가진 자동권총이었으며 뛰어난 명중률과 장탄수 덕분에 2차 대전 당시 독일군과 연합군 양측이 사용하기도 했다. M1911A1과 마찬가지로 개조와 보완을 통해 서방권 국가에서 오랫동안 운용되었다.

15. M92F 베레타

이탈리아 베레타사의 대표적인 9밀리 자동권총. 강력한 타격력을 자랑하는 45구경 권총 M1911A1과 달리 15발이 들어가는 대용량 탄창과 강한 관통력을 가지고 있다. 초기에는 일부 대테러부대와 특수전부대들이 애용했지만 오늘날에는 전 세계의 많은 경찰, 군대에서 제식 권총으로 채용하고 있다.

16. PPK

세계 최초의 더블액션방식 자동권총. 1931년에 독일 발터사에 의해 시판된 PPK 권총은 제2차 세계대전 당시에는 독일 군경에 의해 채용되기도 했다. 이후, 현재까지 다양한 개량형을 통해 운용되고 있다.

17. M79 유탄발사기

M79 40밀리 유탄발사기는 2차 세계대전과 한국전쟁 당시 미 육군 보병들이 사용했던 총류탄을 대신하여 개발, 대체 1960년에 베트남에 실전 배치

되었다. 별도의 어댑터와 공포탄을 사용해야 하는 총류탄과 달리, 40밀리 유탄을 바로 발사할 수 있는 M79는 보병부대에 든든한 화력을 제공했다.

18. M203

베트남전부터 널리 운용된 40밀리 유탄발사기인 M79와 M16 소총이 결합된 총기로 현재는 M4A1에도 부착되어 사용 중이다.

19. M72 대전차 로켓발사기

M72는 1회용 대전차 로켓탄 발사기로 베트남전 당시 미군이 널리 사용했었다. 66밀리 고폭탄이 들어 있는 튜브는 경량이었기에, 필요하다면 한 명의 병사가 2발 이상의 M72를 메고 다닐 수도 있었다. 씰 대원들 역시 2발 이상의 M72를 휴대했으며 대규모 적 병력이나 벙커를 공격하는 데 사용했었다. M72는 나중에 AT4와 같은 대전차 미사일 발사기로 교체된다.

20. RPG7 대전차 로켓발사기

RPG7은 동구권에서 사용하는 대표적인 대전차 화기로 베트남전부터 미군들을 괴롭혀왔다. 러시아와 중국, 그리고 대부분의 동구권 국가들이 오늘날까지 운용하고 있으며 소말리아, 아프가니스탄, 이라크와 같은 일부 전투 지역에서 대공화기로 운용되어 UN평화유지군과 미군들의 헬기들을 격추시키기도 했다.

21. M134 미니건

20밀리 M61 발칸포와 같은 대구경 발칸포에 비해 소구경 총탄을 사용한다는 의미에서 '미니건' 이라 불리지만 M134는 M61과 마찬

가지로 외부 전력에 의해서 작
동하는 다연장 총신을 가진 개
틀링건이다. 분당 2000~6000
발을 발사할 수 있는 미니건은
1960년대 미 육군, 해군, 공
군이 모두 채택, 운용했는데

M134가 가장 효율적으로 사용된 용도는 바로 미 육군의 헬기에 자체
무장으로 탑재, 운용되었을 때였다.

미니건은 현재에도 다양한 개조와 보완을 통해, 미군의 무기 체계
의 자위용으로 사용되고 있다.

22. AN/PVS-5 야간투시경

미군은 이미 베트남전 전후
부 터 AN/PVS-1, AN/PVS-
2 등 별빛을 증폭시켜서 표적
을 조준할 수 있는 개인화기용
야시장비를 운용해 왔다. 이들
장비에 비해 AN/PVS-5는 개

별 전투원이 총기가 아닌 자신의 두부에 착용하여 야간전투 및 정찰/
감시 활동을 할 수 있게 해 줬다.

3-2. 기타 무기 체계

1. UH-1 휴이(Huey)

1960년대부터 미군이 다목적으로 운용해 온 수송 헬리콥터. 미 육군은 UH-1 헬기를 도입함으로써 베트남전 당시 헬리본 작전의 개념을 실행, 오늘날 회전익기를 운용하는 대규모 항공 기동 전술 수준에 이르렀다. 우리나라는 1968년부터 미군에게서 일부 기체들을 인수 받아 배치, 이후 도입된 기체들과 함께 현역 전선에서 운용되다가 최근에 퇴역 중이다. 베트남전 당시 UH-1 헬기의 기체 좌우에 로켓발사기와 중기관총, 미니건을 탑재한 건쉽으로 개조되어 운용되었는데 이 건쉽은 오늘날 AH-1S/F/W/Z 그리고 AH-64와 같은 공격 헬기의 실험 개념이었다.

2. AH-6 킬러 에그(Killer Egg)

MH-6와 마찬가지로 특수작전을 위해서 개발된 500MD의 개량기체. AH-6는 7.62밀리 미니발칸 2정과 2.75인치 로켓탄 발사기를 기체 양쪽의 윙에 장착하여 씰

팀을 비롯한 미군 특수부대들의 작전에 근접 화력지원을 제공한다. 가끔 후방 좌석에 특수부대원들을 탑승시키기도 하는 등 MH-6 헬기와 함께 특수작전에 빈번히 투입되는 기체이다. 물론 강력한 지상 화력지원을 최우선 임무로 하고 있다.

AH-6 헬기는 500MD를 기반으로 하는 다른 공격용 기체들에 비해서 뛰어난 야간공격 능력을 가지고 있다.

3. CH-47 치누크(Chinook)

1961년 보잉버톨사에 의해 개발, 1968년 미 육군에 의해 실전 배치되었다.

베트남전에서 입증했듯이 다수의 전투 병력 및 야포, 차량 등을 전투지대로 수송할 수 있는 뛰어난 능력을 자랑한다. 텐덤로터 방식을 적용한 기체로서 1960년대부터 오늘날까지 개량과 개조를 거듭하여 현역으로 운용 중이다.

4. A-1 스카이레이더(Sky raider)

제2차 세계대전 당시 미 해군을 위해 개발된 기체이지만 대전 후 한국전쟁과 베트남전에서 활약했다. 제트엔진 대신 프롭 엔진을 가졌다는 단점을 뛰어난 지상 공격 능력으로 상쇄시켰는데, 특히 CSAR 작전(격추된 조종사 구출)과 적지 종심 작전 중인 미군 특수부대에 대

한 CAS(근접화력지원) 임무
분야에서 뛰어난 성능을 발휘
했다. 이 기체는 베트남전 후,
대부분이 제3세계 친미 국가
에 공여된 바 있다.

5. AC-130H 스펙터(Spectre)

AC-130기는 "하늘의 포
대"라고도 불리는 미 공군
의 지상 화력지원용 특수전
항공기이다. 2차 대전 당시
B-25J 미첼 폭격기에 10여
정 이상의 중기관총을 탑재한
최초의 건쉽 이후 한국전, 베

트남전을 통해 진화를 거듭한 끝에 현재의 AC130기 시리즈에 도달했
다. 그중 AC-130H기는 105밀리 유탄포, 20밀리 발칸포, 40밀리 보
포스 포로 무장하여 지상의 아군에게 막강한 화력을 지원해 준다. 최
신형 기체는 AC-130U기이다. 미군이 투입되는 전장에는 어김없이
나타나는 기체이다.

6. C-130 허큘리스(Hercules)

미 공군과 서방권 공군이 폭넓게 운용하는 전술수송기. C130기는
단순한 병력, 물자 수송 능력 외에도 지형을 이용한 저공 침투 능력

이 뛰어나며 탑승한 전투원들을 낙하산으로 침투시키거나 아니면 험한 비포장 활주로에 직접 착륙함으로써 전개시킬 수 있다.

C-130기는 신속한 단거리 이륙을 위해서 보조 추진 장치를 기체 양 측면에 장비할 수도 있다.

7. MC-130

C-130을 특수작전용으로 개량한 기체로 탁월한 저공 침투 비행 능력을 가지고 있다. MC-130기는 단독으로 적성국 내에 침투 임무를 수행하기도 하지만, 레인저와 82공수사단과 같은 공수 병력들의 대규모 강하 작전 시 C-130기로 이루어진 비행편대의 선두에서 항법 유도 임무를 수행하기도 한다.

8. A-6 공격기

미 해군 항모를 위해 개발된 전천후 주야간 작전이 가능한 지상 공격기. 1958년 미 해군에 의해 채택된 후, 베트남전에서 뛰어난 저공 침투, 폭격 능력을 보여 줬다. 1996

년 퇴역할 때까지 A-6A로 시작된 기종이 A-6E를 거쳐서 미 해군의 주요한 지상 공격 전력을 구성했다. 현재는 전자전용으로 개조된 EA-6기가 일선에서 활약 중이다.

9. F-14

그루먼사(社)가 미 해군 항모 전력을 위해 개발한 복좌형, 가변익 함재기. 1970년 최초 비행을 했으며 이후 미 해군에 의해 운용되었다. 주요한 임무는 적 항공 전력에 대한 요격, 공격 그리고 적 함정에 대한 공격이었다. 1972년 기본 임무를 위한 F-14A형이 개발, 배치되어 운용되었고, 1987년 F-14B형, 1988년 F-14D형이 개발되어 기본 임무 외에도 지상 공격 능력을 보유했지만 현재는 모두 일선에서 물러났다.

10. E-2C 호크 아이(Hawk Eye)

미 해군 항모 전력의 눈 역할을 하는 조기경보기. 탑재된 레이더와 기타 전자 장비들을 통해 항모를 보호하는 함재기들에게 각종 전투 정보를 실시간으로 제공하며 또한 지휘, 통제 역할 임무를 수행한다. 각각

의 미 해군 항모에는 최소 4대의 E-2C기들을 운용, 항모 전단의 보호 임무 및 항공 전력의 임무 수행을 지원하고 있다.

11. T-62 전차

115밀리 주포를 장착한 T62 전차는 1961년 양산이 시작되어 동구권 국가들의 표준 주력 전차가 되었다. 양산 당시에는 T54/55와 자리를
교체했지만 현재에는 T64, T72, T80에게 현역의 위치를 물려줬다.

12. 조디악(F470) 보트

미군 특수부대원들이 운용하는 특수작전용 고무보트. 고무보트라는 명칭과 달리 선체가 케블라 소재로 이루어져 있어 기본적인 방탄 능력이 있으며 헬기, 수송기, 잠수함, 모선 등 다양한 발진 플랫폼을 가지고 있다. 1개 분대 규모(7~8명)의 특수부대원들이
탑승, 운용하기에는 가장 적합한 침투 수단이다.